KB013011

江戸川乱歩

에도가와 란포

에도가와 란포

1판 2쇄 발행 2021년 3월 25일

지은이 에도가와 란포
옮긴이 김소연

발행인 박광운
기획인 김소연 장세연
편집인 박재은 한나영

발행처 손안의책
출판등록 2002년 10월 7일 (제25100-2002-000081호)
주소 서울 노원구 노원로18길 19, 210동 1204호
전화 02-325-2375 **팩스** 02-6499-2375
카페 http://cafe.naver.com/bookinhand
이메일 bookinhand@hanmail.net

ISBN 979-11-86572-21-4 04830

* 이 도서의 국립중앙도서관 출판예정도서목록(CIP)은 서지정보유통지원시스템 홈페이지
(http://seoji.nl.go.kr)와 국가자료공동목록시스템(http://www.nl.go.kr/kolisnet)에서 이용하실 수 있습니다.(CIP제어번호: CIP2017020477)

이 책은 '손안의책'과 '더클북컴퍼니'의 공동기획으로 제작되었습니다.

이 책의 저작권은 '손안의책'과 '더클북컴퍼니'에 있습니다.
저작권법에 따라 보호를 받는 저작물이므로 무단전재와 복제를 금지하며,
이 책 내용의 전부 또는 일부를 사용하려면 반드시 저작권자와 '손안의책'의 동의를 받아야 합니다.

일본환상문학선집 01

江戸川乱歩

에도가와 란포

김소연 옮김

압화와 여행하는 남자
메라 박사의 이상한 범죄
파노라마 섬 기담
일인이역
목마는 돈다
거울지옥

손안의책

江戸川乱歩

에도가와 란포

Contents

압화와 여행하는 남자

押繪と旅する男

이 이야기가 나의 꿈이거나 일시적 광기의 환상이 아니라면, 그 압화[押絵][1)]와 여행을 하고 있던 남자야말로 미치광이였음이 틀림없다. 하지만 꿈이 때로 어딘가 이 세계와는 다른 세계를 얼핏 보여 주는 것처럼, 미치광이가 우리가 전혀 느끼지 못하는 것을 보거나 듣는 것처럼, 이것은 내가 불가사의한 대기(大氣)의 렌즈 장치를 통해 아주 잠깐 이 세상의 시야 바깥에 있는 다른 세계의 한구석을 살짝 엿본 것이었을지도 모른다.

언제인지도 모를, 어느 따뜻하고 살짝 흐린 날의 일이다. 그때, 나는 일부러 우오즈[魚津][2)]에 가서 신기루를 구경하고 돌아오는 길이었다. 내가 이 이야기를 하면 가끔, 자네는 우오즈에 간 적이 없는 게 아니냐고, 친한 친구가 캐물을 때가 있다. 그 말을 듣고

---

1) 꽃, 새, 인물 등의 형태를 두꺼운 종이로 제작하여 이것을 아름다운 천으로 싸고, 안에 솜을 채워서 고저(高低)를 만들어 판 같은 것에 붙인 것.
2) 도야마[富山] 현 북동부의 항구도시. 도야마 만(灣)에 접해 있어 어업이 활발하며 현 북동부의 상공업·교통의 중심지. 신기루 등의 기이한 볼거리나 우오즈 매몰림(埋没林)이 유명.

보니, 나는 언제 어느 때에 우오즈에 갔었다고 확실하게 증거를 보여 줄 수가 없다. 그렇다면 역시 꿈이었을까. 하지만 나는 지금 껏 그렇게 농후한 색채를 가진 꿈을 꾼 적이 없다. 꿈속의 풍경은 흑백영화와 마찬가지로 전혀 색채를 동반하지 않는 법이다. 하지 만 그때 기차 안의 풍경만은, 그것도 그 요란한 압화의 화면이 중심이 되어 보라색과 연지색을 위주로 한 그 색채만은, 마치 뱀의 눈동자처럼 생생하게 내 기억에 새겨져 있다. 착색 영화[3]의 꿈이라 는 것이 이 세상에 있을까.

나는 그때 태어나서 처음으로 신기루라는 것을 보았다. 대합조 개의 숨결 속에 아름다운 용궁성이 떠올라 있는 그런 고풍스러운 그림을 상상하고 있던 나는, 진짜 신기루를 보고 비지땀이 배어 나오는 듯한, 공포에 가까운 놀라움에 사로잡혔다.

우오즈의 바닷가 소나무 가로수에 콩알만 한 인간들이 득시글득 시글 모여 숨을 죽이고 시야 가득한 넓은 하늘과 해수면을 바라보 고 있었다. 나는 그렇게 조용한, 벙어리처럼 침묵하고 있는 바다를 본 적이 없다. 동해의 바다는 거칠 것이라고 믿고 있던 내게는 그것도 매우 의외였다. 그 바다는 회색으로, 잔물결 하나 없이 무 한한 저편까지 이어지는 연못 같았다. 그리고 태평양의 바다처럼 수평선은 없고, 바다와 하늘은 똑같은 회색으로 서로 녹아들어 두께를 알 수 없는 안개에 덮여 있는 것 같았다. 하늘인 줄로만 알았던 위쪽의 안개 속이 의외로 해수면이어서, 유령 같은 커다란

---

3) 흑백이나 세피아 등 단색으로 촬영된 영화에 색을 입히는 등의 공정 처리를 한 영화.

흰 돛이 둥실둥실 미끄러져 가기도 한다.

신기루란 젖빛 필름의 표면에 먹물을 떨어뜨린 후, 그것이 자연스럽게 서서히 번져 가는 모습을 터무니없이 거대한 영화로 만들어, 넓은 하늘에 비추어 낸 것과도 같았다.

아득히 먼 노토[能登] 반도[4]의 나무숲이 대기의 비틀린 변형 렌즈를 통해 바로 눈앞의 하늘에, 초점이 잘 맞지 않는 현미경 아래의 검은 벌레처럼 애매하게, 그것도 바보스러울 정도로 확대되어 보는 사람의 머리 위에 드러눕는 것이었다. 그것은 이상한 모양의 검은 구름과 비슷했지만, 검은 구름이라면 그 소재를 확실히 알 수 있는 것에 비해 신기루는 이상하게도 보는 사람과의 거리가 매우 애매하다. 먼 바다 위에 떠 있는 오뉴도[大入道][5] 같기도 하고, 어쩌면 한 자[尺][6] 눈앞에 바싹 다가와 있는 요괴의 안개처럼 보이기도 하고, 마침내는 보는 사람의 각막 표면에 오도카니 떠 있는 한 점의 구름처럼 느껴지기까지 했다. 이 애매한 거리감이, 신기루에 상상 이상으로 기분 나쁜 미치광이 같은 느낌을 주는 것이다.

애매한 모양의 새까맣고 거대한 삼각형이 탑처럼 겹겹이 쌓여 가기도 하고, 눈 깜짝할 사이에 무너지기도 하고, 옆으로 뻗어 긴 기차처럼 달리기도 하고, 그것이 몇 개인가로 무너져 줄줄이 늘어선 편백의 나뭇가지로 보이기도 하는 등, 꼼짝도 하지 않는 것 같지만 어느새 전혀 다른 모양으로 변해 갔다.

---

4) 이시카와[石川] 현과 도야마 현의 경계 부근에서 동해를 향해 돌출된 반도.
5) 머리가 크고 까까머리를 한 일본의 요괴.
6) 척관법의 길이 단위. 1미터의 33분의 10.

신기루의 마력이 인간을 미치게 만드는 것이라면, 아마 나는 적어도 돌아오는 길의 기차 안까지는 그 마력에서 도망치지 못했던 것이리라. 두 시간여나 우두커니 서서 넓은 하늘의 요이(妖異)를 바라보고 있던 나는, 그날 저녁 우오즈를 떠나는 기차 안에서 하룻밤을 보낼 때까지 일상과 전혀 다른 기분이었던 것은 확실하다. 어쩌면 그것은 순식간에 지나가는 사람을 덮치는 괴한처럼 인간의 마음을 슬쩍 침식하는, 일시적 광기 같은 것이었을까.

우오즈 역에서 우에노로 가는 기차를 탄 것은 저녁 여섯 시 경이었다. 이상한 우연인지, 그 부근의 기차는 늘 그런 것인지, 내가 탄 이등차는 교회당처럼 텅 비어 있었다. 나 외에는 단 한 명의 승객이 맞은편 구석의 쿠션에 웅크리고 있을 뿐이었다.

기차는 쓸쓸한 바닷가의 험한 절벽이나 모래사장 위, 단조로운 기계 소리를 울리며 끝도 없이 달린다. 늪 같은 바다 위의 안개 속 깊이, 검은 피 같은 색깔의 저녁놀이 흐릿하게 보인다. 이상하게 커 보이는 하얀 돛이 그 속을 꿈처럼 미끄러지고 있었다. 바람이라고는 조금도 불지 않는 푹푹 찌는 날이었기 때문에, 기차가 나아감에 따라 군데군데 열려 있는 차창으로 숨어드는 산들바람도 유령처럼 어중간하기만 했다. 수많은 짧은 터널과 줄지어 있는 제설 기둥들이 막연한 회색 하늘과 바다를 줄무늬로 구분하며 지나쳐 갔다.

파도가 거센 절벽을 통과할 무렵, 차내의 전등과 하늘의 밝기가 비슷하게 느껴질 정도로 저녁 어스름이 다가왔다. 마침 그때쯤 맞은편 구석에 있던 단 한 명의 동승자가 갑자기 일어서서 쿠션 위에 커다란 검은 공단 보자기를 펼치고, 창에 기대어 두었던 두 자에서 세 자 정도 되는 편평한 짐을 그 안에 싸기 시작했다. 그것이 내게 무언가 기묘한 느낌을 주었다.

그 편평한 것은 아마 액자가 틀림없겠지만, 그것의 바깥쪽을 뭔가 특별한 의미라도 있는 것처럼 창유리를 향해 세워 두었던 것이다. 한 번 보자기에 쌌던 것을 일부러 꺼내어, 그렇게 바깥을 향해 세워 둔 것이라고밖에 생각되지 않았다. 게다가 그가 다시 쌀 때 얼핏 보니, 액자 표면에 그려져 있는 화려한 색깔의 그림이 묘하게 생생해서 왠지 예사롭지 않았다.

나는 새삼, 이 괴상한 짐의 주인을 관찰했다. 그리고 주인 자체가 짐보다도 훨씬 더 이상했다는 사실을 알고 놀랐다.

그는 몹시 고풍스러운, 옷깃이 좁고 어깨가 오그라든 검은 양복을 입고 있었다. 우리 아버지들의 젊은 시절의 빛바랜 사진에서밖에 볼 수 없을 것 같은 옷이었다. 그러나 그것이 키가 크고 다리가 긴 그에게 묘하게 잘 어울려서, 몹시 세련되어 보이기까지 했다. 얼굴은 갸름하고 두 눈이 조금 지나치게 번쩍거리던 것 외에는 대체로 매우 단정하고 스마트한 느낌이었다. 그리고 단정하게 가르마를 가른 머리카락이 풍성하고 새까맣게 빛나고 있어서 얼핏 보면 마흔 전후로 보였지만, 자세히 주의해서 보면 얼굴 전체에 엄청난 주름이 있어 대뜸 예순 정도로 보이기도 했다. 이 새까만 머리카락과 하얀 얼굴에 종횡으로 새겨져 있는 주름의 대조가,

처음 그것을 깨달았을 때 나를 흠칫하게 했을 정도로 몹시 기분 나쁜 느낌을 주었다.

그는 조심스럽게 짐을 싸고 나더니 갑자기 내 쪽으로 얼굴을 향했다. 마침, 내 쪽에서도 상대의 동작을 열심히 바라보고 있던 때였기 때문에 두 사람의 시선이 딱 부딪히고 말았다. 그러자 그는 왠지 부끄러운 듯이 입술 한쪽을 휘며 희미하게 웃어 보였다. 나도 무심코 고개를 움직여 인사를 했다.

그리고 나서 작은 역을 두세 개 통과하는 동안, 우리는 서로 구석에 앉은 채 멀리서 가끔 시선을 나누고는 어색하게 다른 쪽을 향하는 일을 되풀이하고 있었다. 바깥은 완전히 어두워졌다. 창유리에 얼굴을 바싹 대고 내다보아도, 가끔 앞바다의 어선 불빛이 멀리에 오도카니 떠 있는 것 외에는 전혀 아무런 불빛도 없었다. 끝없는 어둠 속에, 우리의 가늘고 긴 객실만이 단 하나의 세상인 것처럼 언제까지나 덜컹덜컹 움직여 갔다. 그 어둑어둑한 객실 안에 우리 두 사람만을 남겨두고 전 세계가, 모든 생물이 흔적도 없이 사라져 버린 듯한 느낌이었다.

우리가 탄 이등차에는 어느 역에서나 한 명의 승객도 타지 않았고, 열차 보이나 차장조차 한 번도 모습을 보이지 않았다. 그런 것도 지금에 와서 생각해 보면 몹시 기괴하게 느껴진다.

나는 마흔 살로도 예순 살로도 보이는, 서양의 마술사 같은 풍채의 그 남자가 점점 무서워지기 시작했다. 무서움이라는 것은, 달리 마음 쓸 것이 없는 경우에는 무한하게 커져서 온몸 가득 퍼져 가는 법이다. 나는 마침내는 솜털 끝까지 무서움이 가득 차 견딜 수 없게 되어서, 갑자기 일어서서 맞은편 구석에 있는 그 남자 쪽으로 뚜벅뚜벅 걸어갔다. 그 남자가 꺼림칙하고 무섭기 때문에 더더욱, 나는 그 남자에게 가까이 다가간 것이었다.

나는 그와 마주 보는 자리에 조심스럽게 걸터앉아, 가까이 가니 한층 더 이상하게 보이는 그의 주름투성이 하얀 얼굴을 눈을 가늘게 뜨고 숨을 죽이며 가만히 들여다보았다. 나 자신이 요괴라도 되는 듯한, 일종의 불가사의한, 경도된 기분이었다.

남자는 내가 내 자리에서 일어섰을 때부터 줄곧 눈으로 나를 맞이하듯 바라보고 있었지만, 그렇게 내가 그의 얼굴을 들여다보자 기다리고 있었다는 듯이 턱으로 옆에 있는 그 편평한 짐을 가리키며 아무런 서두도 없이, 자못 그것이 당연한 인사라도 되는 것처럼,

"이것 말입니까?"

하고 말했다. 그 말투가 너무나도 당연하다는 듯했기 때문에 나는 오히려 깜짝 놀랐을 정도였다.

"이것이 보고 싶으신 거겠지요."

내가 잠자코 있으니 그는 다시 한 번 똑같은 말을 되풀이했다.

"보여 주시겠습니까."

나는 상대의 분위기에 이끌려, 그만 이상한 말을 하고 말았다. 나는 결코 그 짐을 보고 싶어서 자리에서 일어선 것이 아니었는데.

"기꺼이 보여 드리지요. 저는 아까부터 생각하고 있었습니다.

당신은 분명 이것을 보러 오실 거라고요."

남자는——오히려 노인이라고 하는 편이 어울리지만——그렇게 말하면서 긴 손가락으로 능숙하게 커다란 보따리를 풀고 그 액자 같은 것을, 이번에는 이쪽을 향해 창 있는 곳에 세웠다.

나는 힐끗 그 표면을 보고는 저도 모르게 눈을 감았다. 왜였는지, 그 이유는 지금도 모르겠지만 왠지 모르게 그렇게 해야 할 것 같은 느낌이 들어서 몇 초 동안 눈을 감고 있었다. 다시 눈을 떴을 때, 내 앞에는 지금껏 본 적이 없는 기묘한 것이 있었다. 그렇다 해도 나는 그 '기묘'한 점을 분명하게 설명할 말을 갖고 있지 않지만.

액자에는 가부키 연극의 저택 배경처럼 몇 개나 되는 방을 뚫고 극도의 원근법으로 파란 다다미와 소란반자[7]가 아득히 저편까지 이어져 있는 듯한 광경이, 남색을 위주로 한 도로에노구(泥絵具)[8]로 독살스럽게 칠해져 있었다. 왼쪽 전방에는 어설픈 서원풍(書院風) 창이 시커멓게 그려져 있고, 같은 색깔의 책상이 그 옆에 각도를 무시한 채 그림으로 자리 잡고 있었다. 그것들의 배경은 그 에마후다(絵馬札)[9] 그림의 독특한 화풍과 비슷했다고 하면 가장 잘 알 수 있지 않을까.

그 배경 속에서 한 자 정도 되는 키의 인물 두 명이 튀어나와 있었다. 튀어나와 있었다고 하는 것은, 그 인물만이 압화 세공으로 되어 있었기 때문이다. 검은 비로드의 고풍스러운 양복을 입은

---

7) 각재(角材)를 45센티미터 정도의 간격으로 격자형으로 엮어서 그 위에 널을 붙인 천장.
8) 점토를 안료로 혼합한 진흙 같은 그림물감. 색채는 불투명하고 탁하다.
9) 기원·감사의 표시로 말 대신에 신사나 절에 봉납하는 말 그림 액자.

백발의 노인이 갑갑한 듯이 앉아 있는데(이상하게도 그 용모가, 머리카락 색깔을 제외하면 액자의 주인인 노인과 꼭 같을 뿐만 아니라 입고 있는 양복의 바느질 방법까지 똑같았다) 홀치기한 천을 덧댄 후리소데에 검은 공단 띠가 잘 어울리는 열일고여덟 살의, 금방이라도 물이 뚝뚝 떨어질 듯한 유이와타[10] 머리의 미소녀가 뭐라 말할 수 없는 요염한 수줍음을 머금고 그 노인의 양복 무릎에 기대어 있다. 말하자면 연극의 정사 장면과 비슷한 화면이었다.

양복을 입은 노인과 요염한 소녀의 대조가 매우 이상했다는 것은 말할 것까지도 없지만, 그러나 내가 '기묘'하게 느꼈다는 것은 그것이 아니다.

배경이 조잡한 것에 비해 압화 세공은 놀랄 정도로 정밀했다. 얼굴 부분은 하얀 비단으로 굴곡을 만들어 사소한 주름까지 하나하나 표현했고, 소녀의 머리카락은 진짜 머리카락을 한 올 한 올 심어 인간의 머리카락을 묶듯이 묶었으며, 노인의 머리 또한 아마 진짜 백발을 꼼꼼하게 심은 것이 틀림없었다. 양복은 솔기도 바르게 되어 있고, 적당한 곳에 밤알만 한 단추까지 달려 있다. 소녀의 봉긋한 가슴도 그렇고, 허벅지 언저리의 요염한 곡선도 그렇고, 풍성한 히지리멘[緋縮緬][11], 얼핏 보이는 맨살의 색깔, 손가락에는

---

10) 일본 머리 모양의 한 가지. 앞머리·옆머리를 밖으로 튀어나오게 하고, 마게(髷: 머리를 정수리에서 모아 묶은 것을, 뒤로 꺾었다가 다시 앞으로 꺾은 일본식 상투)의 중간 부분을 댕기로 묶은 머리 모양.
11) 바탕이 오글오글한 진홍색 비단. 흔히 부인의 속옷용으로 쓰인다.

조개껍질 같은 손톱이 돋아 있었다. 확대경으로 들여다보면 털구멍이나 솜털까지도 틀림없이 만들어져 있지 않을까 생각되었을 정도다.

나는 압화라고 하면 하고(羽羽)[12]판의 배우 얼굴 세공밖에 본 적이 없었다. 물론 하고판의 세공 중에도 꽤 정밀한 것이 있지만, 이 압화는 그런 것과는 전혀 비교도 되지 않을 정도로 정교하고 치밀하기 짝이 없었다. 아마 그쪽 명인의 손으로 만들어진 것이 아닐까. 하지만 그것이 내가 말하는 '기묘'한 점은 아니었다.

액자 전체가 어지간히도 오래된 것인지 배경의 도로에노구가 군데군데 떨어져 있었고, 소녀의 홀치기한 천도, 노인의 비로드도 볼품없게 빛깔이 바래 있었다. 벗겨져 떨어지고 빛이 바래긴 했어도 나름대로 형용하기 어려운 독살스러움을 유지하고 있어 보는 사람의 눈 속 깊이 번들번들하게 새겨질 듯한 생기를 갖고 있었던 것도, 이상하다면 이상했다. 하지만 내가 '기묘'하다고 하는 의미는 그것도 아니다.

그것은 굳이 말하자면 압화의 인물이 둘 다 살아 있었던 것이다.

꼭두각시 인형극에서 하루의 공연 중 딱 한 번이나 두 번, 그것도 아주 잠깐, 명인이 사용하는 인형이 갑자기 신의 숨결을 받기라도 한 것처럼 정말로 살아 있을 때가 있는데, 이 압화의 인물은 그 살아 있는 순간의 인형을 생명이 도망칠 틈을 주지 않고 순식간에

---

12) 모감주나무 열매에 구멍을 뚫어 채색한 새의 작은 깃털을 몇 장 꽂은 것. 하고판에 이것을 꽂으며 논다.

그대로 판에 붙였다는 느낌으로, 영원히 살아 있는 것처럼 보였던 것이다.

내 표정에서 놀람의 빛을 읽어냈기 때문인지, 노인은 매우 믿음직스러운 말투로 거의 외치듯이,

"다, 당신은 알아주실지도 모르겠습니다."

하고 말하면서 어깨에 메고 있던 검은 가죽 케이스를 조심스럽게 열쇠로 열고, 그 안에서 매우 고풍스러운 쌍안경을 꺼내 그것을 내 쪽으로 내밀었다.

"이거, 이 망원경으로 한 번 보십시오. 아니, 거기에서는 너무 가깝고요. 실례지만 좀 더 저쪽에서. 그래요, 딱 그 정도가 좋겠습니다."

참으로 이상한 부탁이기는 했지만 나는 한없는 호기심에 사로잡혀 노인이 말하는 대로 자리에서 일어서서 액자에서 대여섯 걸음 떨어졌다. 노인은 내가 보기 쉽도록 양손으로 액자를 들고 전등에 비춰 주었다. 지금 생각하면 매우 이상하고 미치광이 같은 광경이었음이 틀림없다.

망원경이라는 것은 아마 이삼십 년도 전에 외국에서 건너온 물건일까. 우리가 어렸을 때 흔히 안경가게 간판에서 보던 것 같은, 이상한 모양의 프리즘 쌍안경이었다. 그러나 많이 닳아서 겉에 씌운 검은 가죽은 벗겨져 있고 군데군데 진주 바탕이 드러나 있었다. 주인의 양복과 마찬가지로 어느 모로 보나 고풍스러운, 하지만 어쩐지 그리운 느낌이 드는 물건이었다.

나는 신기해서 잠시 그 쌍안경을 이리저리 만지작거리고 있다가 그것을 들여다보기 위해 양손으로 눈앞에 가져갔을 때였다. 갑자기, 참으로 갑자기 노인이 비명에 가까운 고함을 질러서 나는 하마터면 쌍안경을 떨어뜨릴 뻔했다.

"안 됩니다. 안 됩니다. 그건 거꾸로입니다. 거꾸로 들여다보면 안 됩니다. 안 돼요."

노인은 새파랗게 질려 눈을 휘둥그렇게 부릅뜨고, 끊임없이 손을 흔들고 있었다. 쌍안경을 거꾸로 들여다보는 것이 왜 그렇게 큰일인 것인지, 나는 노인의 이상한 거동을 이해할 수가 없었다.

"그렇군요, 그렇군요, 거꾸로였던가요."

나는 쌍안경을 들여다볼 생각에만 정신이 팔려 있어서 이 노인의 수상한 표정은 별로 신경 쓰지도 않고, 쌍안경을 올바른 방향으로 고쳐 쥐고는 서둘러 그것을 눈에 대고 압화의 인물을 들여다보았다.

초점이 맞아 감에 따라 두 개의 원형으로 보이던 시야가 서서히 하나로 겹쳐지고, 흐릿한 무지개 같은 것이 점점 뚜렷해지더니 깜짝 놀랄 만큼 커다란 소녀의 상반신이, 그것이 전 세계라도 되는 것처럼 내 시야에 가득 펼쳐졌다.

나는 그런 식으로 사물이 나타나는 것을 그 전에도 그 후에도 본 적이 없어서, 이 글을 읽는 이들에게 이해시키기가 어렵다. 하지만 그것에 가까운 느낌을 떠올려 보자면 가령 배 위에서 바다로 잠수한 어부의, 어느 순간의 모습과 비슷했다고나 형용해야 할까.

어부의 나신이 바닥 쪽에 있을 때는 푸른 수면의 복잡한 동요 때문에 그 몸이 마치 해초처럼 부자연스럽게 꿈틀꿈틀 구부러지고 윤곽도 흐릿해져 뿌연 요괴처럼 보이지만, 그것이 스윽 떠오름에 따라 수면의 푸른색이 점점 옅어지고 형태가 뚜렷해져 물 위로 얼굴을 불쑥 내밀면 그 순간 눈이 번쩍 뜨인 것처럼 물속의 하얀 요괴가 순식간에 인간의 정체로 드러나는 것이다. 마치 그것과 같은 느낌으로, 압화 속의 소녀는 쌍안경 속에서 내 앞에 모습을 나타내고, 실물 크기의 살아 있는 한 소녀로서 꿈틀거리기 시작했다.

19세기의 고풍스러운 프리즘 쌍안경의 알 맞은편에는 우리가 전혀 생각도 하지 못할 별세계가 있고, 거기에서 유이와타 머리의 요염한 소녀와 고풍스러운 양복 차림의 백발 남자가 기묘한 생활을 영위하고 있다. 들여다보면 안 되는 것을, 나는 지금 마법을 써서 들여다보고 있는 것이다. 그런 형용할 수 없는 괴상한 기분으로, 그러나 나는 홀린 듯이 그 불가사의한 세계를 넋을 잃고 바라보고 말았다.

소녀가 실제로 움직이고 있었던 것은 아니지만 그 온몸의 느낌이 육안으로 보았을 때와는 완전히 달라져서 생기에 넘쳤다. 새하얀 얼굴이 약간 복숭앗빛으로 상기되고, 가슴은 맥박치고(실제로 나는 심장의 고동까지 들었다), 육체에서는 쪼글쪼글한 천의 의상을 통해 젊은 여자의 생기가 뜨겁게 발산되고 있는 것 같았다.

나는 여자의 온몸을 쌍안경으로 한 번 샅샅이 훑고 나서, 그 소녀가 기대고 있는 행복한 백발 남자 쪽으로 시선을 옮겼다.

노인도 쌍안경의 세계에서 살아 있었던 것은 마찬가지였다. 그러나 겉보기에 마흔 살 정도나 나이 차이가 나는 젊은 여자의 어깨에 손을 두르고 자못 행복해 보이는 모습이기는 하지만, 묘하게도 렌즈에 가득 차는 크기로 비친 그의 주름 많은 얼굴이 그 수백 개의 주름 밑에서 이상하게 괴로워하는 모습을 나타내고 있었다. 그것은 노인의 얼굴이 렌즈로 인해 눈앞까지 이상할 정도로 가까이 크게 다가와 있었기 때문이었겠지만, 바라보면 바라볼수록 오싹하니 무서워지는, 비통과 공포가 뒤섞인 일종의 이상한 표정이었다.

그 모습을 보자 나는 가위에 눌린 듯한 기분이 들어 쌍안경을 들여다보고 있는 것이 견디기 힘들게 느껴져, 저도 모르게 눈을 떼고 주위를 두리번두리번 둘러보았다. 그러자 그곳은 역시 쓸쓸한 밤기차 안이고, 압화의 액자도, 그것을 들고 있는 노인의 모습도 원래 그대로였다. 창밖은 캄캄하고, 단조로운 차바퀴의 울림도 여전히 들리고 있었다. 악몽에서 깨어난 기분이었다.

"당신은 이상하다는 얼굴을 하고 계시는군요."

노인은 액자를 원래대로 창 옆에 세워 두고 자리에 앉더니, 내게도 그 맞은편에 앉으라고 손짓을 하면서 내 얼굴을 바라보고 이렇게 말했다.

"내 머리가 어떻게 된 모양입니다. 굉장히 덥군요."

나는 수줍음을 감추듯이 말했다. 그러자 노인은 새우등이 되어 얼굴을 내 쪽으로 바싹 들이대고 무릎 위에서 가늘고 긴 손가락을 신호라도 보내듯이 살랑살랑 움직이면서 낮디낮게 속삭이는 목소리로,

"저들은 살아 있었지요?"

하고 말했다. 그리고 자못 중대한 일을 털어놓는다는 듯이 한층 더 등이 구부정해져서 번쩍거리는 눈을 부릅뜨고 내 얼굴을 구멍이 뚫릴 정도로 바라보며 이런 말을 속삭이는 것이었다.

"당신은 저들의 진짜 신상 이야기를 듣고 싶지 않으십니까?"

나는 기차의 흔들림과 차바퀴의 울림 때문에 노인의 낮은, 중얼거리는 듯한 목소리를 잘못 들은 것이 아닌가 하고 생각했다.

"신상 이야기라고 하셨습니까?"

"신상 이야기요." 노인은 역시 낮은 목소리로 대답했다. "특히 한쪽의, 백발노인의 신상 이야기 말입니다."

"젊은 시절의 이야기입니까?"

나도 그날 밤에는 왠지 묘하게 평소답지 않은 말투로 말했다.

"네, 그 사람이 스물다섯 살 때의 이야기입니다."

"꼭 듣고 싶군요."

나는 보통의 살아 있는 인간의 신상 이야기라도 재촉하듯이, 지극히 아무것도 아닌 것처럼 노인을 재촉했다. 그러자 노인은 얼굴의 주름을 자못 기쁜 듯이 일그러뜨리며 "아, 당신은 역시 들어 주시는군요" 하고 말하고는, 다음과 같은 이상하기 짝이 없는 이야기를 시작했다.

"그건 그렇지, 평생의 대사건이라서 똑똑히 기억하고 있습니다. 1895년 4월의, 형이 저렇게(하고 말하며 그는 압화 속의 노인을 가리켰다) 된 것이 27일 저녁때의 일이었습니다. 당시 저도 형도, 아직 부모님 집에 얹혀살고 있었습니다. 집은 니혼바시도리 3번가였는데, 아버지가 포목상을 경영하고 있었지요. 어쨌든 아사쿠사 십이층[13]이 생긴 지 얼마 되지 않았을 때였습니다. 그래서 형은 매일같이 그 료운카쿠에 올라가며 기뻐하곤 했답니다. 형은 묘하게 이국의 것들을 좋아하고 새로운 것을 즐기는 사람이었거든요. 이 망원경 역시, 형이 외국 배의 선장이 갖고 있었다는 것을 요코하마에 있는 중국인 마을의 괴상한 가게 앞에서 발견한 것이고요. 당시로서는 꽤 비싼 돈을 치렀다고 했었지요."

노인은 "형"이라고 말할 때마다 마치 거기에 그 사람이 앉아 있는 것처럼 압화 속의 노인 쪽을 바라보거나 가리키곤 했다. 노인은 그의 기억에 있는 진짜 형과 그 압화 속에 있는 백발의 노인을 혼동하여, 압화가 살아서 그의 이야기를 듣고 있기라도 한 듯이, 바로 옆에 있는 제삼자를 의식하는 듯한 말투로 이야기했다. 하지만 이상하게도 나는 그것이 조금도 이상하다고는 느껴지지 않았다. 우리는 그 순간 자연의 법칙을 초월한, 우리들의 세계와 어디에선가 어긋나 있는 다른 세계에 살고 있었던 것 같다.

"당신은 십이층에 올라가 보신 적이 있습니까? 아아, 없으시다

---

13) 메이지 시대에서 다이쇼 말기까지 도쿄 아사쿠사에 있었던 12층짜리 탑인 료운카쿠 [凌雲閣]를 말한다. 구름을 넘을 정도로 높다는 뜻의 이름을 가진 이 료운카쿠는 '아사쿠사 십이층'이라는 이름으로도 불렸다. 간토 대지진으로 반파되면서 해체되었다.

고요. 그거 유감이군요. 그건 대체 어디 사는 마법사가 지은 것인지, 참으로 터무니없이 괴상한 건물이었습니다. 표면적으로는 이탈리아의 기술자 버튼이라는 자가 설계한 것으로 되어 있었지만요. 뭐, 생각해 보십시오. 그 무렵의 아사쿠사 공원 하면, 명물이라고 해 봐야 우선 거미 남자의 공연, 처녀의 칼춤과 공 위에 올라가 공을 굴리는 곡예, 약장수의 팽이 돌리기, 요지경 등, 그리고 희한한 것이라면 후지산의 모형[14]에, 메이즈라는 미궁 정도였으니까요. 거기에 말도 안 되게 높은 벽돌 탑이 생긴 것이니, 놀랍지 않겠습니까. 높이가 46간(間)[15]이라고 하니 반 정(丁)[16] 이상 되고 팔각형의 정상이 중국 모자처럼 뾰족해서, 조금 높은 곳에 올라가기만 하면 도쿄 전체에서도 그 붉은 괴물이 보였을 정도였습니다.

방금 말씀드렸다시피 1895년 봄, 형이 이 망원경을 손에 넣은 지 얼마 되지 않았을 무렵이었습니다. 형에게 묘한 일이 일어났습니다. 아버지는 형이 정신이라도 나간 게 아니냐며 몹시 걱정하셨지만 저도, 눈치채셨겠지만 형이라면 껌벅 죽는 사람이라 형의 이상야릇한 행동이 너무나도 걱정이 되어 견딜 수가 없었습니다. 어떤 식인가 하면, 형은 밥도 제대로 먹지 않고 집안사람들과도 말을 하지 않고, 집에 있을 때는 방 한 칸에 틀어박혀 생각에만

---

14) 1887년에 데라다 다메키치라는 사람이 대나무에 종이를 발라 만든 후지산. 높이 32.4미터, 둘레가 270미터, 정상의 넓이 25평으로, 나선형의 등산로를 만들어 정상을 전망대로 삼았다. 2년 반 만에 태풍으로 망가져 철거되었으며, 그 터는 파노라마관이 되었다.
15) 1간은 약 1.8미터.
16) 1정은 60간. 약 109미터.

잠겨 있었어요. 몸은 야위고, 얼굴은 폐병 환자처럼 흙빛이 되었는데, 눈만 날카롭게 번쩍였지요. 하기야 평상시부터 안색이 좋은 편은 아니었지만, 그게 한층 더 창백해지고 가라앉았으니 정말로 가엾은 모습이었습니다. 그런 주제에, 그러면서도 매일 빼먹지 않고 마치 일이라도 나가듯이, 대낮부터 해가 질 때까지 휘청거리며 어딘가 나가는 겁니다. 어디 가느냐고 물어보아도 전혀 말을 하지 않았어요. 어머니도 걱정되어, 형이 울적해하는 이유를 이런저런 방법으로 물어봤지만 조금도 입을 열지 않았습니다. 그런 일이 한 달이나 이어졌지요.

너무나도 걱정이 되어, 저는 어느 날 형이 대체 어디로 가는 것인지 몰래 뒤를 밟았습니다. 그렇게 해 달라고 어머니가 제게 부탁했거든요. 그날도 마치 오늘처럼 흐린, 싫은 날이었습니다. 형은 오후엔 이 망원경을 어깨에 메고 비틀비틀 니혼바시 거리의 마차철도 쪽으로 걸어갔습니다. 그 무렵에 형이 고안해서 짓게 한, 당시로서는 매우 멋쟁이였던 검은 비로드 양복을 입고 있었지요. 저는 형이 눈치채지 못하도록 따라갔습니다. 아시겠습니까. 그랬더니 형은 우에노행 마차철도를 기다렸다가 거기에 훌쩍 올라타 버리더군요. 지금의 전차와는 달리, 다음 차를 타고 뒤를 밟을 수는 없지요. 어쨌거나 차가 적으니까요. 저는 별수 없이 큰맘 먹고 어머니에게 받은 용돈을 써서 인력거를 탔습니다. 인력거도 조금 기운이 좋은 인력거꾼이라면 마차철도를 놓치지 않고 뒤를 밟는 것이야 어렵지 않은 일이지요.

형이 마차철도에서 내리자 저도 인력거에서 내려, 다시 터벅터벅 뒤를 밟았어요. 그랬더니 도착한 곳이, 세상에 아사쿠사의 센소지[浅草寺]가 아니겠습니까. 형은 경내 상점과 본당 입구를 그냥 지나쳐, 본당 뒤에 있는 흥행장으로 들어갔습니다. 인파를 헤치며 아까 말씀드린 십이층 앞까지 가더니, 돌로 된 문을 지나 돈을 치르고 '료운카쿠'라는 현판이 걸려 있는 입구를 통해 탑 안으로 모습을 감추더군요. 설마 형이 이런 곳에 매일같이 다니고 있을 줄은 꿈에도 몰랐기 때문에, 저는 어안이 벙벙해지고 말았습니다. 저는 그때 아직 스물도 되지 않았을 때여서, 어린 마음에 형은 이 십이층의 요괴에게 홀린 것이 아닐까 하고 이상한 생각을 했답니다.

저는 십이층에는 아버지를 따라 한 번 올라가 본 것이 다였고 그 후로 간 적이 없어서 왠지 으스스한 기분이 들었지만, 형이 올라가니 어쩔 수 없이 저도 한 층 정도 뒤처져서 그 어둑어둑한 돌계단을 올라갔습니다. 창도 크지 않고, 벽돌로 된 벽이 두꺼워서 곳간처럼 서늘했어요. 게다가 청일전쟁 당시라서, 그 무렵에는 드물었던 전쟁 유화가 한쪽 벽에 죽 걸려 있었습니다. 마치 늑대 같은 무서운 얼굴을 하고 으르렁거리면서 돌진하고 있는 일본 군인이나, 검이 달린 총포에 배를 찔려 뿜어져 나오는 피를 양손으로 누르고 얼굴과 입술이 보라색이 되어 몸부림치는 청나라 병사나, 싹둑 잘린 변발 머리가 풍선처럼 하늘 높이 날아가는 모습이나, 뭐라 말할 수 없는 독살스러운 피투성이 유화가 창문에서 비쳐드는 어둑어둑한 광선에 번쩍번쩍 빛나고 있는 것입니다. 그 사이를, 음침한 돌계단이 달팽이 껍질처럼 위로 위로 끝없이 이어져 있었습니다. 정말로 기묘한 기분이었습니다.

꼭대기에는 팔각형의 난간만 있을 뿐, 벽도 없는 전망 복도로 되어 있었지요. 거기에 다다르자 갑자기 확 밝아져서, 지금까지의 어둑어둑한 길이 길었던 만큼 깜짝 놀라고 말았습니다. 구름이 손에 닿을 것 같은 낮은 곳에 있고, 둘러보니 도쿄 전체의 지붕이 쓰레기처럼 어지럽게 뒤섞여 있었습니다. 시나가와의 오다이바(お台場)[17]가 분석(盆石)처럼 보였어요. 현기증이 나려는 것을 참고 아래를 내려다보니 센소지의 본당도 훨씬 낮은 곳에 있고, 가설 건물을 지어 놓은 흥행장이 장난감처럼, 걸어 다니는 사람들이 머리와 발로만 보였습니다.

정상에서는 십여 명의 구경꾼이 한 덩어리가 되어 무서운 듯한 얼굴을 하고 두런두런 작은 목소리로 속삭이면서 시나가와의 바다 쪽을 바라보고 있었습니다. 하지만 형은 어디 있나 하고 보니, 그들과는 떨어진 곳에서 혼자 망원경을 눈에 대고 끊임없이 센소지 경내를 둘러보고 있더군요. 그 모습을 뒤에서 보니, 희끄무레하고 흐린 구름밖에 없는 곳에 형의 비로드 양복이 또렷하게 떠올라 아래쪽의 어지럽게 뒤섞여 있는 것들이 아무것도 보이지 않았습니다. 형이라는 것은 알고 있었지만 왠지 서양의 유화 속 인물 같은 기분이 들어서, 그 엄숙한 모습에 말을 걸기도 꺼려졌을 정도였지

---

17) 에도 시대 말기에 바다를 방비하기 위해 만든 포대.

요.

하지만 어머니의 당부를 떠올리면 마냥 그러고 있을 수도 없어서, 저는 형의 뒤로 다가가 '형님, 뭘 보고 계십니까?' 하고 말을 걸었습니다. 형은 깜짝 놀라 돌아보았지만, 거북한 얼굴을 하고 아무 말도 하지 않았습니다. 저는 '형님의 요즘 모습에 아버지도 어머니도 매우 걱정하고 계십니다. 매일같이 어디에 나가시는 건지 이상하게 여기고 계시는데, 형님은 이런 곳에 오고 계셨나 보군요. 제발 그 이유를 말해 주십시오. 평소에 사이좋은 저한테만이라도 털어놓아 주십시오' 하고 가까운 곳에 사람이 없는 것을 기회로, 그 탑 위에서 형을 설득했지요.

좀처럼 털어놓지 않았지만, 제가 되풀이해서 부탁하니 형도 그 끈기에 졌는지, 결국 한 달 동안 가슴에 품어 왔던 비밀을 제게 이야기해 주었습니다. 하지만 그 형의 번민의 원인이라는 것은, 이 또한 매우 희한한 일이었습니다. 형이 말하기를, 한 달쯤 전에 이 십이층에 올라가 그 망원경으로 센소지 경내를 보고 있을 때, 인파 사이에서 얼핏 한 아가씨의 얼굴을 보았다고 합니다. 그 아가씨가 참으로 뭐라고 말할 수 없는, 이 세상의 존재라고는 생각되지 않는 아름다운 사람이라고 하더군요. 평상시 여자에게는 오로지 냉담하기만 했던 형도 그 망원경 속의 아가씨에게만은 오싹한 한기가 들었을 정도로 완전히 마음이 흐트러지고 말았다는 것입니다.

그때 형은 한 번 본 것만으로도 깜짝 놀라 망원경을 놓고 말았기 때문에, 다시 한 번 보려고 같은 방향을 정신없이 찾아보았지만 아무리 해도 그 아가씨의 얼굴과 마주치지 못했습니다. 망원경으로는 가깝게 보여도 실제로는 멀리 있고, 많은 인파 속이었으니 한 번 보였다고 해서 두 번째도 찾아낼 수 있다는 보장은 없으니까요.

그 후로 형은 이 망원경 속의 아름다운 아가씨를 잊을 수가 없었습니다. 지극히 내성적인 사람이었기 때문에, 고풍스러운 상사병을 앓기 시작한 것입니다. 지금 사람들은 웃을지도 모르겠지만 그 무렵의 사람들은 참으로 얌전해서, 오가다가 한 번 본 여자를 사랑하게 되어 상사병에 걸린 남자도 많았던 시대니까요. 말할 것까지도 없이, 형은 그렇게 밥도 제대로 먹지 못해 쇠약해진 몸을 이끌고 또다시 그 아가씨가 센소지 경내를 지나가지 않을까 하는 슬프고도 부질없는 기대로 매일같이, 마치 일이라도 하듯이 십이 층에 올라가 망원경을 들여다보고 있었던 것입니다. 사랑이란 이상한 것이지요.

형은 제게 그 이야기를 털어놓고는 또 열병에 걸린 사람처럼 망원경을 들여다보기 시작했습니다. 그때 저는 형의 마음을 완전히 동정하게 되어, 만에 하나도 희망이 없는 헛된 헤맴이지만 그만두시라고 말릴 기분이 들지 않았습니다. 너무나도 마음이 아파 눈물을 지으며 형의 뒷모습을 가만히 바라보고 있었지요. 그런데 그때……, 아, 저는 그 요사스럽고도 아름다웠던 광경을 잊을 수가 없습니다. 삼십 년 이상이나 지난 옛날 일이지만, 이렇게 눈을 감으면 그 꿈같은 색깔이 또렷하게 떠오를 정도입니다.

아까도 말씀드렸다시피 형 뒤에 서 있으면 보이는 것은 하늘뿐이라, 우울한 떼구름 속에 형의 늘씬한 양복 차림이 그림처럼 떠 있었습니다. 떼구름 쪽이 움직이고 있는 것인데, 형의 몸이 허공에 떠 있는 것이 아닌가 하고 잘못 볼 정도였습니다. 하지만 그때 갑자기 불꽃놀이라도 쏘아 올린 것처럼, 희끄무레한 넓은 하늘 속에 붉은색이나 푸른색이나 보라색의 수많은 구슬이 앞다투어 둥실둥실 떠올랐습니다. 말씀만 들어서는 모르시겠지만 정말로 그림 같고, 또 무슨 전조 같아서, 저는 뭐라 말할 수 없는 이상한 기분이 들었지요. 무엇일까 하고 서둘러 아래를 내려다보니, 어쩌다가 풍선장수가 실수를 해서 고무풍선을 한꺼번에 하늘로 날려보낸 것이라는 것을 알았습니다. 하지만 그때는 고무풍선 자체가 지금보다는 훨씬 드물었기 때문에, 정체를 알고도 저는 여전히 묘한 기분이 들었답니다.

묘하게도, 그것이 계기가 된 것도 아니겠지만 마침 그때, 형은 몹시 흥분한 듯이 창백한 얼굴을 확 붉히고 숨을 헐떡이며 제 쪽으로 다가와서, 갑자기 제 손을 잡고 '자, 갈까? 빨리 가지 않으면 늦을 게다' 하며 저를 마구 잡아당기는 것이었습니다. 형에게 끌려 탑의 돌계단을 뛰어 내려가면서 이유를 물으니, 언젠가 보았던 그 아가씨를 찾았다는 것입니다. 파란 다다미를 깐 넓은 방에 앉아 있었으니 지금부터 가도 괜찮을 것이다, 원래 있던 곳에 있을 거라는 것이었습니다.

형이 예상한 곳은 관음당(觀音堂) 뒤쪽이었는데, 그곳에 넓은 방이 있었다고 했습니다. 커다란 소나무가 표식이었지요. 하지만 둘이서 그리로 가서 찾아보아도 소나무는 분명히 있는데, 그 근처에는 집다운 집이라고는 보이지도 않아서 마치 여우에 홀린 듯한 상태였습니다. 형이 착각한 걸 거라고는 생각했지만 풀이 죽은 모습이 너무나도 가엾어서, 형을 위로하기 위해 그 근처 찻집 등을 돌아보기도 했습니다. 하지만 그런 아가씨는 그림자도 찾아볼 수 없었습니다.

아가씨의 모습을 찾다 보니 형과 헤어지게 되었는데, 찻집을 한 바퀴 돌고 잠시 후에 원래의 소나무 밑으로 돌아가 보니 거기에는 여러 노점들과 함께 한 요지경 가게가 철썩철썩 채찍 소리를 내며 장사를 하고 있었습니다. 보니 그 요지경을 형이 몸을 구부리고 열심히 들여다보고 있지 않겠습니까. '형님, 뭘 하고 계십니까' 하며 어깨를 두드리자 깜짝 놀라며 돌아보았는데, 그때의 형의 얼굴을 저는 지금도 잊을 수가 없습니다. 뭐라고 말씀드리면 좋을까요, 꿈을 꾸고 있는 것 같다고나 할까요. 얼굴 근육이 풀어지고 먼 곳을 보고 있는 눈빛이 되어, 제게 이야기하는 목소리조차 이상하고 공허하게 들릴 정도였습니다. 그리고 '우리가 찾고 있던 아가씨는 이 안에 있다'고 하는 겁니다.

그 말을 듣고 저는 서둘러 돈을 치르고 요지경 속을 들여다보았습니다. 그것은 채소가게 오시치의 요지경이었어요. 마침 기치조지의 서원이었는데, 오시치가 기치자에게 기대어 있는 그림이 나오고 있었습니다. 잊을 수도 없습니다. 요지경 가게의 부부는 쉰 목소리로 입을 모아, 채찍으로 박자를 세면서 '무릎을 나란히 꿇고, 눈으로 보길' 하는 문구를 노래하고 있는 참이었습니다. 아아, 그 '무릎을 나란히 꿇고, 눈으로 보길'이라는 이상한 가락이 지금도 귀에 달라붙어 있는 것 같습니다.

요지경 그림 속의 인물은 압화로 되어 있었는데, 그쪽 방면의 명인이 만든 것이었겠지요. 오시치의 얼굴이 어찌나 생생하고 아름답던지요. 제 눈에도 정말 살아 있는 것처럼 보였으니, 형이 그런 말을 한 것도 전혀 무리는 아닙니다. 형의 말로는 '설령 이 아가씨가 만들어낸 압화라는 것을 알아도, 나는 아무래도 포기할 수가 없다. 슬픈 일이지만 포기할 수가 없어. 단 한 번이라도 좋으니 나도 저 기치자처럼, 압화 속의 남자처럼 저 아가씨와 이야기를 해 보고 싶구나' 하며 멍하니 그 자리에 선 채 움직이려고도 하지 않았습니다. 생각해 보면 그 요지경의 그림은 광선을 받기 위해 위쪽이 뚫려 있었으니, 그것이 십이층 꼭대기에서도 비스듬히 보였던 것이 틀림없습니다.

그때는 이미 해가 지기 시작하고 사람들의 발길도 뜸해져, 요지경 가게 앞에도 두세 명의 단발머리 아이들이 미련이 남았는지 떠나지 못하고 어슬렁거리고 있을 뿐이었습니다. 대낮부터 잔뜩 흐린 날씨였는데, 해가 질 무렵에는 당장에라도 비가 올 것처럼 구름이 낮게 드리워서 한층 더 짓눌리는 듯한, 미쳐 버리기라도 하는 게 아닐까 싶은 싫은 날씨가 되었습니다. 그리고 귓속에 큰북

이 울리는 불쾌한 소리가 둥둥 하고 들려오는 것입니다. 그런 가운데 형은 물끄러미 먼 곳을 응시하며 언제까지나 우두커니 서 있었습니다. 그 시간이 족히 한 시간은 되었던 것 같습니다.

이제 완전히 해가 지고, 멀리 곡예단의 꽃처럼 핀 가스등이 여기저기 아름답게 빛나기 시작했을 때쯤, 형은 문득 정신이 든 것처럼 갑자기 제 팔을 움켜쥐고 "아아, 좋은 생각이 났다. 너, 이 망원경을 거꾸로 들고, 커다란 유리알 쪽을 눈에 대고 그리로 나를 한번 보아 주지 않겠니?" 하고 이상한 말을 하기 시작했습니다. "왜요?" 하고 물어도 "어쨌든 그렇게 좀 해 다오"라고 말할 뿐 요지부동입니다. 저는 원래부터 안경류를 별로 좋아하지 않아서 망원경이든 현미경이든, 먼 곳에 있는 것이 눈앞으로 달려들거나 작은 벌레가 짐승처럼 커지는 요괴 같은 작용이 으스스해서 싫었습니다. 그래서 형이 아끼던 망원경도 별로 들여다본 적이 없었지요. 들여다본 적이 별로 없다 보니, 더욱 그것이 마성의 물건으로 여겨졌고요. 게다가 해가 지고 사람의 얼굴도 제대로 보이지 않는 쓸쓸한 관음당 뒤에서, 망원경을 거꾸로 들고 형을 들여다보다니 미치광이 같기도 하고 으스스하기도 했습니다. 하지만 형이 간절히 부탁하는지라 어쩔 수 없이 시키는 대로 들여다보았지요. 거꾸로 들여다보는 것이라서 두세 간 맞은편에 서 있는 형의 모습이 두자 정도로 작아지고, 작은 만큼 또렷하게 어둠 속에 떠올라 보였습니다. 다른 풍경은 아무것도 비치지 않고, 작아진 형의 양복 차림만이 안경 한가운데에 오도카니 서 있는 것입니다. 아마 형이 뒷걸

음질을 쳐서 걸어갔는지, 그것이 순식간에 작아져 겨우 한 자 정도의, 인형 같은 귀여운 모습이 되고 말았습니다. 그리고 그 모습이 허공으로 스윽 떠오르는가 싶더니, 눈 깜짝할 사이에 어둠 속으로 녹아들고 말았지요.

저는 무서워져서(이런 말씀을 드리면 나잇값도 못한다고 생각하시겠지만, 그때는 정말로 오싹한 두려움이 사무쳤습니다) 갑자기 안경을 떼고 "형님" 하고 부르며 형이 보이지 않게 된 쪽으로 달려갔습니다. 하지만 어찌 된 셈인지, 아무리 찾고 또 찾아도 형의 모습이 보이지 않았습니다. 시간으로 따져보아도 멀리 갔을 리는 없는데, 어디를 찾아도 보이지가 않았어요. 놀랍게도, 이렇게 우리 형은 그것을 마지막으로 이 세상에서 모습을 감추고 말았던 것입니다……. 그 후로 저는 한층 더 망원경이라는 마성의 기계를 두려워하게 되었습니다. 특히나 어느 나라의 선장인지도 알 수 없는 외국인이 갖고 있었던 이 망원경이 특별히 더 싫었지요. 다른 안경은 몰라도 이 안경만은, 어떤 일이 있어도 거꾸로 보아서는 안 돼요. 거꾸로 들여다보면 흉사가 일어난다고 굳게 믿고 있습니다. 당신이 아까 이것을 거꾸로 드셨을 때, 제가 허둥지둥 말린 이유를 아시겠지요.

하지만 오랫동안 찾다가 지쳐서 원래의 요지경 가게 앞으로 돌아갔을 때였습니다. 저는 퍼뜩 어떤 사실을 깨달았습니다. 형은 압화의 아가씨를 연모한 나머지 망원경의 마성의 힘을 빌려 자신의 몸을 압화 속 아가씨와 같은 크기로 줄여서 압화의 세계로 몰래 숨어들어간 것이 아닐까 하는 것이었습니다. 그래서 저는 아직 문을 닫지 않은 요지경 가게의 주인에게 부탁해서 기치조지의 그림을 보여 달라고 했습니다. 놀랍게도 아니나 다를까, 형은 압화가 되어 칸델라 불빛 속에서 기쁜 얼굴을 하고, 기치자 대신 오시치를 껴안고 있는 것이 아니겠습니까.

하지만 저는 슬프다고는 생각하지 않았습니다. 그렇게라도 소원을 이룬 형의 행복이 눈물이 날 정도로 기뻤거든요. 저는 그 그림을 아무리 비싸도 좋으니 꼭 내게 팔아 달라고, 요지경 가게 주인에게 단단히 약속을 받고(묘하게도 시동인 기치자 대신 양복 차림의 형이 앉아 있는 것을 요지경 가게의 주인은 조금도 알아채지 못하는 것 같았습니다) 집으로 달려갔습니다. 있었던 일을 모조리 어머니에게 말한들, 아버지도 어머니도 뭐라고 하시겠습니까. 너는 정신이라도 나간 것이 아니냐며, 뭐라고 말해도 믿어 주시 않았습니다. 우습지 않습니까. 하하하하하하."

노인은 거기에서 자못 우습다는 듯이 웃음을 터뜨렸다. 그리고 이상하게도 나 또한 노인에게 공감하며 함께 껄껄 웃었다.

"그분들은 인간은 압화가 될 수 없다고 믿고 있었습니다. 하지만 압화가 된 증거로, 그 후 형의 모습이 이 세상에서 전혀 보이지 않게 되어 버리지 않았습니까. 그것도 그분들은 가출한 거니 뭐니 하면서 전혀 엉뚱한 추측을 하고 있습니다. 우습지요. 결국 저는 무슨 말을 들어도 상관하지 않고 어머니에게 돈을 달라고 졸라, 결국 그 그림을 손에 넣었습니다. 그것을 들고 하코네에서 가마쿠라 쪽으로 여행을 했지요. 그건 형에게 신혼여행을 시켜 주고 싶었기 때문입니다. 이렇게 기차를 타고 있으면 그때의 일이 생각나서 견딜 수가 없습니다. 역시 오늘처럼 이 그림을 창에 기대어 놓고, 형과 형의 연인에게 바깥 풍경을 보여 주었거든요. 형은 얼마나 행복했을까요. 아가씨도 형의 이 정도의 진심을 어찌 싫다고 생각하겠습니까. 두 사람은 정말로 신혼부부처럼 부끄러운 듯이 얼굴을 붉히면서 서로의 살과 살을 맞대고, 자못 다정하게 끝없는 정담을 나누었습니다.

그 후 아버지는 도쿄의 장사를 접고 도야마 근처의 고향으로 내려갔기 때문에, 저도 줄곧 도야마에서 살아왔습니다. 하지만 그 후로 벌써 삼십 년도 더 지났으니 오랜만에 형에게도 달라진 도쿄를 보여 주고 싶다는 생각이 들어서요, 이렇게 형과 함께 여행을 하고 있는 것입니다.

그런데 슬픈 일이 있습니다. 아가씨 쪽은 아무리 살아 있다고는 해도 원래 사람이 만든 것이라 나이를 먹는 일이 없지만, 형 쪽은 압화가 되기는 했어도 그것은 억지로 모습을 바꾸었을 뿐이고 원래 수명이 있는 인간이다 보니 우리와 똑같이 나이를 먹어 간다는 것이지요. 보십시오, 스물다섯 살 미청년이었던 형이 이제 저렇게 백발이 되고, 얼굴에는 추한 주름이 생기고 말았습니다. 형에게는 얼마나 슬픈 일일까요. 상대 아가씨는 언제까지나 젊고 아름다운데, 자신만 추하게 늙어 가는 것이니까요. 무서운 일입니다. 그래서 형은 슬픈 얼굴을 하고 있어요. 몇 년 전부터 늘 저렇게 괴로워 보이는 얼굴을 하고 있습니다. 그걸 생각하면, 저는 형이 불쌍해서 견딜 수가 없습니다."

노인은 울적하게 압화 속의 노인을 바라보다가 이윽고 문득 깨달은 듯이,

"아아, 터무니없는 긴 이야기를 하게 되었군요. 하지만 당신은 이해해 주시겠지요. 다른 사람들처럼 저를 미치광이라고 말씀하시지는 않을 테지요. 아아, 그래서 저도 이야기한 보람이 있었습니다. 어디, 형과 아가씨도 피로해졌을 겁니다. 게다가 당신 앞에서 그런 이야기를 했으니 틀림없이 부끄러웠겠지요. 그럼 이제 쉬게 해 드려야겠습니다."

하고 말하면서 압화의 액자를 조심스럽게 검은 보자기로 싸는 것이었다. 그 찰나, 내 기분 탓이었을까, 압화의 인형들의 얼굴이 조금 흐트러지고, 조금 부끄러운 듯이 입술 한구석으로 내게 인사의 미소를 보낸 것처럼 보였다. 노인은 그것을 끝으로 입을 다물고 말았다. 나도 입을 다물었다. 기차는 여전히 덜컹덜컹 둔한 소리를 내며 어둠 속을 달리고 있었다.

십 분쯤 그러고 있자니 차바퀴 소리가 느려지고 창밖으로 두세 개의 불빛이 어른어른 보이더니, 기차는 어디인지도 알 수 없는 산속의 작은 역에 정차했다. 역원 한 사람만이 우두커니 플랫폼에 서 있는 것이 보였다.

"그럼 먼저 가 보겠습니다. 저는 이곳에 있는 친척 집에 하룻밤 머물 거라서요."

노인은 액자 꾸러미를 안고 불쑥 일어서더니 그런 인사를 남기고 차 밖으로 나갔다. 창문으로 보고 있자니 길쭉한 노인의 뒷모습은(그것이 얼마나 압화 속 노인과 똑같은 모습이었는지 모른다) 간소한 울타리 앞에서 역원에게 표를 건네는가 싶더니 그대로 등 뒤의 어둠 속으로 녹아들듯이 사라져 갔다.

메라 박사의 이상한 범죄
目羅博士の不思議な犯罪

1

나는 탐정소설의 줄거리를 생각하기 위해 여기저기 어슬렁거릴 때가 있는데, 도쿄를 떠나지 않을 때는 대개 가는 곳이 정해져 있다. 아사쿠사 공원, 하나야시키[18], 우에노의 박물관, 같은 우에노의 동물원, 스미다가와 강의 승합증기선, 료고쿠의 고쿠기칸[國技館][19](그 둥근 지붕이 왕년의 파노라마관[20]을 연상시켜서 나를 끌어당긴다). 지금도 그 고쿠기칸에서 '요괴 대회'라는 것을 보고 돌아온 참이다. 오랜만에 '야와타의 덤불숲'[21]을 지나면서 어린 시절의 그리운 추억에 잠길 수 있었다.

그나저나 이 이야기는 역시 원고 독촉이 심해 도저히 집에 있을 수 없어서 일주일쯤 도쿄 시내를 어슬렁거리고 있을 때, 우에노의 동물원에서 문득 어느 묘한 인물을 만난 데서부터 시작된다.

---

18) 옛 아사쿠사 공원에 있는 유원지.
19) 도쿄 스미다 구에 위치한 일본 스모 경기장.
20) 우에노 공원에 세워진 일본 최초의 영화관.
21) 이곳에 들어가면 다시 나올 수 없거나 재앙이 있다고 전해진다.

이미 저녁때가 되어 폐관 시간이 다가온 터라, 구경꾼들은 대부분 돌아가고 관내는 한적하고 조용했다.

연극이나 만담 공연의 흥행장 등에서도 그렇지만, 마지막 막은 제대로 보지도 않고 신발 벗어 놓는 곳이 얼마나 혼잡할지만 신경 쓰는 에도인의 기질은 아무래도 내 기풍과는 맞지 않는다.

동물원에서도 그렇다. 도쿄 사람들은 왠지 서둘러 집에 돌아가려고 한다. 아직 문이 닫힌 것도 아닌데, 장내는 텅 비어 있고 인기척도 없는 형편이다.

나는 원숭이 우리 앞에 멍하니 서서, 조금 전까지 북적거리던 동물원의 이상한 고요함을 즐기고 있었다.

원숭이들도 놀려 줄 상대가 없어졌기 때문인지 조용하고 쓸쓸해 보인다.

주위가 너무나도 조용했기 때문에 잠시 후에 문득 뒤에서 인기척을 느꼈을 때는 왠지 오싹했을 정도였다.

그것은 머리를 길게 기른 창백한 얼굴의 청년으로, 다림질하지 않은 옷을 입은, 소위 말하는 '룸펜'[22] 같은 느낌의 인물이었다. 하지만 얼굴 생김새와는 다르게 그는 쾌활한 모습으로 우리 속의 원숭이를 놀리기 시작했다.

동물원에 자주 오는 사람인지, 원숭이를 놀리는 솜씨가 능숙하다. 먹이를 하나 줄 때도 마음껏 재주를 부리게 하며 실컷 즐기고 나서 겨우 주는 식이라, 나는 몹시 재미있어서 실실 웃으며 계속해

22) Lumpen. 부랑자 또는 실업자를 이르는 독일어.

서 그 모습을 구경하고 있었다.

"원숭이라는 놈들은 어째서 상대방을 흉내 내고 싶어 할까요."

남자가 갑자기 내게 말을 걸었다. 그는 그때 귤껍질을 위로 던졌다가는 받고, 던졌다가는 받고 있었다. 우리 속의 원숭이 한 마리도 그와 똑같이 귤껍질을 던졌다 받았다 하고 있었다.

내가 웃어 보이자 남자는 또 말했다.

"흉내라는 건 생각해 보면 무서운 것이지요. 신이 원숭이에게 저런 본능을 주신 걸까요."

나는 이 남자는 철학자 룸펜이구나, 하고 생각했다.

"원숭이가 흉내를 내는 건 이상하지만, 인간이 흉내를 내는 건 이상하지 않지요. 신은 인간에게도 원숭이와 똑같은 본능을 얼마쯤 주셨거든요. 그것은 생각해 보면 무서운 일입니다. 당신은 산속에서 커다란 원숭이를 만난 여행자의 이야기를 아십니까?"

남자는 이야기하기를 좋아하는 사람인지, 점점 말수가 많아진다. 나는 낯을 가리는 성격이라 다른 사람이 내게 말을 거는 것은 별로 좋아하지 않지만, 이 남자에게는 묘한 흥미를 느꼈다. 창백한 얼굴과 덥수룩한 머리카락이 나를 끌어당긴 것인지도 모른다. 아니면 그의 철학자 같은 말투가 마음에 든 것인지도 모른다.

"모릅니다. 커다란 원숭이가 어떻게 되었습니까?"

나는 적극적으로 상대의 이야기를 들으려고 했다.

"민가에서 떨어진 깊은 산에서, 여행을 하던 한 남자가 커다란 원숭이를 만났습니다. 그리고 허리에 차고 있던 칼을 원숭이에게

빼앗기고 말았지요. 원숭이는 그것을 뽑아 반쯤 재미로 휘두르며
덤벼들었어요. 여행자는 장사꾼이라, 한 자루뿐인 칼을 빼앗기고
나니 더는 가진 칼도 없어서 목숨마저 위태로워졌습니다."

해가 질 무렵의 원숭이 우리 앞에서 창백한 남자가 묘한 이야기
를 시작했다는, 일종의 정경이 나를 기쁘게 했다. 나는 "흠흠" 하고
맞장구를 쳤다.

"여행자는 칼을 도로 빼앗으려고 했지만, 상대는 나무를 잘 타는
원숭이이다 보니 손을 댈 수가 없었습니다. 하지만 여행하던 남자
는 꽤나 기지가 뛰어난 사람이라, 좋은 방법을 생각해 냈어요. 그
는 그 부근에 떨어져 있던 나뭇가지를 주워 그것을 칼인 것처럼
들고 여러 자세를 취해 보였지요. 원숭이는 신으로부터 사람의
흉내를 내는 본능을 받은 슬픈 동물이라, 여행자의 동작을 하나하
나 흉내 내기 시작했습니다. 그리고는 마침내 자살하고 말았지요.
왜냐하면, 원숭이가 신이 났을 때를 보아 여행자는 나뭇가지로
자신의 목덜미를 끊임없이 때려 보였기 때문입니다. 원숭이는 그
것을 흉내 내어 검집에서 뽑은 칼로 자신의 목을 내리쳤기 때문에
버텨 낼 수가 없었어요. 피를 흘리고, 피가 나도 여전히 자신의
목을 때리다가 목숨이 끊어지고 말았던 것입니다. 여행자는 칼을
되찾았을 뿐만 아니라 커다란 원숭이 한 마리라는 선물까지 얻었
다는 이야기입니다. 하하하……."

남자는 이야기를 마치고 웃었지만, 묘하게 음산한 웃음소리였
다.

"하하하……, 설마요."

내가 웃자 남자는 갑자기 진지해졌다.

"아뇨, 정말입니다. 원숭이라는 녀석은 그런 슬프고도 무서운 숙명을 갖고 있답니다. 시험해 볼까요?"

남자는 그렇게 말하면서 근처에 떨어져 있던 나뭇조각을 한 마리의 원숭이에게 던져 주고, 자신은 짚고 있던 지팡이로 목을 베는 흉내를 내 보였다.

그러자 어떻게 되었을까. 이 남자는 원숭이를 다루는 데 어지간히도 능숙한지, 원숭이 놈은 나뭇조각을 줍더니 갑자기 자신의 목을 끼익끼익 문지르기 시작하는 것이 아니겠는가.

"보세요, 만일 저 나뭇조각이 진짜 칼이라면 어떻겠습니까. 저 작은 원숭이는 벌써 시체가 되었을 겁니다."

넓은 동물원은 텅 비어 있고 사람이라고는 어린아이 하나 없었다. 울창한 나무 그늘에는 벌써 밤의 어둠이 음산한 그림자를 만들고 있었다. 나는 왠지 모르게 몸이 오싹해지기 시작했다. 내 앞에 서 있는 창백한 청년이 평범한 인간이 아니라 마법사나 뭐 그런 것처럼 생각되었다.

"흉내를 낸다는 게 얼마나 무서운 일인지 아시겠습니까? 인간도 마찬가지입니다. 인간도 흉내를 내지 않을 수 없는 슬프고도 무서운 숙명을 갖고 태어났지요. 타르드[23]라는 사회학자는 인간 생활

---

23) 장 가브리엘 타르드(Jean-Gabriel de Tarde. 1843-1904). 프랑스의 사회학자이자 범죄학자이다. '심리학적 사회학'이라는 방법론을 확립하였다. 〈모방의 법칙〉, 〈사회법칙〉 등의 저서가 있다.

을 '모방'이라는 두 글자로 정리하려고 했을 정도가 아닙니까."

지금은 일일이 기억나지 않지만, 청년은 그 후로 '모방'의 공포에 대해서 여러 가지 설을 늘어놓았다. 그는 또한 거울이라는 것에 이상한 두려움을 품고 있었다.

"거울을 가만히 바라보고 있으면 무서워지지 않습니까? 저는 그것보다 무서운 것은 없다고 생각합니다. 왜 무서울까요. 거울 맞은편에 또 한 명의 내가 있고, 원숭이처럼 흉내를 내기 때문입니다."

그런 말을 한 것도 기억한다.

동물원 폐문 시간이 되고 우리는 담당자에게 쫓겨나 그곳을 나왔지만, 나온 후에도 헤어지지 않고 이제 완전히 날이 저문 우에노의 숲을 어깨를 나란히 하고 걸으면서 이야기를 나누었다.

"저는 압니다. 당신 에도가와 씨지요? 탐정소설을 쓰시는."

어두운 나무 아래의 길을 걷다가 갑자기 그런 말을 들었을 때, 나는 또 깜짝 놀랐다. 상대가 정체를 알 수 없는 무서운 남자로 보이기 시작했다. 그와 동시에 그에 대한 흥미도 한층 더해졌다.

"저는 당신의 작품을 애독하고 있습니다. 최근의 것은 솔직히 말하면 재미없지만, 이전 것은 보기 드문 것이어서 그런지 굉장히 애독했답니다."

남자는 사정없이 말했다. 그것도 호감이 갔다.

"아아, 달이 떴네요."

청년의 말은 걸핏하면 급격하게 비약했다. 문득, 이 녀석은 미치광이가 아닐까 하고 생각될 정도였다.

"오늘은 14일이던가요. 거의 보름달이네요. 쏟아질 듯한 달빛이란 이런 것이겠지요. 달빛은 정말 이상한 것입니다. 달빛이 요술을 쓴다는 말을 어디에선가 읽었는데, 사실이네요. 같은 풍경이 낮과는 전혀 달라 보이지 않습니까. 당신의 얼굴도 그렇습니다. 아까 원숭이 우리 앞에 서 있던 당신과는 완전히 다른 사람으로 보여요."

그렇게 말하며 그가 뚫어지라 내 얼굴을 바라보는 바람에 나도 이상한 기분이 들었다. 상대방의 얼굴의 그늘진 두 눈이, 거무스름해진 입술이, 무언가 묘하게 무서운 것으로 보이기 시작했다.

"달이라면 거울과 인연이 있지요. 수월(水月)이라는 말이나 '달이 거울이 되었으면 좋겠다'라는 문구가 생긴 것은 달과 거울이 어딘가 공통점이 있다는 증거입니다. 보십시오, 이 풍경을."

그가 가리키는 아래쪽에는 그슬린 은처럼 흐릿한, 대낮의 두 배 넓이로 보이는 시노바즈 연못이 펼쳐져 있었다.

"낮의 풍경이 진짜고, 지금 달빛을 받고 있는 것은 그 낮의 풍경이 거울에 비친 거울 속의 그림자라고 생각하지 않으십니까?"

희끄무레한 얼굴의 청년은 그 자신도 거울 속의 그림자인 것처럼 흐릿한 모습으로 말했다.

"당신은 소설의 줄거리를 찾고 계시는 건 아닌지요? 제가 당신에게 어울리는 이야기를 하나 갖고 있는데, 제가 직접 체험한 사실담입니다. 이야기해 드릴까요? 들어 주시겠습니까?"

사실 나는 소설의 줄거리를 찾고 있었다. 그러나 그런 것은 별도로 치더라도, 이 묘한 남자의 경험담을 들어 보고 싶다는 생각이 들었다. 지금까지의 이야기에서 상상해 보아도 그것은 결코 흔해 빠진 지루한 이야기는 아닐 것 같다는 느낌이 들었기 때문이다.

"들어 보지요. 어디서 밥이라도 같이 드시지 않겠습니까? 조용한 방에서 느긋하게 들려주시지요."

내가 말하자 그는 고개를 저었다.

"대접을 사양하는 것은 아닙니다. 저는 사양 같은 것은 하지 않거든요. 하지만 제 이야기는 밝은 전등과는 어울리지 않습니다. 당신만 괜찮으시다면 여기에서, 이곳 벤치에 걸터앉아 요술을 쓰는 달빛을 받으면서, 거대한 거울에 비친 시노바즈 연못을 바라보면서 말씀드리지요. 그렇게 긴 이야기는 아니랍니다."

나는 청년의 취향이 마음에 들었다. 그래서 그 연못이 내려다보이는 고지대의 숲 속 정원석에 그와 나란히 걸터앉아, 청년의 이상한 이야기를 듣기로 했다.

2

"코난 도일의 소설 중에 '공포의 계곡'이라는 게 있지요."

청년은 갑자기 이야기를 시작했다.

"그건 어딘가의 험한 산과 산이 만드는 협곡을 말하는 것입니다.

하지만 공포의 계곡은 꼭 자연의 협곡만은 아니지요. 이 도쿄 한가운데의 마루노우치에도 무서운 계곡이 있습니다.

높은 빌딩과 빌딩 사이에 끼어 있는 좁은 도로. 그곳은 자연의 협곡보다도 훨씬 험하고, 훨씬 음침하지요. 문명이 만든 유곡입니다. 과학이 만든 골짜기 밑바닥입니다. 그 골짜기 밑바닥의 도로에서 본, 양쪽에 있는 육층, 칠층짜리 살풍경한 콘크리트 건축은 자연의 절벽처럼 푸른 잎도 없고, 계절마다 피는 꽃도 없고, 보기에 재미있는 울퉁불퉁함도 없습니다. 글자 그대로 도끼로 쪼갠 거대한 회색 균열에 지나지 않지요. 올려다보이는 하늘은 띠처럼 가느다랗고요. 해도 달도, 하루 중 겨우 몇 분밖에 제대로 비치지 않습니다. 그 밑바닥에서는 낮에도 별이 보일 정도랍니다. 이상하고 차가운 바람이 끊임없이 불어닥치고 있지요.

대지진 이전까지, 저는 그런 협곡 중 하나에서 살고 있었습니다. 건물의 정면은 마루노우치의 S거리에 면해 있었지요. 정면은 밝고 훌륭합니다. 하지만 일단 뒤쪽으로 돌아가면 다른 빌딩과 등을 맞대고 서로 살풍경한 콘크리트를 그대로 드러낸, 창문이 있는 절벽이, 겨우 폭 두 간 정도의 통로를 사이에 두고 마주하고 있습니다. 도시의 유곡이란 바로 그 부분이지요.

빌딩의 방들은, 가끔은 주택 겸용인 사람도 있었지만 대개는 낮에만 사람이 있는 사무실이라 밤에는 모두 집에 가 버립니다. 낮에 북적거리는 만큼, 밤의 쓸쓸함은 이루 말할 수가 없지요. 마루노우치 한복판에서 올빼미가 울지는 않을지 의심스러울 만큼,

정말로 깊은 산속 같은 느낌입니다. 그 뒤쪽의 협곡도 밤에는 글자 그대로 협곡이고요.

저는 낮에는 현관을 지키는 일을 하고, 밤에는 그 빌딩 지하실에서 잠을 잤습니다. 네다섯 명 정도 같이 자는 동료들이 있었지만, 저는 그림을 좋아해서 틈만 나면 혼자서 캔버스에 칠을 하곤 했습니다. 자연히 다른 동료들과는 말도 나누지 않는 날이 많았지요.

그 사건이 일어난 곳은 지금 말한 뒤쪽 협곡이니, 그곳의 모습을 조금 더 이야기해 둘 필요가 있습니다. 그곳에는 건물 자체에 실로 이상한, 기분 나쁜 우연의 일치가 있었습니다. 우연의 일치치고는 너무나도 지나치리만치 정확하게 일치했기 때문에, 저는 그 건물을 설계한 기사의 변덕스러운 장난이 아닐까 하고 생각했습니다.

그것은, 그 두 개의 빌딩은 비슷한 크기인 데다 양쪽 모두 오층짜리였는데, 바깥쪽의 측면은 벽의 색깔과 장식이 전혀 다른 주제에 협곡 쪽인 뒤쪽만은 모든 것이 조금도 다르지 않은 만듦새로 되어 있었다는 겁니다. 지붕의 모양에서부터 회색 벽의 색깔, 각 층에 네 개씩 뚫려 있는 창문의 구조까지, 마치 사진으로 찍은 것처럼 꼭 닮은 것이지요. 어쩌면 콘크리트의 갈라진 틈까지도 똑같은 모양을 하고 있었을지도 모릅니다.

그 협곡에 면해 있는 방은 하루에 몇 분간(이라는 것은 조금 과장이지만) 아주 잠깐밖에 햇빛이 들지 않아서 자연히 세입자가 없었고, 특히 가장 불편한 오층 같은 경우는 늘 비어 있어서 저는 한가할 때는 캔버스와 붓을 들고 자주 그 빈방에 숨어들고는 했습니다. 그리고 창문으로 내다볼 때마다 맞은편의 건물이 마치 이쪽의 사진처럼 꼭 닮은 것을 기분 나쁘게 생각하지 않을 수 없었지요. 뭔가 무서운 일의 전조처럼 느껴졌거든요.

그리고 그런 제 예감이 적중하는 때가 곧 오지 않았겠습니까. 오층 북쪽 끝에 있는 창문에서 목을 매달아 죽은 사람이 있었던 것입니다. 게다가 그것이 약간 시간 간격을 두고 세 번이나 되풀이되었어요.

첫 번째로 자살한 사람은 중년의 향료 브로커였습니다. 그 사람은 처음에 사무소를 빌리러 왔을 때부터 왠지 모르게 인상적인 인물이었어요. 상인인 주제에 어딘가 상인답지 않게 음침하고, 늘 뭔가를 생각하는 듯한 남자였거든요. 이 사람은 어쩌면 뒤쪽 협곡에 면해 있는 해가 들지 않는 방을 빌릴지도 모르겠다고 생각했는데, 아니나 다를까 그곳 오층 북쪽 끝에 있는, 가장 인가(人家)와 떨어져 있는(빌딩 안에서 인가라고 하면 이상하지만, 어느 모로 보나 인가와 떨어져 있다는 느낌의 방이었습니다) 방을 빌렸습니다. 가장 음침하고, 그래서 방세도 가장 싼, 두 개의 방이 붙어 있는 그 방을 고른 것이지요.

글쎄요, 이사를 오고 나서 일주일이나 되었을까요, 어쨌든 아주 잠깐 사이의 일이었습니다.

그 향료 브로커는 독신이었기 때문에 한쪽 방을 침실로 만들어 거기에 싸구려 침대를 두고, 밤에는 그 유곡이 내려다보이는 음침한 절벽의, 인가와 떨어진 암굴 같은 그 방에서 혼자서 자곤 했습니다. 그리고 어느 달 밝은 밤, 창밖으로 튀어나와 있는, 전선을 끌어 들이기 위한 작은 가로대에 가느다란 삼끈을 걸고 목을 매달아 자살하고 만 것입니다.

아침이 되어 그 부근 일대를 담당하는 도로 청소부가 멀리 머리 위의 절벽 꼭대기에 대롱대롱 흔들리고 있는 시체를 발견하고 큰 소란이 일어났습니다.

그가 왜 자살을 했는지, 결국 알 수는 없었습니다. 여러 가지로 조사해 보아도 특별히 사업이 잘 안 되었던 것도, 빚 때문에 고민하고 있었던 것도 아니고, 독신이니 가정적인 번민이 있었던 것도 아니었습니다. 그렇다고 해서 치정 때문에 자살, 예를 들어 실연이라거나 그런 걸 한 것도 아니었고요.

'마가 낀 거야. 어쩐지 처음 왔을 때부터 묘하게 울적해 보이는, 이상한 남자라고 생각했어.'

사람들은 그렇게 결론을 짓고 말았습니다. 한 번은 그렇게 끝나 버렸지요. 그런데 곧바로 그 방에 다음 세입자가 들어왔어요. 그 사람은 그 방에서 잠을 잤던 것은 아니지만, 어느 날 밤에 밤새 조사할 것이 있다면서 그 방에 틀어박혀 있었는데, 이튿날 아침에는 또 대롱대롱 소동이 일어났습니다. 완전히 똑같은 방법으로 목을 매달아 자살한 것이지요.

역시 원인은 전혀 알 수 없었습니다. 이번에 목을 매달아 죽은 사람은 향료 브로커와 달리 몹시 쾌활한 인물이었습니다. 그 음침한 방을 고른 것도, 그저 방세가 저렴하기 때문이라는 단순한 이유였습니다.

공포의 계곡으로 나 있는 저주의 창문. 그 방에 들어가면 아무런 이유도 없이 저절로 죽고 싶어진다는 괴담 같은 소문이 수군수군 퍼져 갔습니다.

세 번째 희생자는 평범한 세입자는 아니었습니다. 그 빌딩의 사무원 중에 한 호걸이 있었는데, 내가 한 번 시험해 보겠다고 나선 것입니다. 귀신의 집을 탐험하기라도 하는 듯한 패기였습니다."

청년이 거기까지 이야기했을 때, 나는 그의 이야기에 약간 지루함을 느끼고 끼어들었다.

"그래서 그 호걸도 똑같이 목을 매달았나요?"

청년은 조금 놀란 듯이 내 얼굴을 보았지만,

"그렇습니다."

하고 불쾌한 듯 대답했다.

"한 사람이 목을 매달았더니 같은 장소에서 몇 명이나 목을 매달았다. 결국 그게 모방의 본능의 무서움이라는 뜻입니까?"

"아아, 그래서 당신은 지루해지신 거로군요. 아닙니다. 아닙니다. 그런 시시한 이야기가 아니에요."

청년은 안심한 듯이 내 착각을 정정해 주었다.

"마의 건널목에서 항상 죽는 사람이 나온다는, 그런 종류의 흔해 빠진 이야기가 아니랍니다."

"실례했습니다. 계속 얘기해 주시지요."

나는 정중하게 내 오해를 사과했다.

3

"사무원은 혼자서 사흘 밤이나 그 마의 방에서 지냈습니다. 하지만 아무 일도 없었지요. 그는 악마라도 쫓아낸 듯한 얼굴로 으스댔습니다. 그래서 저는 말해 주었어요.

'당신이 잤던 사흘 밤은 모두 날이 흐리지 않았습니까? 달이 뜨지 않았잖아요'라고요."

"호오, 그 자살과 달이 뭔가 관련이라도 있었나요?"

나는 조금 놀라서 물었다.

"네, 있었지요. 첫 번째 향료 브로커도, 그다음 세입자도, 달이 밝은 밤에 죽었다는 것을 저는 눈치챘거든요. 달이 뜨지 않으면 그 자살은 일어나지 않아요. 그것도 좁은 협곡에 겨우 몇 분간, 은백색의 요사스러운 빛이 비쳐드는 사이에 일어나는 것이지요. 달빛의 요술이에요. 저는 그렇게 굳게 믿고 있었습니다."

청년은 말하면서 하얀 얼굴을 살짝 들고, 달빛에 둘러싸인 아래쪽의 시노바즈 연못을 바라보았다.

거기에는 청년이 말하는 거대한 거울에 비친 연못의 풍경이 희끄무레하게, 요사스럽게 가로누워 있었다.

"이겁니다. 이 불가사의한 달빛의 마력이에요. 달빛은 차가운

불 같은, 음침한 격정을 유발합니다. 사람의 마음이 도깨비불처럼 타오르는 것이지요. 그 불가사의한 격정이, 예를 들자면 '월광 소나타'를 낳는 것입니다. 시인이 아니더라도 달에서 덧없음을 배울 수 있지요. '예술적 광기'라는 말이 허락된다면, 달은 사람을 '예술적 광기'로 이끄는 것이 아닐는지요."

청년의 화술이 조금은 나를 질리게 했다.

"그래서 결국 달빛이 그 사람들을 목매달아 죽게 했다는 말씀이십니까?"

"그렇습니다. 절반은 달빛의 죄였습니다. 하지만 달빛이 직접 사람을 자살하게 할 리는 없지요. 만일 그렇다면, 지금 이렇게 온몸에 달빛을 받고 있는 우리는 벌써 슬슬 목을 매달아야 할 때가 아니겠습니까?"

거울에 비친 듯이 보이는 창백한 청년의 얼굴이 실실 웃었다. 나는 괴담을 듣고 있는 어린아이 같은 두려움을 느끼지 않을 수 없었다.

"그 호걸 사무원은 나흘째 밤에도 마의 방에서 잤습니다. 그리고 불행하게도 그날 밤에는 달이 밝았지요.

저는 한밤중이라 지하실의 이불 속에서 잠들어 있었는데, 문득 잠에서 깨어 높은 창문으로 비쳐드는 달빛을 보고, 왠지 깜짝 놀라서 저도 모르게 벌떡 일어났습니다. 그리고 잠옷 차림으로 엘리베이터 옆의 좁은 계단을 정신없이 뛰어 오층까지 올라갔습니다. 한밤중의 빌딩이 대낮의 시끌벅적함과는 반대로 얼마나 쓸쓸하고 조용한지, 상상도 하지 못하실 겁니다. 수백 개나 되는 작은 방이 있는 커다란 무덤이지요. 이야기로만 들었던 로마의 지하 묘지 같아요. 복도의 요소요소에는 전등이 켜져 있어 완전히 캄캄한 건 아니지만, 그 어둑어둑한 빛이 사람을 한층 더 무섭게 한답니다.

겨우 오층의 그 방에 다다르자, 저는 몽유병자처럼 폐허의 빌딩을 떠도는 저 자신이 무서워져서 광기에 사로잡힌 것처럼 문을 두드렸습니다. 그 사무원의 이름을 불렀지요.

하지만 안에서는 아무런 대답도 없었습니다. 저 자신의 목소리가 복도에 메아리치고 쓸쓸하게 사라져 가는 것 외에는.

손잡이를 돌렸더니 문은 어렵지 않게 열렸습니다. 실내에는 구석의 커다란 테이블 위에 푸른색 갓의 탁상 전등이 맥없이 켜져 있었습니다. 그 빛에 의지해 둘러보아도 아무도 없었습니다. 침대는 텅 비어 있었지요. 그리고 그 창문이 활짝 열려 있었습니다.

창밖에는 맞은편 빌딩이 오층의 중간에서부터 지붕에 걸쳐서, 도망치려는 달빛의 마지막 빛을 받아 어렴풋이 은색으로 빛나고 있었습니다. 이쪽 창문 바로 맞은편에 완전히 똑같은 모양의 창이 역시 활짝 열려 있는 채, 검은 입을 빠끔히 벌리고 있었고요. 모든 것이 똑같았습니다. 그것이 요사스러운 달빛을 받아 한층 더 똑같아 보이는 것입니다.

저는 무서운 예감에 떨면서, 우선 아득히 먼 골짜기 밑바닥을 바라보았습니다. 달빛은 맞은편 건물의 상부만을 겨우 비출 뿐, 건물과 건물이 만드는 골짜기는 캄캄하고 바닥도 알 수 없이 깊어 보였습니다.

　그러고 나서 저는 말을 듣지 않는 고개를 억지로, 천천히 오른쪽으로 돌렸습니다. 건물의 벽에는 그늘이 져 있었지만 맞은편의 달빛이 반사되어서 사물의 형태가 보이지 않을 정도는 아니었지요. 천천히 시야를 움직임에 따라, 과연 예상하고 있던 것이 거기에 나타나기 시작했습니다. 검은 양복을 입은 남자의 다리 말입니다. 축 늘어진 손목 말입니다. 한껏 뻗은 상반신 말입니다. 깊이 팬 목 말입니다. 둘로 부러진 것처럼 축 늘어진 머리 말입니다. 호걸 사무원은 역시 달빛의 요술에 걸려, 그곳 전선 가로대에 목을 매단 것이었습니다.

　저는 서둘러 창문에서 고개를 집어넣었습니다. 제가 요술에 걸리면 큰일이라고 생각한 건지도 모르지요. 하지만 그때였습니다. 고개를 집어넣으려다가 문득 맞은편을 보니, 그곳의 똑같이 활짝 열려 있던 창문에서, 새까맣고 네모난 구멍에서 인간의 얼굴이 내다보고 있지 않겠습니까. 그 얼굴만이 달빛을 받아 또렷하게 떠올라 있었습니다. 달빛 속에서도 누렇게 보이는, 시든 듯한, 오히려 기괴한, 너무나도 싫은 얼굴이었습니다. 그 녀석이 물끄러미 이쪽을 보고 있는 것이 아니겠습니까.

　저는 깜짝 놀라서 한순간 우두커니 멈추어 서고 말았습니다. 너무 의외였거든요. 왜냐하면, 아직 말씀드리지 않았을지도 모르겠지만 그 맞은편 빌딩은 소유자와 담보로 잡은 은행 사이에 복잡한 재판이 벌어지고 있어서 그 당시에는 완전히 비어 있었기 때문입니다. 어린아이 하나 살고 있지 않았단 말이지요.

한밤중의 빈집에 사람이 있다. 게다가 문제의 목매다는 창문의 바로 맞은편 창문에서 누런, 요괴 같은 얼굴을 내밀고 있다. 보통 일이 아닙니다. 어쩌면 저는 환상을 본 것이 아닐까요. 그리고 그 누런 녀석의 요술 때문에 당장에라도 목을 매달고 싶어지는 것은 아닐까요.

등에 찬물을 뒤집어쓴 듯한 오싹한 공포를 느끼면서도, 저는 맞은편의 누런 녀석에게서 눈을 떼지 않았습니다. 자세히 보니 그 녀석은 비쩍 마르고 몸집이 작은, 쉰 살 정도의 할아버지였습니다. 할아버지는 물끄러미 내 쪽을 보고 있었지만, 이윽고 자못 의미심장하게 씩 하고 크게 웃는가 싶더니 갑자기 창문의 어둠 속으로 사라져 보이지 않게 되었습니다. 그 웃는 얼굴이 어찌나 징그럽던지요. 마치 용모가 바뀌어 얼굴 전체가 주름투성이가 되고, 입만이 찢어질 정도로 좌우로 길게 늘어난 것 같았습니다."

4

"이튿날, 동료들이나 다른 사무실의 심부름하는 할아버지 등에게 물어보았는데, 그 맞은편 빌딩은 틀림없이 공가(空家)이고 밤에는 지키는 사람조차 없다는 것이 밝혀졌습니다. 역시 저는 환상을 본 것일까요.

세 번이나 계속된, 전혀 이유가 없고 기괴하기 짝이 없는 자살 사건에 대해서는 경찰에서도 일단 조사하기는 했지만, 자살이라는 것에는 한 점의 의혹도 없었습니다. 그래서 그냥 그대로 끝나고 말았지요. 하지만 저는 보통의 이치로는 알 수 없는 이상한 도리를 믿을 마음은 들지 않았습니다. 그 방에서 자는 사람이 하나같이 미치광이가 되었다는 황당무계한 해석으로는 만족할 수 없었거든요. 그 누런 녀석이 수상하다. 그 녀석이 세 사람을 죽인 거다. 목을 매달아 죽은 사람이 나온 날 밤, 똑같은 바로 맞은편 창에서 그 녀석이 내다보고 있었다. 그리고 의미심장하게 실실 웃고 있었다. 거기에 뭔가 무서운 비밀이 숨겨져 있는 것이다. 저는 그렇게 믿게 되었습니다.

하지만 그로부터 일주일쯤 지나서, 저는 놀라운 발견을 했습니다.

어느 날, 저는 심부름을 나갔다가 그 빈 빌딩 앞쪽의 큰길로 돌아오고 있었습니다. 그 빌딩 바로 옆에는 미쓰비시 몇 호관인가 하는 고풍스러운 벽돌 건물이 있는데, 자그마한 공동주택 같은 느낌의 임대사무소가 늘어서 있는 곳이었지요. 그중 한 채의 돌계단을 폴짝폴짝 뛰듯이 올라가는 한 신사가 제 주의를 끌었습니다.

그자는 모닝 슈트를 입은 자그마하고 약간 등이 굽은 노신사였는데, 옆모습이 어딘가 낯익은 듯한 기분이 들어서 저는 걸음을 멈추고 물끄러미 보고 있었지요. 그랬더니 신사는 사무소 입구에서 구두를 닦으면서 갑자기 제 쪽을 돌아보았습니다. 저는 숨이 덜컥 멈추는 듯한 놀라움을 느꼈습니다. 왜냐하면, 그 훌륭한 노신사가 언젠가 밤에 빈 빌딩의 창문에서 밖을 내다보고 있던 누런 얼굴의 괴물과 꼭 닮았기 때문입니다.

신사가 사무소 안으로 사라져 버리고 나서 그곳의 금 간판을 보니 메라 안과, 의학박사 메라 료사이라고 적혀 있었습니다. 저는 그 근처에 있던 인력거꾼을 붙잡고, 지금 들어간 사람이 메라 박사 본인인지를 확인했습니다.

의학박사나 되는 사람이 한밤중에 빈 빌딩에 들어가, 목을 매단 남자를 보며 실실 웃고 있었다는 이 불가사의한 사실을 어떻게 해석하면 좋을까요. 저는 호기심이 들끓어 가만히 있을 수 없었습니다. 그 후로 저는 은근히, 가능한 한 많은 사람에게서 메라 료사이의 경력이나 일상생활 등을 들으려고 노력했습니다.

메라 씨는 박사인 주제에 별로 세상에도 알려지지 않았고 돈도 잘 못 벌었는지, 노년이 되어서도 그런 임대 사무소 같은 데서 개업을 하고 있었을 정도였습니다. 하지만 매우 특이한 사람으로, 환자 취급도 몹시 무뚝뚝하고 때로는 미치광이처럼 보일 때마저 있다는 것이었습니다. 부인도 아이도 없이 줄곧 독신으로 지내 왔고, 지금도 그 사무소를 주거 겸용으로 쓰면서 그곳에서 숙식하고 있다는 것도 알아냈습니다. 또 그는 엄청난 독서가여서 전문 이외의 예스러운 철학서나, 심리학이나 범죄학 등의 서적을 많이 갖고 있다는 소문도 들었습니다.

'그곳 진찰실의 안쪽 방에는 유리 상자 속에 온갖 모양의 의안(義

眼)이 줄줄이 늘어서 있고, 그 수백 개나 되는 유리 눈알이 물끄러미 이쪽을 노려보고 있어. 의안도 그렇게 많이 줄지어 있으면 참으로 기분이 나쁘지. 그리고 안과에 그런 게 왜 필요한지, 해골이나 실물 크기의 밀랍 인형 같은 것이 두세 개 여기저기에 서 있다네.'

우리 빌딩의 어느 상인이 메라 씨에게 진찰을 받았을 때의 기묘한 경험을 들려주었습니다.

저는 그 후로 틈만 나면 박사의 동태에 주의를 게을리하지 않았습니다. 한편 빈 빌딩의 그 오층 창문도 가끔 이쪽에서 들여다보았지만, 별로 이상한 점도 없더군요. 누런 얼굴은 한 번도 나타나지 않았습니다.

아무래도 메라 박사가 수상하다. 그날 밤 맞은편 창문에서 내다보고 있던 누런 얼굴은 박사가 틀림없다. 하지만 어떻게 수상한 것일까. 만일 그 세 번의 목매달아 죽은 사건이 자살이 아니라 메라 박사가 꾸민 살인 사건이었다고 가정해도, 그럼 왜, 어떤 수단으로, 라고 생각해 보면 거기서 생각이 딱 막히고 말았거든요. 그러면서도 역시 메라 박사가 그 사건의 가해자처럼 생각되어 견딜 수가 없었습니다.

매일매일 저는 그것만 생각하고 있었습니다. 어떨 때는 박사의 사무소 뒤쪽 벽돌담에 기어 올라가서 창문 너머로 박사의 개인 방을 들여다본 적도 있습니다. 그 방에는 그 해골이나 밀랍인형, 의안이 들어 있는 유리 상자 등이 놓여 있었지요.

하지만 어떻게 해도 알 수가 없었습니다. 협곡을 사이에 둔 맞은편 빌딩에서 어떻게 이쪽 방에 있는 인간을 자유롭게 조종할 수 있는 것인지, 알 수가 없었지요. 최면술? 아니, 그것은 안 됩니다. 죽음과 같은 중대한 암시는 전혀 효과가 없다고 들었거든요.

하지만 마지막으로 목을 매단 사건 이후 반년쯤 지나서, 겨우 제 의혹을 확인할 기회가 왔습니다. 그 마의 방에 세입자가 들어온 것입니다. 세입자는 오사카에서 온 사람이라 수상한 소문을 조금도 몰랐고, 빌딩 사무소로서는 조금이라도 임대료를 벌 수 있게 되는 것이니 아무 말도 하지 않고 빌려주고 말았지요. 설마 반년이나 지난 지금, 또 똑같은 일이 되풀이될 거라고는 생각도 하지 않았을 겁니다.

그러나 적어도 저만은, 이 세입자도 분명히 목을 매달 것이 틀림없다고 굳게 믿고 있었습니다. 그리고 어떻게든 제힘으로 그것을 사전에 막고 싶다고 생각했지요.

그날부터 일은 내팽개치고 메라 박사의 동태만 살피고 있었습니다. 그리고 저는 드디어 그것의 냄새를 맡았습니다. 박사의 비밀을 파헤친 것이지요."

5

"오사카 사람이 이사를 오고 나서 사흘째 되던 날 저녁, 박사의 사무소를 감시하고 있던 저는 그가 왠지 남의 눈을 피하듯이 왕진 가방도 들지 않고 걸어서 외출하는 것을 놓치지 않았습니다. 물론 미행을 했지요. 그랬더니 박사는 뜻밖에도 근처 큰 빌딩 안에 있는 유명한 양복점에 들어가, 수많은 기성품 중에서 한 벌의 양복을 골라 사더니 그대로 사무소로 되돌아갔습니다.

아무리 인기 없는 의사라고 해도, 박사 자신이 기성복을 입을 리는 없습니다. 그렇다고 해서 서생[24)에게 입힐 옷이라면 굳이 주인인 박사가 남의 눈을 피해 사러 갈 일이 없고요. 이건 이상하다. 대체 저 양복을 무엇에 쓰려는 것일까. 저는 박사가 사라진 사무소의 입구를 원망스럽게 지켜보면서 잠시 서 있었습니다. 그러다가 문득 생각난 것은, 아까 말씀드린 뒤쪽 담에 올라가 박사의 개인 방을 엿보아야겠다는 것이었습니다. 어쩌면 그 방에서 뭔가 하고 있는 것이 보일지도 모르니까요. 그렇게 생각하고 저는 사무소 뒤쪽으로 달려갔습니다.

담장에 올라가 슬쩍 들여다보니, 역시 박사는 그 방에 있었습니다. 게다가 매우 이상한 일을 하고 있는 것이 똑똑히 보였지요.

누런 얼굴의 의사가 그곳에서 무엇을 하고 있었을 것 같습니까? 밀랍 인형에, 그 왜 아까 말씀드린 실물 크기의 밀랍 인형 말입니다. 그것에 지금 사 온 양복을 입히고 있었답니다. 그것을 수백 개나 되는 유리 눈알이 물끄러미 바라보고 있었지요.

탐정 소설가인 당신은 여기까지 말하면 전부 다 아셨겠지요.

---

24) 메이지·다이쇼 시대의 말로, 다른 집에서 신세를 지거나 가사를 도우며 공부를 하는 사람.

저도 그때 문득 깨달았습니다. 그리고 그 노의학자의 너무나도 기괴한 착상에 경탄하고 말았습니다.

밀랍 인형에 입힌 기성 양복은 놀랍게도, 색깔에서부터 줄무늬까지 그 마의 방에 새로 들어온 세입자의 양복과 한 치도 다르지 않았거든요. 박사는 그것을 많은 기성품 중에서 찾아내어 사 온 것입니다.

더는 꾸물거리고 있을 수가 없었습니다. 마침 달이 뜰 때였으니, 오늘 밤에도 그 무서운 변사가 일어날지도 모르니까요. 어떻게든 해야 한다, 어떻게든 해야 한다, 하고 저는 발을 동동 구르며 머릿속을 뒤져 보았습니다. 그리고 문득, 스스로도 놀랄 정도로 멋진 수단이 생각났지요. 그걸 말씀드리면, 당신도 분명히 손뼉을 치며 감탄해 주실 겁니다.

저는 완전히 준비를 갖추고 밤이 되기를 기다려, 커다란 보따리를 안고 마의 방으로 올라갔습니다. 새로 온 세입자는 저녁때는 자택으로 돌아가기 때문에 문이 잠겨 있었습니다. 하지만 저는 준비해 둔 열쇠로 그 문을 열고 방에 들어가, 책상에 기대어 야근을 하고 있는 척했습니다. 그 푸른 갓이 씌워진 탁상전등이 그 방의 세입자 흉내를 내는 제 모습을 비추고 있었지요. 그 사람의 옷과 매우 비슷한 줄무늬 양복을 동료 중 한 사람이 갖고 있었기 때문에, 그 옷을 빌려서 입었습니다. 머리카락의 가르마 등도 그 사람으로 보이도록 주의한 것은 말할 것까지도 없고요. 그리고 그 창문에 등을 돌리고 꼼짝 않고 있었습니다.

말할 것까지도 없이, 맞은편 창문의 누런 얼굴을 가진 놈에게 제가 거기에 있다는 것을 알리기 위한 행동이었습니다. 제 쪽에서는 결코 뒤를 돌아보지 않도록 하면서, 상대방에게 실컷 빈틈을 주려고 했지요.

세 시간쯤 그러고 있었을까요. 과연 내 상상이 적중할까. 그리고 이쪽의 계획이 주효할까. 기다리는 시간이 몹시 길게 느껴지는, 두근거리는 세 시간이었습니다. 이제 돌아볼까, 이제 돌아볼까, 하고 몇 번이나 고개를 돌릴 뻔했는지 모릅니다. 인내심이 다할 것만 같았어요. 하지만 결국 그 시기가 찾아왔습니다.

손목시계가 열 시 십 분을 가리키고 있었습니다. 호오, 호오하고 두 번, 올빼미의 울음소리가 들렸습니다. 아하, 이것이 신호로구나, 올빼미 울음소리에 창밖을 내다보게 하려는 거로군. 마루노우치 한가운데에서 올빼미 소리가 나면 누구나 한 번쯤은 내다보고 싶어질 테니까. 그것을 깨닫고, 저는 더 이상 망설이지 않고 의자에서 일어서서 창가로 다가가 유리문을 열었습니다.

맞은편의 건물은 달빛을 가득 받아 은회색으로 빛나고 있었습니다. 앞에서도 말씀드렸다시피, 그 건물은 이쪽의 건물과 완전히 똑같은 구조거든요. 참으로 이상한 기분이 들었어요. 이렇게 말씀드려서는 도저히 그 미치광이 같은 기분은 알 수 없을 겁니다. 갑자기 시야 가득 엄청나게 커다란 거울의 벽이 생긴 느낌이었어요. 그 거울에 이쪽 건물이 그대로 비치는 듯한 느낌 말입니다. 구조가 똑같은 데다 달빛의 요술이 더해져서 그렇게 보이게 하는 것이지요.

제가 서 있는 창은 정면에서도 보입니다. 유리문이 열려 있는 것도 똑같고요. 그리고 저 자신은……. 어라, 이 거울은 이상하다. 왜 내 모습만 빼고 비춰 주는 것일까. ……문득 그런 기분이 드는 겁니다. 그런 기분이 들지 않을 수가 없어요. 거기에 소름 끼치는 함정이 있는 것입니다.

과연 나는 어디로 간 것일까. 분명히 이렇게 창가에 서 있는데, 하며 두리번두리번 맞은편 창을 찾아보게 됩니다. 찾지 않을 수가 없어요.

그러다가 저는 문득 저 자신의 그림자를 발견합니다. 하지만 창문 안에 있는 것은 아닙니다. 바깥쪽 벽 위에 있지요. 전선용 가로대에 가느다란 삼끈으로 매달려 있는 자기 자신 말입니다.

'아아, 그랬구나. 나는 저기에 있었던 거야.'

이렇게 말씀드리면 우습게 들릴지도 모르겠군요. 그 기분은 말로는 표현할 수 없습니다. 악몽입니다. 그렇습니다. 악몽 속에서, 그럴 생각은 없는데도 그만 그렇게 되어 버리는, 그 기분입니다. 거울을 보고 있고, 자신은 눈을 뜨고 있는데 거울 속의 자신이 눈을 감고 있으면 어떨까요. 자신도 똑같이 눈을 감지 않을 수 없게 되지 않겠습니까?

그리고 결국 거울의 그림자와 일치시키기 위해서, 저는 목을 매달지 않을 수 없게 되는 것입니다. 맞은편에서는 자기 자신이 목을 매달고 있어요. 그런데 진짜 자신이 태평하게 서 있을 수는 없는 것입니다.

목을 매단 모습이 조금도 무서워 보이지도, 추해 보이지도 않습니다. 그저 아름답지요.

그림입니다. 자신도 그 아름다운 그림이 되고 싶은 충동을 느끼게 되지요.

만일 달빛 요술의 도움이 없었다면 메라 박사의 이 환상적이고도 기괴한 트릭은 완전히 무력했을지도 모릅니다.

물론 아실 테지만, 박사의 트릭이라는 것은 그 밀랍 인형에 이쪽 방에 사는 사람과 똑같은 양복을 입히고, 이쪽의 전선 가로대와 똑같은 장소에 나뭇조각을 붙인 후 거기에 가는 삼끈으로 그네를 타듯이 흔들리게 만드는, 간단한 것에 지나지 않았습니다.

완전히 똑같은 구조의 건물과 요사스러운 달빛이 거기에 엄청난 효과를 준 것입니다.

이 트릭의 무서움은 미리 그것을 알고 있던 저마저도 무심코 창틀에 한쪽 다리를 걸치다가 퍼뜩 깨달았을 정도였습니다.

저는 마취에서 깨어날 때와 똑같이 그 무서운 괴로움과 싸우면서 준비한 보따리를 열고 가만히 맞은편 창을 바라보고 있었습니다.

참으로 기다리기 힘든 몇 초간이었습니다——하지만 제 예상은 적중했습니다. 제 모습을 보기 위해 맞은편 창에서 그 누런 얼굴이, 즉 메라 박사가 불쑥 내다본 것입니다.

저는 그것을 기다리고 있었습니다. 그 찰나를 놓칠 수야 없지 않겠습니까.

보따리 속의 물체를 양손으로 안아 올려, 창틀 위에 떡하니 앉혀 놓았습니다.

그것이 무엇이었는지 아시겠습니까? 역시 밀랍 인형입니다. 저는 그 양복점에서 마네킹 인형을 빌려왔거든요.

거기에 모닝 슈트를 입혀 두었지요. 메라 박사가 항상 입고 다니는 것과 똑같은 것을요.

그때 달빛은 골짜기 밑바닥 가까이까지 비쳐들고 있었기 때문에, 그것이 반사되어 이쪽 창도 희끄무레하니 사물의 모습은 똑똑히 보였습니다.

저는 결투를 하는 듯한 기분으로 맞은편 창의 괴물을 바라보고 있었습니다. 빌어먹을, 이래도냐, 이래도, 하고 마음속으로 악을 쓰면서.

그러자 어떻게 되었을까요? 인간은 역시 원숭이와 똑같은 숙명을 신으로부터 받은 것입니다.

메라 박사는 그 자신이 생각해 낸 트릭과 똑같은 수법에 걸리고 말았지요. 자그마한 노인은 비참하게도 비틀비틀 창틀을 타고 넘어, 이쪽의 마네킹과 똑같이 거기에 걸터앉지 않았겠습니까.

저는 인형술사였습니다.

마네킹 뒤에 서서 손을 들자 맞은편의 박사도 손을 들었습니다.

다리를 흔들자 박사도 흔들었습니다.

그리고 그다음에, 제가 무엇을 했을 것 같습니까?

하하하⋯⋯, 사람을 죽였습니다.

창틀에 걸터앉아 있는 마네킹을 뒤에서 힘껏 밀어 떨어뜨렸지요. 인형은 덜컹 소리를 내면서 창밖으로 사라졌습니다.

그리고 거의 동시에, 맞은편 창문에서도 이쪽의 그림자처럼 모닝 슈트 차림의 노인이 스윽 하고 바람을 가르며 아득히 먼 골짜기 밑바닥으로 추락했습니다.

그리고 철퍽 하는, 무언가를 뭉개는 듯한 소리가 희미하게 들려왔습니다.

⋯⋯⋯⋯⋯⋯⋯⋯⋯메라 박사는 죽은 것입니다.

저는 예전의 그날 밤에 누런 얼굴이 웃었던 것처럼 그 추한 웃음을 지으면서, 오른손에 쥐고 있던 끈을 잡아당겼습니다. 끈을 따라, 빌려온 마네킹 인형이 슬슬 창틀을 넘어 방 안으로 돌아왔습니다.

그것을 아래로 떨어뜨렸다가 살인 혐의를 받게 되면 큰일이니까요."

이야기를 마치고, 청년은 그 누런 얼굴의 박사처럼 오싹해지는 미소를 띠며 나를 뚫어지라 바라보았다.

"메라 박사의 살인 동기요? 그것은 탐정 소설가인 당신에게는 굳이 말씀드릴 필요가 없겠지요. 어떤 동기가 없어도, 사람은 살인을 위해 살인을 저지르는 법이라는 것을 잘 알고 계시는 당신에게는요."

청년은 그렇게 말하면서 일어나, 내가 부르는 목소리도 들리지 않는다는 얼굴로 부지런히 저쪽으로 걸어가 버렸다.

나는 안개 속으로 사라져 가는 그의 뒷모습을 바라보면서, 쏟아져 내리는 달빛을 받으며 멍하니 정원석에 걸터앉은 채 움직이지 않았다.

청년과 만난 것도, 그의 이야기도, 그리고 청년 본인조차도, 그가 말하는 '달빛의 요술'이 낳은 수상쩍은 환상이 아니었을까 하고 의아해하면서.

파노라마 섬 기담
パノラマ島綺譚

1

같은 M현에 사는 사람이라도 대부분은 모르고 있을지도 모릅니다. I만이 태평양 쪽으로 튀어나와 있는 S군 남단에, 다른 섬들로부터 뚝 떨어져 마치 녹색 만주를 덮어씌운 듯한 직경 2리 남짓의 작은 섬이 떠 있습니다. 지금은 무인도나 마찬가지고, 인근의 어부들이 가끔 변덕스럽게 상륙해 볼 뿐 거의 거들떠보는 사람도 없지요. 특히 그 섬은 어느 곳 끄트머리의 거친 바다에 외롭게 서 있어서, 어지간히 바다가 잔잔하기라도 하지 않으면 작은 어선으로는 무엇보다 가까이 가는 것도 위험하고, 또 위험을 무릅쓰고 가까이 갈 만한 곳도 아니랍니다.

그곳 사람들은 흔히 앞바다 섬이라고 부르고 있는데, 언제부턴가 섬 전체가 M현 제일의 부호인 T시의 고모다 집안 소유가 되었습니다. 이전에는 고모다 집안에 속해 있는 어부들 중 별난 사람들이 오두막을 지어 놓고 살기도 하고, 그물을 말리거나 물건을 보관하는 데 이용했던 적도 있지만, 몇 년 전 그것이 완전히 철거되고 갑자기 그 섬 위에서 이상한 작업이 시작되었지요. 수십 명이나 되는 토목공사 인부 또는 정원사들이 특별 제작한 모터 배를 타고 매일같이 섬 위에 모여들었습니다.

어디에서 가져오는 것인지, 여러 가지 모양을 한 커다란 바위나 나무, 철골, 목재, 수없이 많은 시멘트 통 등이 섬으로 운반되었습니다. 그렇게 해서 민가에서 떨어져 있는 거친 바다 위에 목적을 알 수 없는, 토목 사업인지 정원 꾸미기인지 알 수 없는 작업이 시작되었지요.

앞바다 섬이 속해 있는 군(郡)에는 정부의 철도는 물론이고 사설 경편(輕便) 철도나, 당시에는 승합자동차마저 다니지 않았습니다. 특히 섬에 면해 있는 해안은 백 호도 안 되는 빈약한 어촌이 띄엄띄엄 흩어져 있을 뿐, 그 사이로는 사람도 다니지 않는 절벽에 우뚝 솟아 있어, 소위 말하는 문명에서 동떨어진 외진 곳이었습니다. 그래서 그런 이상한 대작업이 시작되어도 그 소문은 마을에서 마을로 전해질 뿐 멀리 퍼져봐야 어느새 동화 같은 것이 되어 버려, 설령 인근의 도시에 그 소문이 들려도 고작해야 지방신문의 삼면을 장식하는 정도로 끝나고 말았습니다. 하지만 만일 그것이 도시 부근에서 일어난 일이었다면 엄청난 센세이션을 불러일으켰을 것이 틀림없습니다. 그만큼 그 작업은 괴상한 것이었지요.

그러니 인근의 어부들은 수상하게 여기지 않을 수 없었습니다. 무슨 필요가 있어서, 어떤 목적이 있어서, 저 사람도 드나들지 않는 외딴 작은 섬에 비용을 아끼지 않고 흙을 파고, 나무를 심고,

담장을 쌓고, 집을 짓는 것일까. 설마 고모다 가문 사람들이 유별나 저 불편한 작은 섬에서 살려는 것은 아닐 테고, 그렇다고 해서 저런 곳에 유원지를 만든다는 것도 이상하다. 어쩌면 고모다 집안의 당주는 미치기라도 한 것이 아닐까, 하고 서로 수군거렸습니다.

여기에는 또 사연이 있었습니다. 당시 고모다 집안의 주인은 지병으로 간질을 앓고 있었고, 그것이 심해져 얼마 전에 죽어서 훌륭한 장례식까지 치렀는데, 이상하게도 되살아났다는 소문이었습니다. 하지만 되살아나고 나서 성격이 완전히 바뀌어 가끔 비상식적인, 광기 어린 행동을 한다는 소문이 그 부근의 어부들에게까지 전해져 있었습니다. 그러다 보니 이번 공사도 역시 그 때문이 아닌가 하는 의심을 품게 된 것이지요.

그것이야 어찌 되었든 사람들의 의혹 속에서, 그러나 도시에 소문이 날 정도로 크게 이야기가 퍼지지도 않은 채, 이 정체를 알 수 없는 사업은 고모다 집안 당주의 지휘를 직접 받으며 착착 진척되어 갔습니다. 석 달, 넉 달이 지나면서 섬 전체를 둘러싸고 마치 만리장성 같은 이상한 흙담이 생기더니, 내부에는 연못이며 강이며 언덕이며 계곡이며, 그리고 그 중앙에 거대한 철근 콘크리트의 이상한 건물까지 생겼습니다.

그 광경이 얼마나 기괴천만하고, 그리고 또 장엄하고 아름다운 것이었는지는, 훨씬 나중에 말씀드릴 기회가 있을 것 같으니 지금은 생략하겠습니다. 하지만 그것이 만일 완전히 완성되었다면 얼마나 훌륭한 것이었을까요. 아는 사람이 본다면, 실제로 남아 있는 반쯤 황폐해진 앞바다 섬의 풍경에서도 충분히 그것을 추측할 수 있을 것이 틀림없습니다. 그러나 불행하게도 이 대사업은 드디어 완성되려던 차에 생각지도 못한 일 때문에 좌절되었습니다.

그것이 어떤 이유였는지는, 겨우 소수의 사람밖에 확실히 모릅니다. 왠지 일이 비밀리에 진행되었거든요. 그 사업의 목적도 성질도, 그것이 좌절된 이유도, 모두 애매하게 장사지내어지고 말았습니다. 다만 외부에 알려져 있는 것은 사업이 좌절된 그즈음에 고모다 집안의 당주와 그 부인이 이 세상을 떠났고, 불행하게도 그들 사이에 자식이 없어서 지금의 친척이 그 가독(家督)을 상속했다는 것뿐이었습니다. 그런 그들의 사인(死因)에 대해서도 여러 가지 소문이 없는 것은 아니었지만, 단순히 소문에 그칠 뿐 어느 것도 종잡을 수 없는 것뿐이었습니다. 그래서 그것들이 경찰 쪽의 주의를 끌 정도는 아니었습니다.

섬은 그 후에도 여전히 고모다 집안의 소유지임이 틀림없었지만 사업은 황폐해진 채 찾아오는 사람도 없이 버려져 있고, 인공 숲이나 화원은 거의 원래의 모습을 잃고 잡초가 우거지는 대로 내버려 두고 있으며, 철근 콘크리트의 기괴하고 커다란 원기둥들도 비바람을 맞아 어느새 원형을 유지하지 못하게 되고 말았습니다. 그곳으로 실려 간 나무와 석재 등은 엄청난 비용을 들인 것이기는 했지만 그것을 도시로 옮겨서 매각하려면 오히려 운임이 더 많이 든다는 점 때문에, 황폐해지기는 했지만 나무 한 그루 돌 하나도 장소를 바꾸지 않았습니다. 따라서 지금도 만일 여러분이 여행의 불편을 감수하고 M현의 남단을 찾아가 거친 바다를 헤치고 앞바다 섬에 상륙한다면, 그곳에서 불가사의하기 짝이 없는 인공 풍경의 흔적을 발견할 수 있을 것이 틀림없습니다.

그것은 얼핏 보면 몹시 광대한 정원에 지나지 않지만, 어떤 사람은 거기에서 무언가 엄청난 어떤 종류의 계획, 또는 예술 같은 것을 느끼지 않을 수 없을 것입니다. 그와 동시에 그 사람은 또 그 주변 일대에 가득 차 있는 원념이라고 할까 귀기(鬼氣)라고 할까, 어쨌든 일종의 전율에 사로잡히지 않을 수 없을 것입니다.

거기에는 실로, 거의 믿을 수 없는 일장(一場)의 이야기가 있습니다. 그 일부는 고모다 집안과 가까운 사람들에게는 공공연한 비밀로 되어 있지요. 그리고 그 중요한 부분은 겨우 두세 명의 인물에게만 알려져 있는, 참으로 불가사의한 이야기입니다. 만일 여러분이 제 글을 믿어 주신다면, 그리고 이 황당무계하다고도 볼 수 있는 이야기를 끝까지 들어 주신다면, 지금부터 그 비밀담이라는 것을 시작하기로 할까요.

2

이야기는 M현과는 멀리 떨어져 있는 이 도쿄에서 시작됩니다.

도쿄 야마노테의 어느 학생가에 흔해 빠진 살풍경한 하숙집이 있었습니다. 우애관(友愛館)이라는 곳이었는데, 그곳의 가장 살풍경한 한 방에 히토미 히로스케라는 서생인지 건달인지 모를 이상한 남자가 살고 있었습니다. 그런 주제에 나이는 서른을 훨씬 넘어 보였지요. 그는 앞바다 섬의 대공사가 시작되기 오륙 년 전에 어느 사립대학을 졸업하고, 그 후로 줄곧 딱히 직장을 찾지도 않고 그렇다고 해서 이렇다 할 확실한 수입이 있는 것도 아닌 채, 말하자면 하숙집을 울리고 친구를 울리는 생활을 계속했습니다. 그러다가 마지막으로 이 우애관으로 흘러들어와, 그 대공사가 시작되기 일 년 전쯤까지 그곳에서 살았지요.

그는 스스로는 철학과 출신이라고 자칭했지만 그렇다고 철학 강의를 들은 것도 아니고, 어떨 때는 문학에 심혈을 기울이며 열중해 그런 쪽의 책을 찾아다니는가 하면, 어떨 때는 엉뚱한 건축과 교실 같은 곳에 찾아가서 열심히 청강하기도 했습니다. 그런가 하면 사회학, 경제학 등에 머리를 들이밀어 보기도 하고, 이번에는 유화 도구를 사들여 화가 흉내를 내 보기도 했지요. 엄청나게 온갖 일에 관심을 갖는 주제에 묘하게 쉽게 질리는 성격이라, 이렇다 할 정말로 수료한 과목도 없었습니다. 무사히 학교를 졸업할 수 있었던 것이 이상할 정도입니다. 그리고 만일 그가 무언가 배운 것이 있다면, 그것은 결코 학문의 정도(正道)가 아니라 소위 말하는 사도(邪道)의, 기묘하게 한쪽으로 기운 것이었음이 틀림없습니다. 그렇기 때문에 학교를 졸업한 지 오륙 년이나 지났는데도 아직 취직도 하지 못하고 우물쭈물하고 있는 것이겠지요.

하기야 히토미 히로스케 자신부터가, 어떤 직업을 갖고 평범한 생활을 영위해야겠다는 기특한 생각도 갖고 있지 않았습니다. 사실을 말하면 그는 이 세상을 경험하기도 전부터 이 세상에 질릴 대로 질려 있었던 것입니다.

타고나기를 병약했기 때문이기도 할 것입니다. 아니면 청년기 이후의 신경쇠약 때문이었을지도 모릅니다. 무엇을 할 마음도 들지 않는 것입니다. 인생의 모든 일이, 그저 머릿속으로 상상한 것만으로도 충분한 것이었지요. 모두 '대단치 않은' 일입니다. 그래서 그는 일 년 내내 더러운 하숙방에 드러누워, 어떤 실제가(實際家)도 일찍이 경험한 적이 없는 그 자신의 꿈을 꾸고 있었습니다. 다시 말해서, 한마디로 말하자면 그는 극단적인 몽상가였던 것입니다.

그럼 그는 그렇게 모든 세상일을 내팽개치고 대체 무엇을 꿈꾸고 있었을까요. 그것은 바로 그 자신의 이상향, 무하유지향(無何有之鄕)[25]의 세세한 설계에 대해서였습니다.

그는 학창 시절부터 플라톤 이후 수십 종의 이상 국가 이야기, 무하유지향 이야기를 열심히 탐독했습니다. 그리고 그런 책들의 저자들이 실현할 수도 없는 그들의 몽상을 문자로 세상에 이야기함으로써 마음이나 달래고 있었던 것이지요. 그리고 그들의 기분을 상상하고는 일종의 공명을 느끼면서, 그것으로 그 자신도 조금 위안을 받을 수 있었던 것입니다.

그런 저서 중에서도 정치상, 경제상의 이상향에 대해서는, 그는

---

25) 있는 것이란 아무것도 없는 곳이라는, 장자가 추구한 무위자연의 이상향을 뜻함.

거의 무관심했습니다. 그의 마음을 사로잡은 것은 지상의 낙원, 미(美)의 국가, 꿈의 국가로서의 이상향이었습니다. 그래서 카베[26]의 '이카리아 여행'보다도 모리스[27]의 '유토피아에서 온 소식'이, 모리스보다는 에드거 앨런 포의 '아른하임의 영토' 쪽이 한층 더 그를 끌어당겼습니다.

그의 유일한 몽상은 음악가가 악기로, 화가가 캔버스와 물감으로, 시인이 문자로 여러 예술을 창조하는 것과 마찬가지로 이 대자연의 산천초목을 재료로 하여, 하나의 돌, 한 그루의 나무, 한 송이의 꽃, 또는 거기에 날아다니는 새, 짐승, 벌레류에 이르기까지 모두 생명을 갖고 있는, 한 시간마다, 일 초마다 생육해 나가는 그 생물들을 재료로 삼아 터무니없이 커다란 하나의 예술을 창작하는 것이었습니다. 신에 의해 만들어진 이 대자연을, 그것에 만족하지 않고 그 자신의 개성으로 자유자재로 바꾸고, 미화하고, 거기에 그 특유의 예술적 대이상(大理想)을 표현하는 것이었습니다. 다시 바꾸어 말하자면 그 자신이 신(神)이 되어 이 자연을 새로 만드는 것이었습니다.

그의 생각에 따르면 예술이라는 것은 보기에 따라서는 자연에 대한 인간의 반항, 있는 그대로에 만족하지 않고 거기에 인간 각개

---

26) 에티엔 카베(Étienne Cabet, 1788~1856). 프랑스의 공상적 사회주의자. 공상 소설 〈이카리아(Icaria) 여행기〉를 통하여 이상적인 공산주의 사회의 건설을 주장하였으며, 미국으로 이주하여 공산 콜로니의 실험을 꾀하였으나 실패하고 객사하였다.
27) 윌리엄 모리스(William Morris, 1834~1896). 영국의 시인이자 공예가. 중세를 예찬하고, 문학에서는 탐미주의적 경향을 취하여 점차 19세기 문명에 대한 비판적 태도를 보였다. 작품에 〈제이슨의 생애와 죽음〉, 〈지상 낙원〉 등이 있다.

의 개성을 부여하고 싶다는 욕구의 표현에 불과하였습니다. 그렇기 때문에, 예를 들어 음악가는 있는 그대로의 바람 소리, 파도 소리, 새와 짐승의 울음소리 등에 만족하지 않고 그들 자신의 소리를 창조하려고 노력하고, 화가의 일은 모델을 단순히 있는 그대로 그려 내는 것이 아니라 그것을 그 자신의 개성으로 바꾸고 미화하는 데 있으며, 시인은 말할 것까지도 없이 단순한 사실의 보도자, 기록자가 아닌 것입니다.

하지만 이들 소위 말하는 예술가들은 어째서 악기나 화구나 문자와 같은 간접적이고 비효과적인 번거로운 수단에 의해, 그것만으로 만족하는 걸까요. 어째서 그들은 이 대자연 그 자체에 착안하지 않는 것일까요. 그리고 직접 대자연 자체를 악기로 삼고, 화구로 삼고, 문자로 구사하지 않는 것일까요. 그것이 전혀 불가능한 일이 아니라는 증거로, 조원술(造園術)과 건축술이 실제로 어느 정도까지 자연 자체를 구사하고, 바꾸고, 미화하고 있지 않습니까? 그것을 한층 더 예술적으로, 한층 더 대규모로 실행할 수는 없을까요? 히토미 히로스케는 그렇게 생각하는 것이었습니다.

그래서 그는 앞에서 말한 것과 같은 여러 유토피아 이야기보다는, 그것들의 가공적인 문자의 유희보다는 좀 더 실제적인, 그중 어떤 것은 어느 정도 자신과 같은 이상을 실현한 것처럼 보이는 고대의 제왕들의 —— 주로 폭군들의 —— 화려한 업적에 몇 배나 더 끌리는 것이었습니다. 예를 들면 이집트의 피라미드와 스핑크스, 그리스와 로마의 성곽이나 종교적인 대도시, 중국에서는 만리

장성과 아방궁, 일본에서는 아스카 왕조 이후의 불교적 대건축물과 금각사와 은각사 등, 단순히 그런 건축물들이 아니라 그것을 창조한 영웅들의 유토피아적인 심중을 상상할 때 히토미 히로스케의 가슴은 두근거렸습니다.

"만일 나에게 막대한 부를 준다면."

이것은 어느 유토피아 작자가 사용한 저서의 표제인데, 히토미 히로스케 또한 항상 같은 탄성을 흘리고는 했습니다.

"만일 내가 다 쓸 수도 없을 정도의 큰돈을 손에 넣을 수 있다면 말이야. 우선 광대한 땅을 사들여서, 그건 어디로 하면 좋을까. 수백 수천의 사람을 부려서, 평소 내가 생각하는 지상 낙원, 미의 나라를 만들어 낼 수 있을 텐데."

그러려면 저렇게 하고 이렇게 하고, 하면서 공상하기 시작하면 끝이 없어서, 결국 머릿속에 완전한 그의 이상향을 만들어 버리지 않고서는 속이 후련하지 않았습니다.

그러나 정신이 들어 보면 꿈속에서 만든 것은 그저 백일몽, 공중누각에 지나지 않았고 현실의 그는 보기에도 가련한, 그날 먹을 빵도 없는 일개 가난뱅이 서생일 뿐이었습니다. 그리고 그의 실력으로는 설령 평생을 바쳐 있는 힘껏 일을 해 봐야, 겨우 수만 엔의 돈도 모을 수 없을 것 같았습니다.

어차피 그는 '꿈꾸는 남자'였습니다. 일평생 그렇게 꿈속에서는 황홀한 미(美)에 취하면서도, 현실 세계에서는 이 얼마나 비참한 대조란 말입니까. 더러운 하숙집의 두 평 반짜리 방에 드러누워 재미없는 매일매일을 보내야 하는 것입니다.

그런 남자는 대개 예술로 내달리고, 또 거기에서 최소한의 안식처를 찾아내는 법입니다. 하지만 무슨 인과인지 그에게는 설령 예술적 경향이 있다 한들, 가장 현실적인, 지금 말하는 그의 몽상 외에는 어떠한 예술도 그의 흥미를 끌지 못했고, 또한 그런 재능도 없었습니다.

그의 꿈이 만일 실현할 수 있는 것이었다면 그것은 실로 유례를 찾아볼 수 없는 대사업, 대예술일 것이 틀림없었습니다. 그렇기 때문에 한 번 이 꿈속의 경계를 떠돈 그에게는 세상의 어떠한 사업도, 어떠한 오락도, 그리고 어떠한 예술조차도 전혀 가치가 없는, 부족한 것으로 보인 것은 정말이지 무리도 아니었습니다.

그러나 그렇게 모든 일에 흥미를 잃은 그도 먹고살기 위해서는 역시 다소나마 일을 하지 않을 수는 없습니다. 그는 학교를 졸업한 후로 싸구려 번역 하청이나 동화, 가끔은 어른의 소설 같은 것을 써서 그것을 여러 잡지사에 들고 가서는, 간신히 그날 입에 풀칠을 하곤 했습니다.

처음에는 그래도 예술이라는 것에 다소 흥미도 있었고, 마치 고대의 유토피아 작자들이 했던 것처럼 이야기라는 형태로 그의 몽상을 발표하는 데에서도 적잖은 위로를 찾아낼 수 있었기 때문에 얼마쯤은 열심히 그런 일을 계속했습니다. 그러나 그가 쓰는 것은, 번역은 그렇다 쳐도 창작 쪽은 묘하게 잡지사에서 평판이 좋지 않았습니다. 그의 글은 그 자신의 그 무하유지향을 여러 가지

형식으로 매우 상세하게 묘사하는 것에 지나지 않았거든요. 말하자면 혼자서만 좋아하는 지루하기 짝이 없는 글이었기 때문에, 그것은 무리도 아니라고 말할 수밖에 없습니다.

그런 이유로 모처럼 열심히 써낸 창작 등이 잡지 편집자의 손에 구겨진 적도 한두 번이 아니었습니다. 게다가 그의 성격상 그냥 문자의 유희 같은 것으로 만족하기에는 너무나도 탐욕스러웠기 때문에, 소설 쪽에서는 전혀 빛을 보지 못했습니다. 그렇다고 그것을 그만두어 버리면 당장 그날 먹고살기도 어려워서 마지못해 언제까지나 출세하지 못하고 삼류 문사 생활을 계속할 수밖에 없었습니다.

그는 한 장에 오십 전 하는 원고를 쓰면서, 그리고 그 틈틈이 그의 몽상향의 겨냥도나 거기에 지을 건물의 설계도 같은 것을 몇 장이나 그렸다가는 찢고, 썼다가는 찢으면서, 자신의 몽상을 마음껏 실현할 수 있었던 고대 제왕들의 사적(事蹟)에 한없는 선망을 품고 가슴에 그리는 것이었습니다.

3

이 이야기는 히토미 히로스케가 그러한 상황에서 사는 보람이라고는 없는 매일매일을 보내던 중, 어느 날 매우 멋진 행운이 찾아온 데에서부터 시작됩니다. 그것은 앞에서 말씀드린 그 외딴 섬의 대공사가 시작되기 일 년쯤 전에 해당하지요.

그것은 단순히 행운이라는 말 한 마디로는 다 표현할 수 없을 정도로 기괴하기 짝이 없는, 오히려 무섭기까지 한, 그러면서도 동화와도 비슷한 고혹을 띤 어떤 일이었습니다. 그는 그 좋은 소식(?)을 접하고, 이윽고 어떤 일을 생각해 내고는 아마 아무도 일찍이 경험한 적이 없을 이상한 환희를 맛보았습니다. 그리고 그다음 찰나에는 그 자신의 너무나도 무서운 생각에 이가 딱딱 부딪칠 정도의 전율을 느꼈습니다.

그 소식을 가져온 사람은 대학 시절 그의 동급생이었던 한 신문 기자였습니다. 어느 날 그 남자가 오랜만에 히로스케의 하숙방을 찾아와 무슨 이야기를 하던 중에, 물론 그로서는 아무 생각도 없이 문득 그 이야기를 꺼낸 것이었습니다.

"그런데 자네는 아직 모르겠지만, 바로 이삼일 전에 자네의 형이 죽었다네."

"뭐라고!"

그때 히토미 히로스케는 상대방의 이상한 말에 저도 모르게 이렇게 반문하지 않을 수 없었습니다.

"아니, 자네는 벌써 잊었나? 그 유명한 자네의 반쪽일세, 쌍둥이 말이야. 고모다 겐자부로."

"아아, 고모다? 그 부자 고모다가? 그거 놀랍군. 대체 무슨 병으로 죽은 건가?"

"통신원이 원고를 보내 왔더군. 거기에 따르면 지병인 간질로 죽은 모양일세. 발작이 일어났는데 그대로 회복되지 않았다는군. 아직 마흔도 안 되었는데, 가엾은 일이지."

그 뒤에 신문기자는 이런 말을 덧붙였습니다.

"그렇다고 해도 나는 새삼 감탄했다네. 어쩌면 그렇게 많이 닮았는지. 자네와 그 남자 말이야. 원고와 함께 고모다의 최근 사진을 넣어 왔던데, 그것을 보니 그 후로 오륙 년이 지났지만 자네들은 오히려 학생 시절보다 더 닮은 것 같아. 그 사진의 수염을 손가락으로 가리고, 거기에 자네의 그 안경을 씌우면 완전히 똑같으니 말이야."

이 대화로 독자 여러분도 이미 상상하셨겠지만, 가난한 서생인 히토미 히로스케와 M현 제일의 부호 고모다 겐자부로는 대학 시절의 동급생이었습니다. 게다가 이상하게도, 다른 학생들이 쌍둥이라는 별명을 붙였을 정도로 얼굴 생김새에서부터 체격, 목소리에 이르기까지 완전히 꼭 닮았지요.

동급생들은 그들의 나이가 달랐기 때문에 고모다 겐자부로를 쌍둥이 형이라고 부르고, 히토미 히로스케를 동생이라고 부르며 걸핏하면 두 사람을 놀리려고 했습니다.

그들은 놀림을 받으면서도, 서로 그 별명이 결코 틀리지 않았다는 것을 눈으로 보고 인정하지 않을 수 없었습니다. 이런 것은 있을 수 있는 예삿일이라고 말하기는 했지만, 그들처럼 쌍둥이도 아닌데 쌍둥이로 착각할 정도로 닮았다는 것은 조금 보기 드문 일이었지요. 특히 그것이 나중에 세상을 깜짝 놀라게 할 괴사건을 낳게 되었다는 사실을 생각하면, 인연의 무서움에 몸이 떨리는 것을 금할 수가 없습니다.

그들은 둘 다 그다지 교실에 얼굴을 보이지 않는 편이었고, 히토미 히로스케가 가벼운 근시라 시종 안경을 쓰고 있었기 때문에, 두 사람이 얼굴을 마주할 기회가 적었고, 얼굴을 마주한다 해도 한쪽은 안경을 쓰고 있어서 멀리에서도 충분히 구별할 수 있었습니다. 그래서 그렇게 진귀한 일도 일어나지 않았지만, 그래도 긴 학생 생활 중에는 웃음거리가 될 만한 일이 여러 번 있었습니다. 그만큼 그들은 많이 닮았던 것입니다.

그래서 쌍둥이의 반쪽이 죽었다고 하니 히토미 히로스케에게는 다른 동창의 부고를 접하는 것보다는 조금 더 놀라기는 했습니다. 하지만 그는 당시부터 그들이 지나치게 닮아서 마치 자신의 그림자 같은 고모다에게 오히려 혐오의 마음을 품고 있었을 정도였고, 물론 슬픔을 느낀다고 할 정도도 아니었습니다. 그러나 이 소식에는 왠지 모르게 히토미 히로스케의 마음을 울리는 것이 있었습니다.

그것은 슬픔이라기보다는 놀람, 놀람이라기보다는 뭔가 묘하게 기분 나쁜, 정체를 알 수 없는 예감 같은 것이었습니다.

그러나 그것이 무엇인지, 상대 신문기자가 그 후로 또 오랫동안 잡담을 계속하다가 돌아가 버릴 때까지, 그는 전혀 알아차리지 못했습니다. 하지만 혼자가 되고 나서 묘하게 머리에 남아 있는 고모다의 죽음에 대해 여러 가지 생각을 하다 보니, 이윽고 터무니없는 공상이 소나기구름이 퍼질 때처럼 빠르고 기분 나쁘게 그의 머릿속에 뭉게뭉게 피어올랐습니다.

그는 새파래져서 이를 악물고, 급기야는 덜덜 떨면서 언제까지나 가만히 한 곳에 앉은 채 점점 확실하게 정체를 드러내는 그 생각을 바라보고 있었습니다. 어떨 때는 너무 무서워서 차례차례 솟아나는 간계를 억누르려고 노력했지만, 멈추기는커녕 누르면 누를수록 오히려 만화경처럼 선명하게 그 악계(惡計) 하나하나의 장면까지도 환상처럼 떠오르는 것이었습니다.

4

그가 그러한, 소위 말하는 미증유의 못된 계획을 생각해 내기에 이른 하나의 중대한 동기는 M현에서는 일반적으로 화장이라는 것이 없고, 특히 고모다 집안과 같은 상류계급에서는 더더욱 그것을 기피하여 반드시 흙에 매장한다는 점에 있었습니다. 그 사실은 재학 시절 고모다 자신의 입으로도 들어서 잘 알고 있었거든요. 그리고 또 하나, 고모다의 사인이 간질 발작이었다는 점이었습니다. 그 사실이 또 그의 어떤 기억을 불러일으켰던 것입니다.

히토미 히로스케는 다행인지 불행인지, 이전에 하트만, 부셰, 켐프너와 같은 사람들이 쓴 죽음에 관한 책을 탐독한 적이 있었습니다. 특히 가사(假死)[28]의 매장에 대해서는 상당한 지식을 갖고 있어서 간질에 의한 죽음이라는 것이 얼마나 불확실하고, 생매장이라는 위험을 동반하는 것인지를 잘 알고 있었습니다. 많은 독자 여러분은 아마 에드거 앨런 포의 '때 이른 매장'이라는 단편을 읽으신 적이 있을 것입니다. 그리고 가사의 매장이 얼마나 무서운 것인지를 충분히 알고 계시겠지요.

"산 채로 땅에 묻힌다는 것은, 일찍이 인류의 운명에 내려진 극단적인 불행(바르톨로메오의 대학살 및 그 외 역사상의 전율할 만한 사건) 중에서 의심의 여지없이 가장 무서운 것이다. 그리고 그것이 종종, 매우 자주 이 세상에 일어나고 있다는 것은 무엇을 좀 아는 사람에게는 부정할 수 없는 바이다. 죽음과 삶을 나누는 경계는 고작해야 흐릿한 그림자다. 어디에서 삶이 끝나고 어디에서 죽음이 시작되는지, 누가 정할 수 있으랴. 어떤 질병에 걸리면, 생명의 외부적 기관이 모조리 정지해 버릴 때가 있다. 게다가 이 경우, 이런 정지 상태는 그저 중지에 지나지 않는다. 이해할 수 없는 기제의 일시적 정지에 지나지 않는 것이다. 그래서 얼마쯤 지나면(그것은 몇 시간일 때도 있고 며칠일 때도, 때로는 수십 일일 때도 있다) 눈에 보이지 않는 불가사의한 힘이 작용해 작은 톱니바퀴와 큰 톱니바퀴가 마법처럼 다시 움직이기 시작한다."

그리고 간질이 그런 질병 중 하나라는 것은, 여러 서적에 나타난 실례(實例)에 따르면 의심할 수도 없는 것입니다. 예를 들어 옛날

---

28) 생리적 기능이 약화되어 죽은 것처럼 보이는 상태. 정신을 잃고 호흡과 맥박이 거의 멎은 상태이나, 동공 반사만은 유지되므로 죽은 것이 아니며 인공호흡으로 살려낼 수 있다는 상태를 가리킨다.

에 미국의 '생매장 방지 협회' 선전서에 발표된 가사가 일어나기 쉬운 종류의 질병 중에도 분명히 간질 항목이 포함되어 있었던 것을, 왠지 그는 똑똑히 기억하고 있었습니다.

그는 수많은 가사 상태에서의 매장에 대한 실례를 읽었을 때, 얼마나 이상야릇한 느낌이 들었을까요. 그 표현할 수 없는 일종의 느낌에 대해서는, 공포나 전율 같은 말은 너무나도 흔해 빠진, 지극히 평범한 것으로 생각되었을 정도였습니다. 예를 들어 임부가 때 이른 매장을 당했다가 묘지 속에서 되살아나고, 되살아났을 뿐만 아니라 그 어둠 속에서 분만을 해, 울부짖는 젖먹이를 안고 몸부림치다가 죽은 이야기 등은(아마 그녀는 나오지 않는 젖을 피투성이 젖먹이의 입에 물리고 있었을 수도 있겠지요) 매우 강한 인상이 되어 언제까지나 그의 기억에 남아 있었습니다.

그러나 간질이 역시 그런 위험을 동반하는 병이라는 것을, 그는 어째서 그렇게 또렷하게 기억하고 있었던 것일까요. 히토미 히로스케 자신은 조금도 깨닫지 못했지만 그는 그런 책들을 읽었을 때 그와 꼭 닮은, 쌍둥이의 반쪽이라는 말까지 들었던 고모다가, 큰 부자인 고모다가 역시 간질병이라는 것을 무의식중에 의식하고 있지 않았다고는 말할 수 없습니다. 인간의 마음이란 얼마나 무서운 것인지요. 앞에서 말한 대로 타고난 몽상가인 히토미 히로스케가, 같은 생각을 끈질기게 되풀이하는 성격인 그가, 설령 확실하게 의식하지는 않았다고 해도 그것을 깨닫지 못할 리는 없습니다.

만일 그렇다면 몇 년 전 그의 마음 깊은 곳에 남몰래 뿌려진

씨가, 지금 고모다의 죽음을 알고 처음으로 확실한 형태를 나타냈다고도 생각할 수 없는 것은 아닙니다. 하지만 그것은 어찌 되었든, 그의 유례를 찾아보기 힘든 악계는 그렇게 그가 온몸에서 서서히 배어 나오는 식은땀을 느끼면서 그날 하룻밤 내내 눕지도 않고 앉아 있는 동안, 처음에는 마치 동화나 꿈과 같은 생각이었던 것이 조금씩 현실의 색깔을 띠기 시작하고, 마침내는 손을 쓰기만 하면 반드시 성취될 지극히 당연한 일로까지 생각되기 시작하는 것이었습니다.

'바보 같아. 아무리 나와 그 녀석이 닮았다고 해도 그런 말도 안 되는……, 실제로 말도 안 되는 일이야. 인간의 역사가 시작된 후로 이런 바보 같은 생각을 한 사람이 한 명이라도 있을까? 흔히 탐정 소설 같은 데서 쌍둥이 중 한쪽이 다른 한쪽으로 둔갑해 일인 이역을 하는 이야기는 나오지만, 그것도 실제 세상에는 우선 있을 수 없는 일이야. 하물며 지금 내가 생각하고 있는 흉계는 참으로 미치광이의 망상이 아닌가. 시시한 생각 하지 말고, 너는 네 분수에 맞게 평생 실현할 수 없는 유토피아나 꿈꾸는 게 좋아.'

몇 번인가 그렇게 생각하고는 너무나도 무서운 망상을 떨쳐 내려고 해 보기는 했지만, 그 후 곧 다시,

'하지만 생각해 보면 이 정도는 별것 아니야. 게다가 조금의 위험도 따르지 않는 계획이라는 것은 좀처럼 없는 법이지. 설령 아무리 힘들더라도, 모험이 되더라도, 만일 성공한다면 그렇게 네가 열망하던, 오랜 세월 오직 그것만을 꿈꿔 왔던 네 몽상향의 자금을

보기 좋게 손에 넣을 수 있지 않은가. 그때의 즐거움과 기쁨은 얼마나 클까. 어차피 지긋지긋한 세상이야. 어차피 성공하지 못할 일생이야. 설사 그것 때문에 목숨을 잃는다 한들, 아까울 게 뭐가 있단 말인가. 하지만 실제로는 목숨을 잃기는커녕 사람 하나를 죽이는 것도 아니고, 세상을 해치는 나쁜 일을 하는 것도 아니고, 그저 이 나라는 존재 자체를 솜씨 좋게 말살하고 고모다 겐자부로를 대신하기만 하면 될 일이지.

그리고 무엇을 하느냐 하면, 예로부터 아무도 시도한 적이 없는 자연의 개조, 풍경의 창작, 다시 말해 터무니없이 커다란 하나의 예술품을 만들어 내는 것 아니겠느냐 말이야. 낙원을, 지상의 천국을 창조하는 거잖아. 내게 무슨 꺼림칙한 점이 있단 말이야? 그리고 또 고모다의 유족도 그래. 그렇게 한 번 죽었다고 생각했던 주인이 살아 돌아와 준다면 기뻐하기는 할지언정 뭘 원망스럽게 생각하겠어? 너는 그것을 무슨 아주 못된 일처럼 생각하고 있는데, 보라고, 이렇게 하나하나의 결과를 음미해 나가다 보면 나쁜 일은 커녕 오히려 선한 일이잖아.'

그렇게 순서를 세워 나가다 보니, 과연 조리가 정연하고, 실행하는 데 조금의 파탄도 없으며, 또한 양심에 거리끼는 점도 거의 없다고 할 수 있는 일이었습니다.

이 계획을 실행하는 것에 대해서 무엇보다도 편리했던 것은 고모다 겐자부로의 가족이었습니다. 부모님은 이미 돌아가셨고 단 한 사람, 그의 젊은 아내가 있을 뿐이었거든요. 그 외에는 몇 명의 고용인뿐이었습니다.

하기야 그에게는 도쿄의 어느 귀족에게 시집간 여동생이 하나 있고, 고향에도 그런 큰 집안이라면 필시 많은 친척들이 있을 것입니다. 하지만 그런 사람들이 죽은 겐자부로와 꼭 닮은 히토미 히로스케라는 남자가 있다는 것을 알 리도 없고, 어찌어찌 소문 정도는 들었다고 해도 설마 이렇게까지 닮았을 거라고는 상상하지 않을 것입니다. 게다가 그 남자가 가짜 겐자부로가 되어서 나타날 거라고는 꿈에도 생각할 리가 없습니다.

게다가 그는 타고나기를 이상하게도 연기를 잘하는 남자이기도 했습니다. 단 한 사람 무서운 것은 세세한 데까지 겐자부로의 버릇을 알고 있을 것이 틀림없는 그의 부인인데, 이것도 조심하기만 하면, 특히 부부의 대화를 가능한 한 피한다면 아마 눈치채지는 못할 테지요. 그리고 한 번 죽었던 사람이 되살아난 것이니, 다소 용모나 성격이 달라진다 해도 이상한 일이 있었기 때문에 그렇게 된 것이라고 생각하면 그리 이상하게 여기지도 않을 것입니다.

이렇게 그의 생각은 점점 자세한 데까지 들어갔습니다. 그런 사소한 사정을 이것저것 생각해 봄에 따라 그의 이 커다란 계획은 한 발짝 한 발짝, 현실성과 가능성을 띠는 것처럼 보이게 되었습니다. 남은 것은 그야말로 그의 계획에 있어서 최대 난관이 틀림없었습니다. 어떻게 그 자신을 말살하느냐, 또 어떻게 고모다의 소생(蘇生)을 진짜처럼 보이게 할 것인가, 그러기 위해서 진짜 고모다의 시체를 어떻게 처분할까, 하는 점이었습니다.

이런 나쁜 짓을(그 자신이 어떻게 변호하든) 꾸밀 정도의 그이니, 타고나기를 소위 말하는 간사한 꾀를 잘 부리는 사람이기도 했겠지요. 그렇게 집념을 갖고 한 가지 일을 계속 생각하다 보니, 가장 곤란한 그런 점들도 어렵지 않게 해결할 수 있었습니다.

그리고 이제 되었다는 생각이 들자, 그는 다시 한번 세세한 점에 걸쳐 이미 생각한 것을 또 생각하고 또 생각했습니다. 한 치의 틈도 없다는 생각이 들기에 이르자, 마지막으로 그것을 실행할 것인가 말 것인가 하는 큰 결심을 해야 할 때가 왔습니다.

5

온몸의 피가 머리에 모인 것 같았습니다. 그렇게 되니 오히려 지금 생각하는 이 계획이 얼마나 무서운 것인지도 잊어버렸지요. 거의 만 하루를 꼬박 생각하고 또 생각하고, 다듬고 또 다듬은 끝에, 결국 그는 그 일을 결행하기로 마음먹었습니다.

나중에 다시 생각해 보면 당시의 심정은 몽유병 같은 것으로, 막상 실행을 시작해도 묘하게 공허한 느낌이었습니다. 그 정도의 큰일이 왠지 느긋하게 산천 유람이라도 나가는 것처럼 느껴졌지요. 그러나 마음 어딘가 한구석에는 지금 이러고 있는 것은 실은 꿈이고, 꿈 저쪽에 또 하나의 진짜 세계가 기다리고 있다는 의식이 웅크리고 있는 듯한 기분이 계속되고 있었습니다.

앞에서 말한 대로 그의 계획은 두 가지 중요한 부분으로 나뉘어 있었습니다.

그 첫 번째는 그 자신을, 즉 히토미 히로스케라는 인간을 이 세상에서 없애 버리는 것이었습니다. 그 일에 착수하기에 앞서 한 번 고모다 저택이 있는 T시로 서둘러 가서, 과연 고모다가 흙에 매장되었는지 아닌지, 그 묘지에 잘 숨어들 수 있을지, 고모다의 젊은 부인은 어떤 인물인지, 고용인들의 기질은 어떠한지, 그런 점들을 일단 조사해 둘 필요가 있었습니다. 그 결과 만일 이 계획에 파탄을 가져올 만한 위험이 보인다면, 그때 실행을 단념해도 늦지는 않으니까요. 아직 돌이킬 여지는 있었습니다.

그러나 그가 이대로의 모습으로 T시에 나타나는 것은 물론 삼가야 합니다. 그 모습이 히토미 히로스케라는 것이 알려지든, 또는 설령 고모다 겐자부로로 오인되든, 어쨌든 그의 계획에는 치명상이었지요. 그래서 그는 그 특유의 변장을 하고 이 첫 번째 T시 여행을 떠나기로 했습니다.

그의 변장 방법은 실로 엉성한 것이었습니다. 지금까지 쓰던 안경을 버리고 매우 커다란, 하지만 별로 눈에 띄지 않는 모양의 색안경을 끼고, 한쪽 눈을 중심으로 눈썹에서 뺨에 걸쳐 크게 접은 거즈를 대고, 입에는 솜을 물고, 이 또한 눈에 띄지 않는 수염을 붙이고, 머리 가르마를 오대 오로 가르는 것이었지요. 그냥 이것뿐이었지만, 그 효과는 매우 놀라운 것이었습니다. 출발하는 전차 안에서 친구를 만나도 조금도 알아보지 못했을 정도였으니까요.

인간의 얼굴에서 가장 눈에 띄는, 각자의 개성을 가장 잘 발휘하는 부분은 그 두 눈이 틀림없습니다. 그 증거로, 손바닥으로 코 위를 가린 것과 코 아래를 가린 것은 전혀 효과가 다르지요. 전자의 경우에는 어쩌면 사람을 착각할지도 모르지만, 후자의 경우는 금세 그 사람이라는 것을 알아보고 마는 것입니다. 그래서 그는 우선 두 눈을 가리기 위해 색안경을 썼습니다. 하지만 색안경이라는 것은 거의 완전히 눈의 표정을 가려 주는 대신, 그것을 쓰고 있는 사람에게 왠지 모르게 수상쩍은 느낌을 주는 법입니다. 이 느낌을 없애기 위해 그는 거즈를 한쪽 눈에 대어서 눈병 환자인 척했습니다. 이렇게 하면 동시에 눈썹과 뺨의 일부를 가릴 수도 있어서 일거양득이기도 하지요. 머리 모양을 극도로 바꾸고 복장에 신경을 쓰면 칠 할 정도는 변장의 목적을 이룰 수 있었지만, 그는 더욱 꼼꼼하게 입에 솜을 묾으로써 뺨에서 턱으로 이어지는 선을 바꾸고, 수염을 붙여 입의 특징을 가리기로 했습니다. 여기에 걸음걸이도 바꿀 수 있다면 구 할 구 푼 히토미 히로스케는 없어지고 맙니다.

그는 변장에 대해서는 평소에 하나의 의견을 갖고 있었습니다. 가발이나 안료를 사용하는 것은 손이 많이 갈 뿐만 아니라 오히려 사람들의 시선을 끌게 되는 결점이 있어 도무지 실용적이지 않지만, 이런 간단한 방법을 쓴다면 일본인도 변장은 전혀 불가능하지 않다는 것을 믿고 있었던 것입니다.

그는 그다음 날 하숙집 관리인에게 사정이 있어서 잠시 방을 빼고 여행을 간다, 행선지도 정해지지 않은, 소위 말하는 방랑 여행이지만 처음에는 이즈 반도 남쪽으로 갈 생각이라고 말하고, 작은 짐 가방 하나를 들고 출발했습니다. 그리고 도중에 필요한 물품을 사서 사람이 다니지 않는 길가에서 지금 말한 변장을 마치고는, 곧장 도쿄 역으로 갔습니다. 짐 가방은 잠시 맡겨 두고, 그는 T시의 두세 개 다음 역까지 가는 표를 사서 삼등차의 인파 속으로 숨어들었습니다.

T시에 도착한 그는 그 후 날수로 이틀 동안, 정확하게 말하자면 만 하루 밤낮 동안, 그 특유의 방법으로 매우 기민하게 돌아다니며 사람들의 이야기를 듣고, 결국 목적을 이룰 수 있었습니다. 그 자세한 내용은 너무 장황해지니 여기에서는 생략하기로 하겠습니다. 하지만 어쨌든 조사 결과는 그의 계획이 결코 불가능한 일이 아니라는 것을 밝혀 주었습니다.

그리고 그가 다시 도쿄 역으로 돌아온 것은 그 신문기자의 이야기를 들은 날로부터 사흘째, 고모다 겐자부로의 매장이 이루어진 날로부터 엿새째 밤, 여덟 시에 가까운 시간이었습니다.

그의 생각으로는 늦어도 겐자부로의 사후 열흘 이내에는 그를 소생시킬 작정이었기 때문에, 남은 나흘 동안 매우 바쁘게 움직여야 했습니다. 그는 우선 잠시 맡겨 두었던 짐 가방을 찾고 나서, 역 화장실에 들어가 그 변장을 풀고 원래의 히토미 히로스케로 돌아왔습니다. 그리고는 그 길로 레이간지마 섬의 기선(汽船) 발착장으로 달려갔습니다. 이즈로 가는 배가 출항하는 시각은 오후

아홉 시, 그것을 타고 어쨌든 이즈 반도 남쪽으로 가는 것이 그의 예정이었습니다.

대합실로 달려가니, 배에는 벌써 승선 신호 벨이 울려 퍼지고 있었습니다. 표는 이등칸, 행선지는 시모다 항, 짐 가방을 짊어지고 어두운 선창을 달려, 튼튼한 판자를 건너 해치로 들어가자마자 뿌— 하고 출항을 울리는 기적이 울렸습니다.

6

다섯 평 정도의 선미 이등실에는 겨우 두 명의 손님이 있을 뿐이었습니다. 그의 목적에는 유리한 일이었지요. 게다가 그자들은 둘 다 시골 사람인지, 서지[29] 기모노에 서지 하오리 차림으로, 얼굴도 건강하게 햇볕에 탔고 그 대신 머리는 둔해 보이는 중년 남자들이었습니다.

히토미 히로스케는 말없이 선실로 들어가 먼저 온 손님들로부터 한참 떨어진 구석 쪽에 자리를 잡고, 이제부터 한숨 자려고 한다는 듯이 비치되어 있는 모포 위에 누웠습니다. 그러나 물론 자 버린 것은 아니고, 뒤로 돌아누운 채 가만히 두 남자의 모습을 살피고 있었습니다.

---

29) 소모사(梳毛絲)를 주로 한 가장 안쪽에 입는 옷이나 하카마용 모직물. 소모사에 인조 견사를 꼬아 만든다. 살갗에 닿는 느낌이 좋고, 초여름에 착용한다.

덜컹덜컹 쿵, 덜컹덜컹 쿵, 하고 신경을 욱신거리게 하는 기관의 울림이 온몸으로 전해져 옵니다. 쇠 격자로 둘러싸인 둔한 전등의 불빛이 누운 그의 그림자를 길게 모포 위에 던지고 있습니다. 뒤에서는 남자들이 서로 아는 사이인지 아직도 앉은 채 두런두런 이야기를 나누고 있습니다. 그 목소리가 기관 소리와 뒤섞여 묘하게 졸음을 부르는 나른한 리듬을 만듭니다. 게다가 바다는 잔잔해서, 파도 소리도 낮고 흔들림도 거의 느껴지지 않을 정도였습니다. 그렇게 가만히 누워 있자니 지난 이삼일 동안의 흥분이 서서히 가라앉고, 그 공허에 뭐라 말할 수 없는 불안의 마음이 뭉게뭉게 피어올랐습니다.

'지금이라면 늦지 않았어. 빨리 단념하도록 해. 돌이킬 수 없게 되기 전에 빨리 단념하란 말이다. 너는 고지식하게 너의 그 미치광이 같은 망상을 실현하려는 것이냐? 정말로 농담이 아니었단 말이야? 대체 그러고도 네 정신 상태는 건강한 것이냐? 혹시 어딘가 고장 난 것은 아니야?'

시간이 흐를수록 그의 불안은 더해 갔습니다.

그러나 그는 이 커다란 매력을 아무리 해도 버릴 수가 없었습니다. 불안해하는 마음에 대해, 그의 또 다른 마음이 설득을 하기 시작합니다. 어디에 불안이 있다는 것이냐. 어디에 미비한 점이 있다는 것이냐. 지금까지 계획한 일을 이제 와서 단념할 수는 없어. 그리고 그의 머릿속에는 그의 계획 하나하나가 미세한 데까지 차례차례 떠올랐습니다. 그렇지만 그중 어느 하나에도 조금의 실수도, 다시 살펴야 할 것도 없었습니다.

문득 정신이 들어 보니 두 손님의 이야기 소리는 어느새 그치고, 그 대신 곡조가 다른 두 개의 코 고는 소리가 방 저편에서 울리고 있었습니다. 몸을 뒤척여 실눈을 뜨고 보니, 남자들은 호쾌하게 대자로 누워 편안한 얼굴로 푹 잠들어 있었습니다.

누군가가 성급하게 그의 실행을 부추기는 것이 느껴졌습니다. 기회가 왔다는 생각이 그의 잡념을 순식간에 몰아내고 말았습니다.

그는 무언가에 명령을 받은 것처럼, 조금의 망설임도 없이 베갯맡의 짐 가방을 열고 그 밑바닥에서 한 장의 기모노 자투리를 꺼냈습니다. 그것은 이상한 모양으로 찢긴 대여섯 치[30] 정도의 낡은 목면 조각이었습니다. 그것을 움켜쥐고는, 짐 가방은 원래대로 뚜껑을 닫아 놓고 그는 살며시 갑판으로 나갔습니다.

벌써 열한 시가 넘은 시각이었습니다.

저녁에는 가끔 선실에도 얼굴을 보였던 보이나 선원들도 각각 그들의 침실로 물러갔는지, 그 근처에는 사람이라곤 아무도 없습니다.

앞쪽의 한 단 높은 상갑판에는 분명히 키잡이나 불침번을 서는 선원이 있겠지만, 지금 히토미 히로스케가 서 있는 곳에서는 그 모습도 보이지 않습니다.

뱃전으로 다가가면 물거품을 내는 커다란 파도의 넘실거림, 선

---

30) 한 치는 약 3.03센티미터.

미에 띠를 잇는 야광충의 인광. 눈을 들면 웅장하게 다가드는 미우라 반도의 거대한 검은 그림자, 명멸하는 어촌의 등불. 그리고 하늘에는 먼지 같은 수많은 별 부스러기가 배의 진행에 따라 둔하게 회전하고 있습니다.

들리는 것은 둔하고 긴 기관의 울림과 뱃전에 부서지는 파도 소리뿐입니다.

이 정도면 그의 계획은 우선 발각될 걱정은 없습니다. 다행히 때는 늦봄, 바다는 잠든 것처럼 조용합니다. 항로 관계상, 육지의 그림자는 서서히 배 쪽으로 다가옵니다. 그는 이제 그 육지와 배가 가장 가까이 접근할 예정인 장소를 기다리기만 하면 되지요(그는 이 항로를 종종 다닌 적이 있어서 그곳이 어디쯤인지를 잘 알고 있었습니다). 그리고 겨우 몇 정(丁)의 해상을 남의 눈에 띄지 않게 헤엄쳐 건너기만 하면 됩니다.

그는 우선 어둠 속에서 뱃전을 돌아다니며 난간 외부에 못이 튀어나와 있는 곳을 찾아내어, 아까 그 자투리 천을 바람에 날아가지 않도록 단단히 걸어 두었습니다. 그러고 나서 돛의 그늘에 숨어 맨몸에 딱 한 장 입고 온, 방금 그 천 조각과 똑같은 무늬의 낡은 홑옷을 벗고 품속에 들어 있던 지갑과 변장 용구를 떨어뜨리지 않도록 동여매어, 그것을 허리띠로 등에 단단히 비끄러맸습니다.

"자, 이제 됐어. 잠시만 추위를 참으면 돼."

그는 돛의 그늘에서 기어 나와, 다시 한 번 그 근처를 둘러보았습니다. 아무도 보고 있지 않은 것을 확인하고, 거대한 도마뱀처럼 갑판 위를 따라 뱃전으로 기어가서 난간을 타고 넘었습니다.

소리가 나지 않도록 무언가에 매달려 뛰어들 것, 스크루에 빨려 들어가지 않도록 조심할 것, 이 두 가지는 그가 이미 몇 번이나 생각해 둔 것이었습니다. 그러려면 배가 물길을 지나 방향을 전환하기 위해 속도를 늦추었을 때가 가장 좋습니다. 그리고 그때가 또한, 육지와도 가장 가깝지요. 그래서 그는 뱃전의 그물 같은 것에 매달려 언제든 뛰어들 수 있도록 준비하면서, 그 방향 전환의 호기를 이제나저제나 기다렸습니다.

이상하게도, 이렇게 격정적인 순간임에도 불구하고 그의 마음은 매우 냉정하고 고요했습니다. 하기야 진행 중인 배에서 바다로 뛰어들어 맞은편 기슭까지 헤엄쳐 가는 것은 별로 죄악이랄 것도 아니고, 게다가 거리도 짧고 헤엄에 자신도 있어 큰 위험이 없다는 것도 알고 있었지요. 하지만 그렇다고 해도 그것이 역시 그의 커다란 음모의 예비 행동 중 하나라고 생각하면, 그의 기질로 보아 불안을 느끼지 않을 수 없는 일이었습니다.

그런데도 이렇게나 냉정하게, 침착하게 행동할 수 있었던 것은 매우 이상하다고 해야 할 것입니다. 그는 나중에 계획에 착수한 후로 매일 대담하고 뻔뻔스러워져 갔던 그 자신의 마음을 돌이켜 보고 그 격렬한 변화에 이상한 놀라움을 맛보았는데, 그가 그렇게 뱃전에 매달렸을 때의 기분이 아마 그 시작이었을지도 모릅니다.

이윽고 배는 목적하는 곳에 가까워지고 덜그럭덜그럭하는 조타기의 사슬 소리가 났습니다. 배가 방향을 바꾸기 시작하고, 동시에 속도도 둔해지기 시작했지요.

"지금이다!"

그물을 놓을 때는 그래도 역시 심장이 두근거렸습니다. 그는 손을 뗌과 동시에 온몸의 힘을 담아 뱃전을 걷어차고, 몸을 평평하게 해서 가능한 한 멀리, 마치 물에 올라타는 듯한 형태로 소리가 나지 않도록 미끄러져 들어가는 방법을 취했습니다.

첨벙 하는 물소리, 갑자기 몸에 스며드는 차가움, 상하좌우에서 다가오는 바닷물의 힘, 아무리 버둥거려도 물의 표면으로 떠오를 수 없는 갑갑함, 그러나 그 속에서 그는 마구잡이로 물을 휘젓고, 물을 차며 조금이라도, 한 자라도 스크루에서 멀어지는 것을 잊지 않았습니다.

어떻게 그 뱃전의 소용돌이에서 헤엄쳐 나올 수 있었는지, 그리고 아무리 잔잔한 바다였다고는 해도 몸이 마비될 것 같은 차가운 물속에서 몇 정이나 어떻게 견뎌 낼 수 있었는지, 나중에 생각해 보아도 그는 스스로도 이상하게 여겨지던 그 힘을 이해할 수가 없었습니다.

이리하여 운 좋게도 계획의 첫 번째 단계를 멋지게 착수해 낸 그는, 지칠 대로 지친 몸을 어디인지도 알 수 없는 어촌의 어두운 해변에 내던졌습니다. 그리고 그곳에서 날이 밝기를 기다려 아직 채 마르지 않은 기모노를 입은 채 변장을 하고, 마을 사람들이 깨어나 밖으로 나오기 전에 요코스카로 생각되는 방향을 향해 걷기 시작했습니다.

7

어젯밤까지 히토미 히로스케였던 남자는 그로부터 하루를 환승 역인 오후나의 싸구려 숙소에서 지내고, 그 이튿날 오후, 마침 밤에 T시에 도착하는 기차를 골라 탔습니다. 역시 변장을 한 채, 삼등차의 손님이 되었지요.

독자 여러분은 이미 눈치를 채셨겠지만, 그가 이렇게 귀중한 하루를 아무것도 하지 않고 보낸 이유는 그의 목적이었던 자살 연극이 제대로 이루었는지를 알려고, 그 사실이 실릴 신문이 나오기를 기다리기 위해서였습니다. 그리고 그가 드디어 T시에 도착한 이상은, 그 신문 기사가 그가 생각했던 대로 그의 자살을 보도하고 있었음은 말할 것까지도 없겠지요.

'소설가의 자살'이라는 표제로(그도 죽은 덕분에 다른 사람들로부터 소설가라고 불릴 수 있게 되었습니다) 작게 실렸고, 역시 다른 어느 신문에도 그의 자살 기사가 실려 있었습니다.

비교적 자세히 보도한 신문에는 남겨진 짐 가방 안에 한 권의 잡기장이 있었는데 거기에 히토미 히로스케라는 서명이 있고 세상을 비관하는 죽음의 문구가 적혀 있었다는 것, 그리고 아마 뛰어들 때 걸렸는지 뱃전의 못에 그의 옷으로 보이는 작은 천 조각이 남아 있었다는 것으로 보아 죽은 사람의 신병이나 자살의 동기가 분명했다고 적혀 있었습니다. 즉 그의 계획은 보기 좋게 성공한 것입니다.

다행스럽게도 그에게는 이 가짜 자살 때문에 울 정도의 가족도 없었습니다. 물론 그의 고향에는 친형도 있고(재학 당시 그는 그 형에게 학비를 받고 있었지만, 최근에는 형 쪽에서 그를 버린 형태였습니다) 두세 명의 친척도 있었으니 그 사람들이 그의 갑작스러운 죽음을 듣는다면 다소는 애도도 하고 한탄도 해 주겠지만, 그 정도의 지장은 처음부터 각오하고 있던 것이기도 하였기에 그로서는 별로 마음이 괴로울 정도의 일도 아니었지요.

그보다 그는 이렇게 자기 자신을 말살해 버린 후, 뭐라 형용할 수 없는 이상한 느낌에 몰두하게 되었습니다.

그는 이제 국가 호적상 자리도 없고, 넓은 세상에서 누구 한 사람 기댈 곳도 없고 친구도 없고, 게다가 이름조차 없는 일개 이방인이 되었습니다. 그렇게 되니 자신의 앞뒤 좌우에 앉아 있는 승객들도, 창밖으로 보이는 길가의 풍경도, 한 그루의 나무도, 한 채의 집도, 지금까지와는 전혀 다른 별세계의 것으로 느껴지는 것이었습니다. 그것은 몹시 상쾌한, 갓 태어났다는 느낌이기도 했지만, 또 한편으로는 이 세상에 오직 혼자라는, 게다가 그 외톨이 남자가 지금부터 분에 넘치는 대사업을 이루어 내야 한다는, 뭐라 말하기 어려운 쓸쓸함 때문에 눈물까지 고이는 것을 어찌할 수가 없었습니다.

그러나 기차는 그의 감개 따위와는 상관없이 역에서 역으로 계속해서 달려, 이윽고 밤이 되어서 목적지인 T시에 도착했습니다.

예전의 히토미 히로스케는 역을 나와 그 길로 곧장 고모다 집안의 무덤이 있는 절로 서둘러 달려갔습니다. 다행히 절은 시외의 들판에 지어진 것으로, 벌써 아홉 시가 넘은 그 시각에는 다니는 사람도 없었습니다. 절에 있는 사람들만 조심하면 일을 들킬 걱정은 없었습니다. 게다가 부근에는 옛날부터 있었던 민가가 흩어져 있고, 문이 활짝 열려 있었기 때문에 그곳 창고에서 괭이를 훔쳐 내기에도 좋았지요.

논길을 따라 나 있는 성긴 산울타리를 지나면, 그곳이 바로 문제의 묘지였습니다. 어두운 밤이기는 했지만 그 대신 별이 밝았고 전에 와서 살펴봐 둔 것도 있어서, 생긴 지 얼마 안 된 고모다 겐자부로의 무덤을 찾아내는 것은 하나도 어렵지 않았습니다.

그는 거기에서 석탑들 사이를 지나 본당 쪽으로 다가가서 닫힌 덧문 틈으로 안을 엿보았습니다. 외진 곳인 데다 쥐죽은 듯 조용해서 아무 소리도 나지 않고, 절 사람들은 아침에 일찍 일어나기 위해 이미 잠들어 버린 것 같았습니다.

이 정도면 괜찮겠다고 생각하고, 그는 원래 왔던 논길로 되돌아가 부근의 민가를 뒤져서 어렵지 않게 한 자루의 괭이를 손에 넣었습니다. 그동안 고양이처럼 발소리를 죽인 채 어둠 속에 몸을 숨기고 움직였기 때문에 매우 시간이 걸려서, 겐자부로의 무덤으로 돌아왔을 때는 벌써 열한 시 가까이 되어 있었습니다. 그의 계획에는 딱 알맞은 시간이었지요.

그는 캄캄한 묘지에 괭이를 휘둘러, 무섭기 짝이 없는 무덤 파는 일을 시작했습니다.

새로 생긴 묘지라 파내기는 어렵지 않았지만, 그 밑에 숨어 있는 것을 상상하면 며칠 동안 다소 경험을 쌓은 탐욕스럽고 정신이 이상한 그도 말로 표현하기 힘든 공포 때문에 전율을 느끼지 않을 수 없었습니다. 하지만 무슨 생각을 할 시간도 없었습니다. 열 번쯤 괭이를 휘둘렀나 싶자, 벌써 관 뚜껑이 나타나고 만 것입니다.

이제 와서 망설일 때가 아닙니다.

그는 혼신의 용기를 끌어모아, 어둠 속에 희끄무레하게 보이는 그 나무판자 위의 흙을 치우고 판자와 판자 사이에 괭이 끝을 끼운 후 한 번 힘을 주었습니다. 그러자 끼……끼, 하고 골수까지 울릴 것 같은 소리를 내며, 그러나 어렵지는 않게 뚜껑이 열렸습니다.

그 바람에 주위의 흙이 무너져 관 밑바닥으로 부스스 떨어지는 것마저도 무언가 살아 있는 것이 하는 짓처럼 느껴져서, 그는 모골이 송연할 지경이었습니다.

뚜껑을 엶과 동시에 형용하기 어려운 이상한 냄새가 그의 코를 찔렀습니다. 죽은 지 칠팔일이나 지났으니, 겐자부로의 시체는 이미 썩기 시작했을 것이 틀림없습니다. 그는 그 시체를 보기도 전에 우선 그 이상한 냄새에 허둥거리지 않을 수 없었습니다.

묘지라는 것을 그다지 무서워하지 않는 그는, 그때까지 의외로 태연하게 일을 계속할 수 있었습니다. 하지만 막상 관 뚜껑을 열고 또 하나의 자신이라고 해도 좋을 고모다의 시체와 얼굴을 마주할 때가 되니, 처음으로 무언가 정체를 알 수 없는 그림자 같은 것이

영혼 밑바닥에서 서서히 치밀어 오르는 느낌이 들어 와 하며 갑자기 도망치고 싶을 정도의 공포에 사로잡혔습니다.

그것은 결코 유령에 대한 공포가 아니라 좀 더 이상한, 굳이 말하자면 현실적인, 그것만이 아닌 도저히 말로 다 표현할 수 없는 그런 것이었습니다. 예를 들어 캄캄하고 커다란 방에서 오로지 혼자 촛불의 불빛에 자신의 얼굴을 거울에 비출 때와 비슷한, 그것보다 몇 배나 무서운 느낌이었지요.

침묵의 밤하늘 아래, 수많은 인간들이 서 있는 것처럼 보이는 어렴풋한 석탑, 그 한가운데에 빠끔하니 입을 벌리고 있는 새까만 구멍, 기분 나쁜 지옥의 그림과도 비슷한 그 그림 속에 스스로 들어간 것 같은 느낌이었습니다. 그리고 그 구멍 밑바닥의, 잠깐 본 것 정도로는 식별할 수 없는 어둠 속에 누워 있는 사자(死者)는 다름 아닌 그 자신이었습니다. 이 사자의 얼굴을 식별할 수 없다는 점이 한층 더 무서움을 더하는 것이었습니다.

구멍 밑바닥에는 희끄무레하게 하얀 수의가 보이고, 거기에서 돋아 있는 죽은 사람의 머리는 어둠에 녹아들어 있었습니다. 그러니 그 때문에 얼마든지 무섭게 상상할 수 있는 것입니다. 어쩌면 우연히도 그의 계획이 원인이 되어, 고모다가 아직 정말로 죽지 않았고, 그가 무덤을 파헤치는 바람에 되살아났을지도 모릅니다. 그런 바보 같은 망상까지 들었습니다.

그는 몸속에서 치밀어 오르는 전율을 꾹 누르면서, 이제는 거의 텅 빈 마음으로 구멍 가장자리에 엎드려 그 밑바닥 쪽으로 양손을

110

뻗고 죽은 사람의 몸을 더듬어 보았습니다.

처음에 닿은 것은 머리카락을 깎은 머리 부분인 듯, 온통 까끌까끌하게 짧은 털이 느껴졌습니다. 피부를 눌러 보니 묘하게 말랑말랑하고, 조금 세게 만지면 가죽이 그대로 찢어질 것 같았습니다. 그것이 기분 나빠서 얼른 손을 떼고, 한동안 가슴의 고동을 진정시키고 나서 다시 손을 뻗었습니다. 이번에 닿은 것은 죽은 사람의 입인 듯 단단한 이가 느껴졌습니다. 그 이와 이 사이에 물려져 있는 것은 아마 솜인 것 같았습니다. 부드럽기는 해도 썩어 가는 피부의 느낌과는 달랐지요.

그는 조금 대담해져서 입가를 더욱 더듬어 보았습니다. 그런데 묘하게도 고모다의 입은 살아 있을 때보다 열 배나 훨씬 큰 크기로 벌어져 있다는 것을 알 수 있었습니다. 좌우로는 마치 반야(般若)의 얼굴처럼 어금니가 그대로 드러날 정도로 찢어져 있고, 위아래로는 잇몸이 그대로 만져질 정도로 벌어져 있습니다. 결코 어둠으로 인한 착각이 아니었습니다.

그것이 또 그를 진심으로 떨게 했습니다. 죽은 사람이 그의 손을 물지도 모른다는, 그런 공포는 아닙니다. 죽은 사람의 폐가 운동을 정지한 후에도 입으로 호흡을 하려고 그 부근의 근육이 극도로 오므라들어 입을 밀어 벌리고, 살아 있는 인간에게는 도저히 불가능할 정도로 큰 입을 만들어 버렸다는, 그 단말마의 무시무시한 정경이 그의 눈앞에 어른거렸기 때문입니다.

예전의 히토미 히로스케는 이 정도의 경험으로도 이미 기력이

다한 느낌이었습니다. 여기다 그 흐물흐물하게 썩은 시체를 구멍에서 꺼내야 할 뿐만 아니라 그것을 처분하기 위해 한층 더 무서운 엄청난 일을 해야 한다고 생각하니, 그는 자신의 계획이 무모하기 짝이 없는 것이었다는 사실을 새삼 절실하게 느끼지 않을 수 없었습니다.

8

예전의 히토미 히로스케가 아무리 거대한 부에 눈이 멀었다고는 해도 그 수많은 격정을 견뎌낼 수 있었던 것은, 아마 그 또한 평범한 범죄자와 마찬가지로 일종의 정신병자였고, 뇌수 어딘가가 고장 나 있어서 어떤 경우나 어떤 일에 대해서는 신경이 마비되어 버렸기 때문임이 틀림없습니다.

범죄에 대한 공포가 어느 수준을 뛰어넘으면 마치 귀에 마개를 했을 때처럼 모든 소리가 들리지 않게 되고, 말하자면 양심이 귀머거리가 되어 버리고, 그 대신 악에 관한 이지(理智)가 잘 갈아 놓은 면도칼처럼 이상하게 날카로워져서, 마치 인간이 하는 일이 아니라 정밀한 기계가 하는 일처럼 여겨질 정도로 어떤 미세한 점도 놓치지 않고 물처럼 냉정하게, 침착하게, 생각하는 그대로 실행할 수 있는 것이었습니다.

그가 지금 고모다 겐자부로의 썩어 가는 시체를 만진 순간, 그 공포가 극에 달하자 요행히도 또 이 불감 상태가 그를 덮쳤습니다. 그는 더 이상 아무것도 망설이지 않고 기계인형처럼 무신경하게, 조금의 실수도 없이 정확하게, 차례차례 그의 계획을 실행해 나갔습니다.

그는 들어 올려도, 들어 올려도 다섯 손가락 사이로 주르륵 무너져 내리는 고모다의 시체를 과자가게 할머니가 물속에서 우무를 건져 올리는 듯한 기분으로, 가능한 한 시체를 상하게 하지 않도록 주의하면서 간신히 무덤 밖으로 꺼냈습니다. 하지만 그 일을 마쳤을 때는 시체의 얇은 피부가 마치 해파리로 만든 장갑처럼 그의 양 손바닥에 딱 달라붙어, 아무리 털어도 쉽게 떨어지지 않았습니다.

평소의 히로스케였다면 그 정도의 공포에도 이미 충분히 만사를 내팽개치고 도망쳤을 것이 틀림없습니다. 하지만 그는 별로 놀라지도 않고 다음 단계의 일을 시작했습니다.

그는 그다음에는 이 고모다의 시체를 없애 버려야 했거든요. 히로스케 자신을 이 세상에서 없애 버리는 것은 비교적 쉬웠지만, 이 인간의 시체 하나를 절대로 남의 눈에 띄지 않도록 처리하는 것은 매우 어려운 일이 틀림없습니다. 물에 가라앉힌다 해도, 흙에 묻는다 해도, 어쩌다가 떠오르거나 파내어지지 말라는 법이 없으니까요. 만일 겐자부로의 뼈 하나라도 누군가의 눈에 띈다면 모든 계획이 끝장나 버릴 뿐만 아니라, 그는 무서운 죄목을 뒤집어써야만 했습니다. 따라서 이 점에 대해서는, 그는 첫날 밤부터 가장 고민하며 이것저것 생각했습니다.

그리고 결국 그가 생각해 낸 간계는, 고모다의 옆 무덤을 파내어 거기에 고모다의 시체를 동거하게 하는 것이었습니다. 그곳에는 아마 고모다 집안 조상의 뼈가 잠들어 있을 테지요. 난제의 열쇠는 언제나 가장 가까운 곳에 있는 법입니다.

그렇게 해 두면, 고모다 집안에서는 아마 영원히 조상의 묘를 파헤치는 불효자는 태어나지 않을 테고, 또한 설령 묘지를 이전하게 되는 일이 일어난다 해도 그때는 히로스케가 그의 꿈을 실현하고 더없는 만족 속에서 이 세상을 떠난 후일 테니까요. 그렇지 않더라도 산산이 무너진 뼈가 한 무덤에서 두 명분이 나온다 한들, 아무도 모르는 몇 세대 전에 매장한 시체입니다. 그것과 히로스케의 악계를 어떻게 연결할 수 있겠습니까. 그는 그렇게 믿었습니다.

옆 무덤을 파낼 때는 흙이 굳어 있어서 조금 고생했지만, 땀투성이가 되어 부지런히 움직이다 보니 아무래도 뼈 같은 것을 파낼 수 있었습니다.

관은 물론 흔적도 없이 썩어 사라졌고, 그저 산산이 흩어져 작게 굳어 있는 백골만이 별빛을 받아 희끄무레하게 보일 뿐입니다. 그렇게 되니 더 이상 이상한 냄새도 없고, 생물의 뼈라는 느낌도 완전히 잃어 무언가 청정한, 하얀 광물처럼 여겨지는 것이었습니다.

파낸 두 개의 무덤과 한 인간의 썩은 살을 앞에 두고, 어둠 속에서 그는 잠시 가만히 있었습니다. 정신을 통일하고 더욱더 머리의 움직임을 치밀하게 하기 위해서였습니다.

실수해서는 안 된다. 어떤 사소한 소홀함도 있어서는 안 된다. 그는 머리를 맹렬하게 굴리며 어둠 속의 흐릿한 사물을 둘러보았습니다.

잠시 지나자 그는 아무런 감정의 동요도 없이 겐자부로의 시체에서 하얀 천으로 된 수의를 벗기고, 양손의 손가락에서 세 개의 반지를 뜯어냈습니다. 그리고 수의로 반지를 작게 싸서 품속에 쑤셔 넣고, 발밑에 쓰러져 있는 알몸의 살덩어리를 자못 귀찮다는 듯이 팔다리를 사용해 새로 판 무덤 속으로 떨어뜨렸습니다.

그러고 나서 엉금엉금 기어 손바닥으로 그 주변의 땅을 꼼꼼히 만져 보며 어떤 작은 증거품도 떨어져 있지 않은 것을 확인하자, 괭이를 들고 무덤을 원래대로 메웠습니다. 묘석을 세우고, 새 흙 위에는 미리 빼 두었던 풀이며 이끼를 빈틈없이 늘어놓았습니다.

'이제 됐어. 가엾지만 고모다 겐자부로는 나를 대신해 이 세상에서 영원히 사라져 버린 거야. 그리고 여기에 있는 나는 지금이야말로 진짜 고모다 겐자부로가 될 수 있는 것이지. 히토미 히로스케는 이제 어디를 찾아봐도 없어.'

예전의 히토미 히로스케는 의기양양하게 밤하늘을 올려다보았습니다. 그에게는 그 어두운 둥근 천장과 은가루를 뿌려 놓은 듯한 별 부스러기가 장난감처럼 귀엽고 작은 목소리로 그의 앞날을 축복하는 것처럼 여겨졌습니다.

하나의 무덤이 파헤쳐지고 그 안에 있던 시체가 없어졌다. 사람들은 이 사실만으로도 충분히 어리둥절할 테지요. 게다가 그 바로 옆에 있는 또 하나의 무덤이 파헤쳐졌다는, 그런 간단하고 대담한 트릭을 부렸을 거라고, 누가, 어떻게 상상할 수 있겠습니까. 거기에 사람들의 당혹 속에 수의를 입은 고모다 겐자부로가 나타나는 것입니다. 그러면 사람들의 주의는 순식간에 묘지를 떠나, 그 자신의 불가사의한 소생에 집중될 테지요. 그 후에는 그가 연극을 얼마나 잘하느냐에 달려 있습니다. 그리고 그 연극에 대해서는, 그에게 충분한 승산이 있었습니다.

이윽고 하늘은 조금씩 푸르스름해지고, 별 부스러기는 서서히 그 빛이 엷어졌습니다. 닭 우는 소리가 여기저기에서 들리기 시작했습니다. 그는 그 어슴푸레한 빛 속에서 가능한 한 재빠르게 고모다의 무덤을 마치 죽은 사람이 되살아나 안쪽에서 관을 부수어 기어 나온 것처럼 위장하고, 발자국을 남기지 않도록 주의하면서 원래의 산울타리 틈을 통해 바깥의 논길로 빠져나갔습니다. 괭이를 처리하고 원래의 변장 차림을 한 채 마을 쪽으로 서둘러 달려갔습니다.

9

그로부터 한 시간쯤 지나자, 그는 무덤에서 되살아난 남자가 비틀비틀 자택으로 가는 길을 더듬어 가다가 삼 분의 일도 가지 못한 채 숨이 차서 길가에 쓰러진 척, 어느 숲의 덤불 그늘에 흙투성이 수의 차림으로 누워 있었습니다. 마침 하룻밤을 먹지도 마시지도 않고 계속 움직였기 때문에 얼굴도 적당히 초췌해져서, 그의 연극을 한층 더 그럴듯하게 보이게 했습니다.

처음의 계획은 시체를 처리하고는 곧 수의로 갈아입고 절의 주방에 들어가 그 덧문을 두드릴 예정이었습니다. 하지만 시체를 보니 그 지방의 관습인지, 그 고풍스러운 삭발 의식 때문에 머리도 수염도 깨끗이 밀려 있어서, 그도 똑같이 머리를 밀어 둘 필요가 있었던 것입니다. 그래서 그는 마을 변두리의 시골 상가(商家) 중에서 철물점을 찾아내 면도칼을 하나 사고, 숲 속에 숨어 고심해가며 스스로 머리를 밀어야 했습니다.

그것은 그 교묘한 변장을 풀기 전이기 때문에, 이발소에 들어간다 해도 좀처럼 의심받을 리는 없었습니다. 하지만 이른 아침이라 늦게나 문을 여는 이발소는 아직 열려 있지 않았고, 만에 하나를 생각해 조심하고자 면도칼을 사기로 한 것이었습니다.

그리고 완전히 머리를 밀고 수의로 갈아입고, 죽은 사람의 손에서 빼낸 반지를 꼈습니다. 벗은 옷과 그 외의 것들을 숲 속 깊은 곳의 움푹 팬 땅에 불태워 그 재를 처리해 버렸을 때는, 이미 태양이 높이 떠올라 있었습니다. 숲 밖의 가도(街道)에는 끊임없이 드문드문 사람들이 다니고, 이제 와서 숨어 있던 집을 나가 절로 돌아갈 수도 없었습니다. 어쩔 수 없이 찾아내기 힘들 것 같은, 그러나 가도에서는 그다지 멀리 떨어져 있지 않은 덤불의 그늘에 정신을 잃은 척하고 누워 있을 수밖에는 없었습니다.

가도를 따라 작은 시냇물이 있고, 그 흐름에 가지를 담그다시피 잎이 가느다란 관목이 빽빽하게 우거져 있었습니다. 거기에서부터 쭉 숲으로 되어 있고, 키 큰 소나무나 삼나무 등이 드문드문 자라고 있지요. 그는 길에서 보이지 않도록 조심하면서 그 관목 맞은편에 몸을 바싹 붙이고, 숨을 죽이고 누워 있었습니다. 그리고 관목 사이에서 가도를 지나는 사람들의 발만 바라보았습니다. 마음이 차분해짐에 따라 그는 이상야릇한 기분이 들기 시작했습니다.

'이제 완전히 계획대로 된 셈이야. 이제는 누군가가 나를 찾아내 주기만 하면 되는데. 하지만 겨우 이 정도로, 바다를 헤엄치고, 무덤을 파내고, 머리를 민 정도로, 그 수천만 엔의 큰 재산이 과연 내 것이 될까? 이야기가 너무 쉽잖아. 어쩌면 나는 터무니없는 어릿광대 노릇을 하고 있는 것은 아닐까? 세상 사람들은 전부 다 알면서 일부러 장난삼아 모르는 척을 하고 있는 것은 아닐까?'

이렇게, 어떤 격정적인 상황에 완전히 마비되어 버리는 보통 사람의 신경이 조금씩 그에게 되살아나기 시작했습니다. 그리고 그 불안은 이윽고 아이들이 그의 미치광이 같은 수의 차림을 발견하고 소란을 피우기에 이르자 한층 더 심해졌습니다.

"야, 저것 좀 봐, 뭔가 누워 있어."

자기들 놀이터인 숲 속으로 들어가려던 네다섯 명의 아이들 중 한 명이 문득 그의 하얀 모습을 발견하고는 놀라서 한 발짝 물러나며 속삭이는 목소리로 다른 아이들에게 말하는 것이었습니다.

"뭐야, 저거. 미친 사람인가?"

"죽은 사람이다, 죽은 사람이야."

"옆으로 가 봐."

"가 봐, 가 봐."

줄무늬의 줄도 알아볼 수 없을 정도로 더러워져서 번들번들 빛나는, 깡똥한 기모노를 입은 열 살 전후의 개구쟁이들이 저마다 수군거리며 머뭇머뭇 그가 있는 쪽으로 다가왔습니다.

푸른 콧물을 줄줄 흘리는 동네 꼬마들이 마치 무언가 신기한 구경거리라도 되는 것처럼 들여다보았을 때, 그 우습기 짝이 없는 광경을 상상하자 그는 한층 더 불안해지기도 하고, 화가 나기도 했습니다.

'결국 나는 어릿광대였어. 설마 첫 번째 발견자가 동네 꼬맹이일 거라고는 생각도 해 보지 않았는데. 이제 실컷 이 녀석들의 장난감이 되고, 창피나 당한 다음 그걸로 끝나는 건가.'

그는 거의 절망을 느끼지 않을 수 없었습니다.

그렇다고 일어나서 아이들을 꾸짖을 수도 없었기에, 상대가 몇 명이든 그는 역시 실신한 척할 수밖에는 없었습니다. 그리고 점점 대담해진 아이들이 결국에는 그의 몸을 만지기까지 하는 것을, 가만히 참을 수밖에 없었지요. 너무나도 바보 같아서, 전부 다 내팽개치고 갑자기 일어나서 껄껄 웃음을 터뜨리고 싶은 느낌이었습니다.

"야, 아빠한테 말하고 와."

그러다가 한 아이가 숨을 할딱이며 속삭였습니다. 그러자 다른 아이들도,

"그러자, 그러자."

하고 중얼거리며 어딘가로 바삐 달려가 버렸습니다. 그들은 저마다 부모에게 길에 이상한 사람이 쓰러져 있다는 것을 보고하러 간 것입니다.

곧 가도 쪽에서 웅성거리는 사람들의 목소리가 들리고, 몇 명의 동네 사람들이 달려와 저마다 멋대로 고함치면서 그를 안아 일으키고 간호하기 시작했습니다. 소문을 듣고 점점 사람들이 모이고, 그의 주위를 산처럼 둘러쌌습니다. 소란은 점점 커졌습니다.

"아, 고모다 나리 아니야?"

이윽고 그중에 겐자부로를 아는 사람이 있었는지, 큰 소리로 외치는 것이 들렸습니다.

"맞네, 맞아."

두세 명의 목소리가 거기에 대답했습니다. 그러자 많은 사람들 중에는 이미 고모다 집안 무덤의 변사를 들어 알고 있는 사람도 있어서, '고모다 나리가 무덤에서 되살아났다'는 술렁거림이 일대 기적으로 시골 사람들의 입에서 입으로 전해져 갔습니다.

고모다 집안이라면 T시 부근에서는, 아니 M현 전체에 걸쳐서 지역의 자랑거리가 되고 있을 정도의, 현 제일의 엄청난 자산가입니다. 그 집안의 당주가 한 번 장사지내어졌다가 열흘이나 지나서

관을 깨고 되살아났다고 하니, 그들에게는 졸도할 만한 일대 사건임이 틀림없습니다.

T시의 고모다 집안에 급히 알리는 사람, 절로 달려가는 사람, 의사를 부르러 가는 사람, 일이고 뭐고 내팽개치고 거의 마을 사람들 모두가 모여 소란을 피웠습니다.

예전의 히토미 히로스케는 그제야 그가 한 일의 반응을 볼 수 있었습니다. 이대로만 간다면 그의 계획은 꼭 꿈으로 끝나지도 않을 것 같았습니다. 드디어 그가 자신의 특기인 연기를 할 때가 되었습니다. 그는 모두가 지켜보는 가운데 지금에서야 정신이 들었다는 듯이 우선 번쩍 눈을 떠 보였습니다. 그리고 뭐가 뭔지 모르겠다는 얼굴로 멍하니 사람들의 얼굴을 둘러보았습니다.

"아, 정신이 드셨군. 나리, 정신이 드십니까?"

그것을 보자 그를 안고 있던 남자가 그의 귀 옆에 입을 가져다 대고 큰 소리로 고함쳤습니다. 그와 동시에 수많은 얼굴의 벽이 그의 위로 와락 쓰러져 오고, 시골 사람들의 냄새 나는 숨결이 코를 확 찔렀습니다. 그리고 거기에서 빛나는 엄청난 수의 눈에는 모두 순박한 성의가 넘치고 있고, 조금도 그의 정체를 의심하는 사람은 없었습니다.

하지만 히로스케는 상대가 어떻든 아랑곳하지 않은 채, 미리 생각해 둔 연기의 순서를 바꾸려고는 하지 않았습니다. 그저 말없이 사람들의 얼굴을 바라보는 것 외에는 어떤 동작도, 한 마디의 말도 하지 않은 것입니다. 그렇게 해서 모든 것을 확인하기 전까지는 의식이 몽롱한 척하며, 입을 여는 위험을 피하려고 했던 것입니다.

그 후 히로스케가 고모다 집안의 안방으로 실려 가게 되기까지의 경위는 이야기가 장황해질 테니 생략하기로 하겠습니다. 하지만 시가지에서는 고모다 집안의 총지배인과 고용인, 의사 등을 태운 자동차가 달려오고, 고모다 집안의 묘지를 둔 절에서는 스님이나 절에서 일하는 사람들이, 경찰에서는 서장을 비롯해 두세 명의 경관이, 그 외 소식을 들은 고모다 집안과 연고가 있는 사람들은 마치 불구경이라도 하듯이 차례차례 이 도시 변두리의 숲을 향해 모여들었습니다. 부근 일대는 전쟁이라도 난 것처럼 소란스러웠지요. 이런 상황을 보아도 고모다 집안의 명망과 세력이 얼마나 큰지 충분히 짐작할 수 있었습니다.

그는 그 사람들에게 안겨 지금은 그 자신의 집이 된 고모다 저택으로 실려 가는 동안, 그리고 그곳 주인의 방에 그가 일찍이 본 적도 없는 훌륭한 침구 안에 눕고 나서도 처음의 계획을 굳게 지키며 벙어리처럼 입을 다문 채 끝내 한 마디도 하려고 하지 않았습니다.

10

이처럼 말을 하지 않는 그의 행위는, 그로부터 약 일주일 동안이나 집요하게 계속되었습니다.

그동안 그는 침상 안에서 귀를 기울이고 눈을 빛내며 고모다 집안의 모든 관례, 사람들의 기풍, 저택 안의 분위기를 이해하고, 거기에 그 자신을 동화시키려고 노력했습니다. 겉으로는 반쯤 정신을 잃은, 반은 살고 반은 죽은 병자로서 꼼짝도 하지 않고 침상 안에 누워 있었습니다. 하지만 그의 머리만은, 이상한 예이기는 하지만 오십 마일의 속력으로 질주하는 자동차의 운전수처럼 기민하게, 신속하게, 그리고 정확하게 불꽃을 튀기며 회전하고 있었습니다.

의사의 진단은 대체로 그가 예상하고 있던 그대로였습니다. 그 의사는 고모다 집안에 드나드는, T시에서도 몇 안 되는 명의라고 했지만, 그는 이 불가사의한 소생을 카탈렙시[31]라는 애매한 술어로 해결하려고 했습니다. 그는 죽음을 단정하는 것이 얼마나 어려운 것인지를 여러 실례를 꼽아 가며 설명하고, 그의 사망 진단이 결코 실수가 아니었다고 변명했습니다.

그는 안경 너머로 히로스케의 베갯맡에 늘어서 있는 친척들을 둘러보며 간질과 카탈렙시의 관계, 그리고 가사(假死)의 관계 등을 어려운 술어를 사용해 가며 장황하게 설명했습니다. 친척들은 그것을 듣고 이해는 잘 가지 않았지만 나름대로 만족한 것 같았습니다. 본인이 되살아났으니, 설령 그 설명이 불충분하더라도 딱히

---

31) Catalepsy. 강경증. 몸이 갑자기 뻣뻣해지면서 순간적으로 감각이 없어지는 상태 혹은 일정한 자세를 오랫동안 유지하는 증상. 특수한 정신 분열병에서 흔히 나타난다.

불평을 할 이유는 없었지요.

의사는 불안과 호기심이 뒤섞인 표정으로 꼼꼼하게 히로스케의 몸을 검사했습니다. 그리고 전부 다 알겠다는 얼굴을 하였지만, 사실은 히로스케의 술수에 보기 좋게 빠져들었던 것입니다.

이 경우, 의사는 그 자신의 오진으로 마음이 꽉 차서 그것을 변명하는 데만 정신이 팔린 나머지, 환자의 몸에 다소의 변화가 있어도 그것을 깊이 생각할 여유가 없었습니다. 또한, 설령 그가 히로스케를 의심할 수 있었다고 해도 그것이 가짜 겐자부로일 거라는, 그런 당치도 않은 생각이 어찌 떠오르겠습니까. 한 번 죽은 사람이 소생할 정도의 엄청난 변사가 일어났으니, 그 소생한 사람의 몸에 무언가 변화가 보인다 해도 그리 이상해할 것은 없다, 전문가로서 그렇게 생각하는 것은 결코 무리가 아닙니다.

사인이 발작적 간질(의사는 그것을 카탈렙시라고 이름 붙였지만)이기 때문에 내장에는 이렇다 할 이상도 없고, 쇠약해졌다고 해도 그 정도야 뻔한지라 식사 같은 것도 그냥 영양에 주의하기만 하면 되었습니다. 따라서 히로스케의 꾀병은 정신이 몽롱한 척하며 입을 다물고 있는 것 외에는 아무런 고통도 없고, 지극히 편한 것이었습니다.

그럼에도 불구하고 집안사람들의 간병은 매우 극진했습니다. 의사는 매일 두 차례씩 살펴보러 왔고, 두 명의 간호사와 고용인은 베갯맡에 내내 붙어 있고, 가도타라는 총지배인 노인이나 친척들은 끊임없이 상태를 보러 왔지요.

그 사람들이 모두 목소리를 낮추고 발소리를 죽여 가며 자못 걱정스러운 듯이 행동하는 것이, 히로스케에게는 바보 같고 우습 게 보여서 견딜 수가 없었습니다.

그는 지금까지 심각하게 생각하고 있던 세상이라는 것이 참으로 하찮은, 어린아이 소꿉놀이와 비슷한 것이라는 사실을 통감하지 않을 수 없었습니다. 자신만이 몹시 대단해 보이고, 다른 고모다 집안의 사람들은 벌레처럼 하찮고 보잘것없는 존재로 여겨지는 것이었습니다.

'뭐야, 이런 건가?'

그것은 오히려 실망에 가까운 느낌이었습니다. 그는 이 경험 때문에 고대의 영웅이나 큰 범죄자들이 품었던 우쭐한 기분을 상 상할 수 있었던 것 같습니다.

그러나 그중에도 단 한 사람, 다소 기분 나쁘고 대하기 불편하다 고나 해야 할까, 왠지 모르게 그를 불안하게 하는 인물이 있었습니 다.

그것은 다름 아닌 그 자신의 아내, 정확하게 말하자면 죽은 고모 다 겐자부로의 미망인이었습니다. 이름은 치요코라고 했는데, 아 직 스물두 살의, 말하자면 어린 아가씨에 지나지 않았습니다. 하지 만 여러 가지 이유로 그는 그 여자를 두려워하지 않을 수 없었습니 다.

고모다 부인이 아직 젊고 아름다운 사람이라는 것은 이전에도 T시에 온 적이 있어서 일단은 알고 있었습니다. 그러나 매일 보다

보니 그녀가 흔히들 가까이에서 보면 더 괜찮다고들 하는 유형에 속하는 여자인지라, 점점 그 매력이 더해 가는 것이었습니다.

당연히 그녀는 가장 열심히 간병하는 사람이었지만, 그 입안의 혀 같은 간호로 보아 죽은 겐자부로와 그녀의 관계가 얼마나 두터운 애정으로 맺어져 있었는지를 충분히 추측할 수 있었습니다. 그런 만큼 히로스케로서는 일종의 이상한 불안을 느끼지 않을 수 없었습니다.

'이 여자에게 마음을 허락해서는 안 돼. 아마 내 계획에 있어서 최대의 적은 이 여자일 것이 틀림없어.'

그는 어떤 찰나에는 이를 악물고 자기 자신을 타일러야만 했습니다.

히로스케는 겐자부로로서 그녀와 처음 대면했을 때의 광경을, 그 후 오랫동안 잊을 수가 없었습니다.

수의 차림의 그를 태운 자동차가 고모다 집안의 문 앞에 도착하자, 치요코는 누군가가 말리기라도 했는지 문밖으로는 나오지 않았습니다. 그러나 너무나도 진귀한 일에 오히려 당황하고 말아, 이를 딱딱 부딪치고 부들부들 떨면서 문 안의 돌이 깔린 긴 복도를 새파랗게 질린 고용인들과 함께 서성거리고 있었습니다. 그러다가 자동차를 타고 있는 히로스케를 한 번 보자 왠지 한순간 경악한 표정을 짓더니(그는 그것을 보고 얼마나 간담이 서늘했는지 모릅니다) 어린아이처럼 우는 얼굴이 되어 자동차가 현관에 도착할 때까지 꼴사나운 모양새로 차 문에 매달려 질질 끌려가듯이 달려

왔습니다.

그리고 그의 몸이 현관으로 실려 들어가기를 기다리지 못하고 그 위에 매달려, 오랫동안, 친척들이 보다 못해 그녀를 그의 몸에서 떼어놓을 때까지 꼼짝도 하지 않고 울고 있었습니다.

그동안 그는 멍한 표정을 가장하며 속눈썹 하나하나를 셀 수 있을 정도로 눈앞에 가까이 다가온 그녀의 얼굴을, 그 속눈썹이 눈물에 부풀고, 채 익지 않은 복숭아처럼 파랗게 질린 하얀 솜털이 반짝이는 뺨 위를 눈물의 강이 흐트러뜨리고, 그리고 연한 복사빛의 매끄러운 입술이 웃는 것처럼 일그러지는 것을 물끄러미 보고 있어야 했습니다.

그뿐만이 아닙니다. 그녀의 드러난 위팔이 그의 어깨에 걸쳐지고, 맥박 치는 가슴의 구릉이 그의 가슴을 따뜻하게 하고, 개성적인 희미한 향기까지도 그의 코를 간질였습니다. 그때의 이상하기 짝이 없는 기분을, 그는 영원히 잊을 수 없을 것입니다.

11

치요코에 대한 히로스케의 말로 표현할 수 없는 일종의 공포는, 날이 갈수록 깊어져 갔습니다.

그가 자리에만 누워 있던 일주일 동안에도 무서운 위기는 몇 번이나 그를 덮쳤습니다. 예를 들면 어느 한밤중의 일이었습니다.

히로스케가 악몽에 시달리다가 문득 눈을 떠 보니 옆방에서 자고 있던 악몽의 주인이 언제 그의 방에 들어왔는지, 자다 깨서 흐트러진 매끄러운 머리카락을 그의 가슴에 올려놓고 얌전히 흐느껴 울고 있었습니다.

"치요코, 치요코, 그렇게 걱정할 것은 아무것도 없어. 나는 이렇게 몸도 마음도 건강한, 지금까지와 똑같은 겐자부로야. 자, 자, 울음을 그치고 평소의 귀여운 웃는 얼굴을 보여 줘."

그는 문득 그런 말을 지껄일 뻔한 것을 가까스로 참고, 아무것도 모르는 척 계속 자는 척을 해야 했습니다. 이런 이상한 입장은 어지간한 히로스케도 전혀 예측하지 못한 것이었습니다.

그것이야 어찌 되었든, 그는 예정했던 줄거리에 따라 사오일째부터 지극히 교묘한 연기를 해 가며 조금씩 말을 하기 시작하고, 격동 때문에 일시 마비되었던 신경이 서서히 깨어나는 모습을 매우 자연스럽게 연기해 나갔습니다.

그 방법은 며칠 동안 침상 안에 있으면서 보고 들은 것, 또는 거기에서 추측할 수 있었던 것만을 간신히 생각난 척하고, 그 외의 아직 알 수 없는 많은 점에 대해서는 굳이 언급하지 않도록 하면서, 상대가 그 이야기를 꺼내면 얼굴을 찌푸리고 아무래도 생각나지 않는다는 듯 구는 것이었습니다.

그는 이 연극을 자연스럽게 하기 위해서 미리 며칠 동안 고생스럽게 입을 다물고 있었던 것입니다. 그러나 그것이 예상대로 들어맞아, 설령 잘 알고 있어야 마땅한 것을 통째로 잊어버려도, 또는 이야기가 두서없어도, 사람들은 조금도 의심하지 않고 오히려 그의 불행한 정신 상태를 동정해 주는 것이었습니다.

그는 그렇게 가짜 바보인 척하면서, 실수할 때마다 뭔가 배우는 방법으로 눈 깜짝할 사이에 고모다 집안 안팎의 여러 관계에 통달할 수 있었습니다.

그래서 이 정도면 우선 괜찮다는 의사의 진단이 나오고, 그가 고모다 집안에 들어온 지 딱 보름째 되던 날에는 성대한 회복 축하 잔치가 열리게 되었습니다. 그 주연(酒宴) 자리에서도 그는 그곳에 모인 친척, 고모다 집안에 속한 각종 사업의 주요 인물, 총지배인을 비롯해 중요한 고용인 등의 허물없는 잡담 뒤에서 어마어마한 지식을 얻을 수 있었습니다. 그리고 그 축하 잔치 이튿날부터 그는 드디어 그의 커다란 이상을 실현하기 위한 제일보를 내디딜 결심을 하게 되었습니다.

"나도 이제 원래의 몸으로 돌아올 수 있게 된 것 같네. 그래서 조금 생각하는 일이 있으니 이참에 내가 관리하고 있는 여러 사업이나 내 소유의 땅, 내 어장 같은 것을 한 바퀴 둘러보고 싶군. 그래서 내 흐릿한 기억을 또렷하게 만들고, 또 고모다 집안의 재정에 대해서 좀 더 조직적인 계획을 세워 볼 생각일세. 어떤가, 그 준비를 좀 해 주게."

그는 이른 아침부터 총지배인인 가도타를 불러내어 이런 의향을 전했습니다. 그리고 바로 그날, 가도타와 두세 명의 고용인들을 거느리고 현 여기저기에 흩어져 있는 그의 영지로 떠났습니다.

가도타 노인은 지금까지는 굳이 말하자면 소극적이었던 주인의 이런 적극적인 행동에 눈을 휘둥그렇게 뜨며 놀랐습니다. 그리고 일단은 몸에 지장이 있으면 안 된다고 타일렀지만, 히로스케의 일갈에 금세 움츠러들어 그저 주인의 명령에 복종할 수밖에 없었습니다.

그의 시찰 여행은, 매우 서둘러 돌아보았지만 그래도 꼬박 한 달이 걸렸습니다.

그 한 달 동안에 그는 그가 소유하고 있는 끝도 없는 전답, 사람도 다니지 않는 밀림, 광대한 어장, 제재공장, 가쓰오부시 공장, 각종 통조림 공장, 그 외 반쯤 고모다 집안이 투자한 여러 사업을 둘러보고는, 새삼스럽게 그 자신의 막대한 재산에 놀라지 않을 수 없었습니다.

그가 이 여행으로 무엇을 관찰하고 무엇을 느꼈을지, 그 자세한 것은 일일이 여기에 적을 시간이 없지만, 어쨌든 그가 소유한 재산은 사전에 가도타 노인이 보여 준 장부상의 평가대로, 아니 그 이상으로 충실한 것임을 충분히 확인할 수 있었습니다.

그는 가는 곳마다 극진한 환대를 받으면서 그런 부동산이나 영리사업을 어떻게 하면 가장 유리하게 처분해 돈으로 바꿀 수 있을지, 그 처분 순서는 어느 것을 먼저 하고 어느 것을 나중에 해야 가장 세간의 주의를 끌지 않을지, 어느 공장의 지배인은 만만치 않아 보인다거나 어느 산림의 관리인은 머리가 좀 나쁜 것 같다거나, 그러니까 저 공장보다는 이 산림을 먼저 팔아 치우자거나, 부근에 그것이 매물로 나오기를 기다리는 산림 경영자는 없는지, 그런 점에 대해서 그는 여러 가지로 고심했습니다.

그와 동시에 그는 여행의 길동무라는 점을 이용해 가도타 노인과 사이가 좋아질 수 있도록 전력을 기울였고, 마침내는 그의 마음을 부드럽게 만들어 재산 처분을 상담하는 상대로까지 삼는 데 성공했습니다.

그렇게 여행을 계속하는 동안, 히로스케는 어느새 어떤 작위를 가하지 않아도 태어날 때부터 천만장자였던 고모다 겐자부로로 완벽하게 변신해 나갈 수 있었습니다.

그의 사업 관리자들은 하나같이 그의 앞에서 머리를 조아리며 의심하는 기색조차 보이지 않았습니다. 그리고 각 지방의 연고자나 여관 등에서는 마치 영주님을 맞이하는 것처럼 요란스러웠고, 그의 얼굴을 쳐다보는 무례한 사람은 한 명도 없었습니다. 게다가 가끔은 죽은 겐자부로와 친했던 게이샤 등이,

"오랜만에 뵙네요."

하며 어깨를 두드리기도 했습니다. 그러자 그는 더욱더 대담해지고, 대담해지면 대담해질수록 연기도 그럴듯해졌습니다. 지금은 정체가 탄로 나지 않을까 하는 걱정은 거의 잊어버린 듯, 그가 일찍이 히토미 히로스케라는 가난한 서생이었다는 것이 오히려 거짓인 듯한 기분마저 드는 것이었습니다.

이 놀라운 처지의 변화가 그를 몹시 기쁘게 했음은 말할 것까지도 없습니다. 하지만 그 느낌은 기쁘다기보다는 차라리 바보 같고,

바보 같다기보다는 왠지 가슴이 텅 빈 듯한, 구름을 타고 날고 있는 듯한, 꿈을 꾸고 있는 듯한, 한편으로는 한없는 초조를 느끼면서 한편으로는 매우 차분한, 뭐라 형용할 수 없는 기분이었습니다.

이렇게 그의 계획은 착착 진행되었습니다. 하지만 악마는 그가 예상하고 방비하고 있던 쪽에는 나타나지 않고 그 뒤쪽의, 어지간한 그도 거기까지는 생각하지 못했던 방면에서 흐릿하게 모습을 드러내더니 점점 또렷해지면서 그의 마음속으로 파고들어 왔습니다.

12

온갖 환대 속에서 만족스러운 여행을 계속하면서도, 히로스케는 걸핏하면 두려움과 그리움이 뒤섞인 감정으로 저택에 두고 온 치요코의 모습을 마음에 그리고는 했습니다. 그 눈물에 젖은 솜털의 매력이 그의 마음을 사로잡고, 남몰래 느꼈던 그녀의 위팔의 아련한 감촉이 매일 밤 꿈이 되어 그의 영혼을 떨게 만들었습니다.

치요코는 겐자부로의 아내이고, 그녀를 사랑하는 것은 이제 겐자부로가 된 히로스케에게는 당연한 일이기도 했습니다. 그녀 쪽에서도 물론 그것을 원하고 있겠지만 그렇게 쉽게 이루어지는 소원인 만큼 히로스케에게는 한층 더 고민이 되었습니다. 하룻밤 후에 어떤 무서운 파탄이 일어나든, 몸도 마음도, 그의 평생의 꿈 조차도 그녀 앞에 내던지고 차라리 그대로 죽어버릴까 하는 그런 무분별한 생각을 품기도 했습니다.

하지만 그의 처음 계획에 따르면 만일의 위험을 생각해 치요코 는 이름뿐인 아내로 두고, 가능한 한 그의 신변에서 멀리 떨어뜨려 놓을 예정이었습니다. 설마 치요코의 매력이 이렇게 그의 마음에 고민이 되어 파고들 거라고는 상상도 하지 않았기 때문이지요.

그것은 그의 머리나 모습이나 목소리 등이 아무리 겐자부로와 꼭 닮았다고 해도, 그래서 겐자부로와 친한 사람들을 속일 수 있다 고 해도, 무대 의상을 벗어 던지고 분장을 지운 규방에서 적나라한 그의 모습을 죽은 겐자부로의 아내 앞에 드러내는 것은 아무리 생각해 보아도 너무나도 무모한 일이었기 때문입니다.

치요코는 분명히 겐자부로의 어떤 작은 버릇도, 몸 구석구석의 특징도 손바닥을 들여다보듯이 잘 알고 있을 것입니다. 따라서 히로스케의 몸 어딘가 한구석에 조금이라도 겐자부로와 다른 부분 이 있다면 순식간에 그의 가면은 벗겨지고, 그것이 원인이 되어 결국에는 그의 음모가 완전히 폭로될 수도 있습니다.

"너는, 아무리 훌륭한 여자라도 그렇지, 단 한 사람 치요코를 위해 네가 평생 품어 온 커다란 이상을 내던져 버릴 수 있단 말이 냐? 만일 그 이상을 실현할 수 있다면 거기에는 한 여인의 매력 따위와는 비교도 되지 않을 정도로 강하고 격렬한 도취의 세계가 너를 기다리고 있지 않은가. 자, 생각해 봐라, 네가 평소 환상 속에 그리고 있는 이상향의 단 일부분만이라도 떠올려 봐. 거기에 비하면 한 사람과 한 사람의 인간계의 사랑 따위는 너무나도 작고 보잘것없는 바람이 아닌가. 당장의 망설임에 쫓겨, 모처럼의 고생을 물거품으로 만들어서는 안 돼. 네 욕망은 훨씬 더 큰 것이 아니었나?"

그는 그렇게 현실과 꿈의 경계에 서 있었습니다. 물론 꿈을 버릴 수는 없지만, 그렇다고 해도 현실의 유혹은 너무나도 강해서 이중 삼중의 딜레마에 빠져 남모르는 괴로움을 맛보아야만 했습니다. 하지만 결국은 반생의 꿈이 지닌 매력과 범죄가 발각될지도 모른다는 공포가 치요코를 단념하게 만들었습니다. 그리고 그 슬픔을 잊기 위해서, 치요코의 쓸쓸한 듯한 근심 어린 얼굴을 그의 뇌리에서 지우기 위해서, 그것이 본래의 목적이라도 되는 것처럼 그는 오직 그의 사업에 몰두하는 것이었습니다.

순시에서 돌아오자 그는 우선 가장 눈에 띄지 않는 주식들을 남몰래 처분하고, 그것으로 이상향 설계 준비에 착수했습니다.

새로 고용한 화가, 조각가, 건축기사, 토목기사, 조원가 등이 매일 그의 저택에 몰려들어, 그의 지시에 따라 이상하기 짝이 없는 설계 작업이 시작되었습니다.

그와 동시에 한편에서는 엄청난 양의 수목, 화훼, 석재, 유리판, 시멘트, 철재 등의 주문서가, 또는 주문을 맡은 심부름꾼이 멀게는 남쪽 바다의 섬나라까지도 보내어졌습니다. 수많은 막노동꾼, 목수, 식목업자 등이 속속 각지에서 소집되었습니다. 그중에는 소수의 전기 직공이나 잠수부, 배를 만드는 목수 등도 섞여 있었습니다.

이상하게도 그 무렵부터 그의 저택에 고용인인지 하녀인지 모를 젊은 여자들이 매일 새로 고용되고, 며칠 지나자 그녀들의 방이 없어서 곤란할 정도로 그 수를 늘려 갔습니다.

이상향을 건설할 장소는 몇 번이나 변경한 끝에, 결국 군(郡) 남단에 고립되어 있는 앞바다 섬으로 결정되었습니다. 그와 동시에 설계사무소는 앞바다 섬 위에 지어진 급조 가건물로 이전하고, 기술자를 비롯해 직인, 막노동꾼, 그리고 정체를 알 수 없는 여자들도 모두 섬으로 옮겨졌습니다. 이윽고 주문한 재료들이 차례차례 도착함에 따라 섬 위에서는 드디어 이상한 대공사가 시작되었습니다.

고모다 집안의 친척을 비롯해 각종 사업의 주요 인물들이 이 폭거를 보고 잠자코 있을 리가 없습니다. 사업이 진척됨에 따라 히로스케의 응접실에는 설계 일을 맡은 기술자들에게 섞여 매일같이 그 사람들이 몰려와서 거친 목소리로 히로스케의 무모함을 탓하고, 정체를 알 수 없는 토목사업을 중지하라고 요구하는 것이었습니다. 하지만 그것은 히로스케가 이 계획을 처음 생각했을 때부터 이미 예상하고 있던 바입니다.

그는 그것을 위해서 고모다 집안 전 재산의 절반을 내던질 각오를 굳힌 상태였습니다. 친척이라고 해도 모두 고모다 집안보다는 아랫사람들뿐이고, 재산에도 차이가 있었습니다. 그래서 어쩔 수 없는 경우에는 거액의 부를 아낌없이 나누어줌으로써 어렵지 않게 그들의 입을 막을 수 있었지요.

그리고 모든 의미로 전투 같던 일 년이 지나갔습니다.

그동안 히로스케가 어떤 고생을 겪었는지, 몇 번이나 사업을 내던지려고 하다가 가까스로 참았는지, 그와 아내 치요코의 관계가 얼마나 구제할 수 없는 상태에 빠졌는지, 그러한 점들은 이야기의 속도를 빠르게 하기 위해 전부 독자 여러분의 상상에 맡기겠습니다. 이것을 요약해서 모든 위기를 구해준 것은 고모다 집안에 축적된 엄청난 부(富)의 힘이었습니다. 돈의 힘 앞에서는 불가능이라는 말이 없었다는 말씀을 드리는 데 그치도록 하지요.

13

그러나 모든 난관을 돌파하고 모든 사람들의 입을 다물게 한 고모다 집안의 엄청난 재산도 단 한 사람, 치요코의 애정 앞에서는 아무런 힘도 되지 못했습니다. 비록 그녀의 친정은 히로스케의 상투적인 수단에 의해 회유할 수 있었다지만, 그녀 자신의 둘 곳 없는 슬픔은 어떻게 해도 달랠 수가 없었습니다.

그녀는 되살아난 이후로 남편의 기질이 이상하게 바뀐 것을, 이 수수께끼 같은 사실을, 풀 길도 없고 그냥 하소연할 사람도 없는 슬픔을 묵묵히 견딜 수밖에 없었습니다.

남편의 폭거 때문에 고모다 집안의 재정이 위태로워지고 있는

것도 물론 걱정되기는 했지만, 그녀로서는 그런 물질적인 것보다
는 오직 그녀에게서 떠나 버린 남편의 애정을 어떻게 하면 되찾을
수 있을까, 어째서 그 일을 경계로 그때까지는 그렇게 격렬했던
남편의 애정이 갑자기 사람이 바뀐 것처럼 싸늘하게 식어 버린
것일까, 하고 그것만을 밤이고 낮이고 생각하고 있었습니다.

'저분이 나를 보는 눈 속에는 오싹한 빛이 느껴져. 하지만 그건
결코 나를 미워하는 눈빛은 아니야. 오히려 나는 저 눈빛 속에서
지금까지는 보지 못했던, 첫사랑처럼 순수한 애정마저 느낄 수
있단 말이야.

그런데 그것과는 전혀 반대인 나에 대한 저 매정한 태도는 대체
어떻게 된 것일까. 물론 그런 무서운 일이 있었으니 기질이든 체질
이든 이전과 달라져 버렸다고 해도 조금도 이상할 것은 없지만,
요즘처럼 내 얼굴만 보면 마치 무서운 사람이 다가오기라도 한
것처럼 도망치려고 하시는 것은 정말이지 이상하다고 생각하지
않을 수 없어.

그렇게 내가 싫다면 그냥 이혼해 주시면 될 텐데, 그렇게 하시지
는 않고 거친 말도 던지지 않고, 아무리 숨기려고 해도 눈길만은
언제나 내 쪽을 보고 있는 것처럼 이상한 집착을 보이신단 말이야.
아아, 나는 어떻게 하면 좋을까.'

히로스케의 입장도 그렇지만, 그녀의 입장 또한 매우 이상하다
고 말하지 않을 수 없었습니다. 그나마 히로스케에게는 사업이라
는 큰 위로가 있어서 매일 많은 시간을 그 일에 몰두하면 되었지만,

치요코에게는 그런 것도 없었습니다. 오히려 친정에서는 남편의 행적에 대해 이러쿵저러쿵 아내로서의 그녀의 무력함을 탓해 왔지요. 그것만으로도 충분히 지긋지긋한데, 그녀를 달래 주는 사람이라고는 친정에서 따라온 나이 많은 할멈뿐이었습니다. 그 외에는 남편의 사업도, 남편 자신조차도 전혀 그녀와는 교섭이 없어서 그 쓸쓸함과 답답함은 무엇과도 비교할 수 없는 것이었지요.

히로스케는 말할 것까지도 없이 이 치요코의 슬픔을 지나칠 정도로 잘 알고 있었습니다.

대개는 앞바다 섬의 사무소에서 묵지만, 가끔 저택으로 돌아와도 묘하게 벽을 만들고, 마음을 터놓고 이야기를 나누지도 않고, 밤에도 일부러 각방에서 자고는 했습니다. 그러면 대개의 밤에는 옆방에서 치요코가 숨이 끊어질 듯 숨죽여 우는 기척이 나고, 하지만 그것을 달래 줄 말도 없어서 그도 울고 싶은 기분이 되는 것이었습니다.

아무리 음모가 폭로될까 봐 무서웠다고는 해도, 이렇게 이상하기 짝이 없는 상태가 일 년 가까이나 이어진 것은 참으로 기이하다고 말하지 않을 수 없습니다. 하지만 이 일 년이 그들에게는 최대한이었습니다. 이윽고 우연한 계기로 그들 사이에 불행한 파탄의 날이 찾아왔습니다.

그날은 앞바다 섬의 공사가 거의 완성되어 토목, 조원 일이 일단락되었기 때문에 주요 관계자가 고모다 저택에 모여 작은 술자리를 가졌습니다. 히로스케는 드디어 그의 바람을 이룰 날이 다가왔다는 생각에 신이 나서 떠들어 대고, 젊은 기술자들도 그에 분위기를 맞추어 요란을 떠느라, 끝났을 때는 벌써 열두 시가 넘은 시각이었습니다.

도시의 게이샤나 어린 기생도 몇 명 불렀지만 그녀들도 제각기 돌아가 버리고, 손님은 고모다 저택에서 묵는 사람도 있는가 하면 다시 어디론가 모습을 감추는 사람도 있었습니다. 방은 썰물이 빠져나간 후처럼 조용해지고, 술잔과 접시 등이 어지럽게 널린 가운데 혼자 술에 취해 널브러져 있는 히로스케와 그를 보살피던 그의 아내인 치요코만 남아 있을 뿐이었습니다.

그 이튿날 아침, 의외로 일곱 시 무렵에 잠에서 깬 히로스케는 어떤 감미로운 추억과 말로 표현할 수 없는 회한에 가슴이 두근거리는 것을 느끼면서, 몇 번이나 망설인 끝에 발소리를 죽이다시피 하며 치요코의 방으로 들어갔습니다. 그리고 그곳에서 창백하게 질려서 꼼짝도 하지 않고 앉은 채 입술을 깨물고 가만히 허공을 바라보고 있는, 마치 사람이 달라진 것 같은 치요코의 모습을 발견하게 되었습니다.

"치요코, 왜 그래?"

그는 속으로는 거의 절망하면서 겉으로는 아무렇지도 않은 척, 이렇게 말을 걸었습니다. 그러나 반쯤 그가 예상하고 있던 대로 그녀는 여전히 허공을 바라본 채 대답을 하려고도 하지 않았습니다.

"치요코……."

그는 다시 부르려고 하다가 갑자기 입을 다물었습니다. 치요코의 쏘는 듯한 시선에 부딪혔기 때문입니다.

그는 그 눈만 보고서도 모든 것을 알 수 있었습니다. 역시 그의 몸에는 죽은 겐자부로와 다른, 어떤 특징이 있었던 것입니다. 그것을 치요코는 어젯밤에 발견한 것이었습니다.

한순간 그녀가 퍼뜩 그에게서 몸을 떼고 딱딱하게 굳은 채 죽은 듯이 움직이지 않게 된 것을, 그는 희미하게 기억하고 있었습니다.

그때 그녀는 무언가를 깨달은 것입니다. 그리고 오늘 아침부터 그녀는 저렇게 창백하게 질려서 그 무서운 의혹을 점점 또렷하게 의식하고 있었던 것입니다.

그는 처음부터 그녀를 얼마나 경계하고 있었던지요. 일 년이라는 긴 세월 동안, 타오르는 마음을 꾹 억누르고 계속해서 참아 왔던 것은 모두 이런 파탄을 피하고 싶었기 때문이 아니었겠습니까. 그런데 단 하루의 방심이 결국 돌이킬 수 없는 실책을 저지르고 말다니요. 이제 끝장입니다. 그녀의 의혹은 앞으로 서서히 깊어질지언정 결코 풀리지는 않을 테지요.

그것을 그녀 혼자만의 가슴에 숨겨 두고 있어 준다면 그리 두려운 일도 없겠지만, 그녀가 생각하는 진짜 남편의 적, 고모다 집안의 횡령자를 어찌 이대로 못 본 척할 수가 있겠습니까. 결국은 이 일이 그 집안의 귀에 들어가게 되겠지요. 그리고 실력 좋은 탐정이 차례차례 조사의 손길을 뻗어 온다면, 언젠가는 진상이 폭로될 것이 뻔한 일입니다.

'아무리 술에 취했다고 해도, 너는 이 무슨 돌이킬 수 없는 일을 저질렀단 말이냐. 이것을 어떻게 처치하려고.'

히로스케는 아무리 후회하고 또 후회해도 모자란 기분이었습니다.

그리고 그들 부부는 치요코의 방에서 마주한 채, 두 사람 다 한마디도 말을 하지 않고 오랫동안 서로를 노려보고 있었습니다. 그러나 마침내 치요코는 두려움을 견딜 수 없었는지,

"미안하지만 저는 굉장히 몸이 안 좋아요. 부디 이대로 혼자 있게 해 주세요."

간신히 이렇게만 말하고, 갑자기 그 자리에 엎드리고 말았습니다.

14

히로스케가 치요코를 죽이기로 결심한 것은 그 일이 있고 나서 딱 나흘째 되던 날의 일이었습니다.

치요코는 한때는 그렇게까지 그에게 적의를 품었지만, 다시 곰곰이 생각해 보면 설령 어떤 확증을 보았다 해도 믿을 수 없는 일이었습니다. 저분이 겐자부로가 아니라면 대체 이 세상에 저렇게나 꼭 닮은 인간이 있을 수 있을까요. 그야 넓은 일본을 찾아다니다 보면 완전히 똑같은 얼굴을 가진 사람이 없으리라는 보장은

없지만, 그렇게 꼭 닮은 사람이 만일 있다고 해도 그 사람이 때마침 겐자부로의 무덤에서 되살아나다니, 마치 마술이나 마법 같은, 그런 일을 할 수 있을 거라는 생각은 들지 않았습니다.

'이것은 어쩌면 내 부끄러운 착각이 아닐까.'

그렇게 생각하니 그런 볼썽사나운 태도를 보인 것이 남편에게 미안하게 생각되기 시작했습니다.

그러나 또 한편으로는 되살아난 후로 남편의 기질이 격변한 것, 앞바다 섬의 정체를 알 수 없는 대공사, 그녀에 대한 이상한 격의, 그리고 그 어떻게도 할 수 없는 확실한 증거를 늘어놓고 생각하면, 역시 어딘가 의심스럽기도 했습니다. 이것을 혼자서 끙끙 앓지 말고 누군가에게 그 일을 탁 터놓고 상의해 보는 것이 좋지 않을까, 하는 생각도 들었습니다.

히로스케는 그날 밤 이후로 걱정이 된 나머지 아프다는 핑계로 저택에 틀어박힌 채 섬의 공사장에도 나가지 않고, 은근히 치요코의 일거일동을 감시했습니다. 그녀의 마음의 움직임은 대충 알 수 있었습니다.

그리고 이 정도라면 우선 괜찮겠다고 안심은 했지만, 그 후로 그녀는 남편 주변의 모든 일을 고용인에게 맡기고 한 번도 그의 옆에 다가오려고도 하지 않고 제대로 말도 하지 않는 것을 보아, 히로스케는 역시 방심할 수가 없었습니다. 어쩌다가 그 비밀이 외부에 새어나가게 된다면, 아니, 설령 외부에는 새어나지 않더라도 그러는 동안에도 저택 안의 고용인 등에게 알려지고 있을지도 모른다고 생각하면 더욱더 안절부절못하게 되었습니다. 결국 나흘 동안 망설이고 망설인 후, 그는 마침내 그녀를 살해하기로 마음을 굳혔습니다.

그리고 그날 오후, 그는 치요코를 그의 방으로 불러들여 아무렇지도 않은 척하면서 이렇게 말을 꺼냈습니다.

"몸 상태도 괜찮아진 것 같으니 나는 이제부터 다시 섬으로 가려는데, 이번에는 공사가 완전히 끝날 때까지 돌아오지 못할 것 같아. 그래서 그동안 당신도 그 섬에 가서, 한동안 함께 살았으면 하는데, 어때, 기분 전환도 좀 할 겸 나가 보지 않겠어? 게다가 내 이상한 일도 이제 대부분은 완성되었으니까, 당신에게 한 번 보여 주고 싶기도 하고."

그러자 치요코는 역시 의심스러운 기색을 고치지 않고 이런저런 구실을 들어 그의 권유를 거절하려고 할 뿐이었습니다.

그는 그것을 어떤 것은 무시하고, 어떤 것은 위협하는 등, 이리저리 고생해 가며 삼십 분 정도나 입이 닳도록 설득한 끝에, 결국 반쯤 위압적으로 그녀가 고개를 끄덕이게 만들고야 말았습니다. 그것도, 그녀는 히로스케를 의심하고 두려워하면서도, 또 마음 한편으로는 설령 겐자부로가 아니더라도 역시 그에게 애착을 느끼고 있었기 때문이 틀림없습니다.

드디어 섬에 가게 된 후로도 또 할멈을 같이 데려가네 마네 하는 일로 한바탕 입씨름이 있은 끝에, 결국 할멈은 동반하지 않고 그와 치요코 단둘이서 그날 오후 열차를 타는 것으로 결정하고 말았습니다. 하기야 누구를 동반하지 않아도 섬에 가면 그곳에 많은 여자들도 있을 테니, 불편할 것은 아무것도 없었습니다.

해안을 따라 한 시간이나 기차에 흔들리다 보니 벌써 그곳이 종점인 T역이었습니다. 거기에서 준비한 모터 배를 타고, 거친 파도를 헤치고 또 한 시간쯤 가면 드디어 목적지인 앞바다 섬입니다.

치요코는 오랜만에 남편과 둘이 하는 여행을 무언가 알 수 없는 공포로 느끼고, 그러나 또 한편으로는 이상한 즐거움을 느끼면서, 부디 지난번 그날 밤의 일이 내 착각이었으면 좋겠다고 기도하는 것이었습니다.

기쁘게도 기차 안에서도, 배 위에서도, 남편은 전에 없이 묘하게 다정하고 말수가 많았습니다. 이것저것 그녀를 보살펴 주거나, 창밖을 가리키며 지나가는 풍경을 칭찬했는데, 그것이 그녀에게는 옛날의 밀월여행을 떠올리게 하여 이상하게 달콤하고 그리운 느낌이 들었습니다. 그래서 그 무서운 의심도 어느새 희미하게 잊어버리고, 그녀는 설령 내일은 어떻게 되더라도 그저 이 즐거움을 잠시라도 더 오래 맛보고 싶다고 바랄 뿐이었습니다.

배가 앞바다 섬에 가까이 다가가자, 섬의 기슭에서 스무 간(間)[32]이나 떨어진 곳에 몹시 커다란 부표 같은 것이 떠 있고, 배는 그곳에 대도록 되어 있었습니다. 부표 표면에는 사방 두 간 정도 되는 쇠가 둘러쳐져 있고, 그 중앙에 배의 해치 같은 작은 구멍이 뚫려

---

32) 거리의 단위. 한 간은 약 1.8미터.

있습니다. 두 사람은 배에서 판자를 건너, 그 부표 위에 내려섰습니다.

"여기에서 다시 한 번 섬 위를 자세히 봐. 저기 높이 바위산처럼 솟아 있는 것은 전부 콘크리트로 만든 벽이야. 밖에서 보면 섬의 일부로밖에 여겨지지 않지만, 저 내부에는 아주 멋진 것이 숨겨져 있지. 그리고 바위산 위에 머리를 내밀고 있는 높은 발판이 있지? 저것만이 아직 완성되지 않고 지금 공사 중인데, 저기에는 엄청나게 커다란 행잉 가든[33], 다시 말해서 천상의 화원이 만들어질 거야. 그럼 지금부터 내 꿈의 나라를 구경해 볼까? 무서울 것은 조금도 없어. 이 입구로 내려가면 바닷속을 지나서 곧장 섬 위로 나갈 수 있거든. 자, 손을 잡아 줄 테니까 내 뒤를 따라와."

히로스케는 다정하게 말하며 치요코의 손을 잡았습니다.

그도 치요코와 마찬가지로, 두 사람이 손에 손을 잡고 이 바다 밑바닥을 건너는 것이 왠지 모르게 기뻤던 것입니다. 언젠가는 그녀를 해치고 죽여야만 한다고 생각하면서도, 그것 때문에 그녀의 부드러운 피부의 감촉이 한층 더 사랑스럽고 그립게 여겨지는 것이었습니다.

해치로 들어가 세로로 난 어두운 구멍을 대여섯 간쯤 내려가자, 보통 건물의 복도쯤 되는 넓이로 터널 같은 길이 옆으로 나 있습니다.

---

33) hanging garden. 낭떠러지의 중턱 등에 만들어 공중에 걸려 있는 것처럼 보이게 한 정원.

치요코는 그곳에 내려서서 한 발짝 내딛을까 말까 하다가, 저도 모르게 앗 하고 소리를 질렀습니다. 그곳은 실로 상하좌우 모두 해저를 둘러볼 수 있는, 유리로 된 터널이었던 것입니다.

콘크리트 틀에 두꺼운 판유리를 붙이고, 그 외부에 빛이 강한 전등을 달았습니다. 머리 위도, 발밑도, 오른쪽도 왼쪽도, 두세 간의 반경으로 신기한 물 밑바닥의 광경을 손에 잡힐 듯이 둘러볼 수 있었습니다. 미끈미끈한 검은 암석, 거대한 동물의 갈기처럼 엄청나게 흔들리는 갖가지 해초, 육상에서는 상상도 할 수 없는 여러 잡다한 어류의 유영, 여덟 개의 다리를 수레처럼 펼치고 기분 나쁜 빨판을 부풀리며 유리판 가득 달라붙어 있는 커다란 문어, 물속의 거미처럼 바위 표면에서 꿈틀거리는 새우. 그것들이 강렬한 전기 불빛을 받고 있는 모습이 물의 두께 때문에 흐려져 보였습니다. 먼 곳은 숲처럼 검푸르고, 그곳에 정체를 알 수 없는 괴물들이 우글우글 득시글거리는 게 아닌가 생각되었는데, 그 악몽 같은 광경은 육상에서는 전혀 상상도 할 수 없는 느낌이었습니다.

"어때? 놀랍지? 하지만 이건 아직 입구에 불과해. 지금부터 저쪽으로 가면, 더 재미있는 것을 볼 수 있을 거야."

히로스케는 너무나도 무서워 창백해진 치요코를 달래면서, 자못 의기양양하게 설명했습니다.

15

고모다 겐자부로로 둔갑한 예전의 히토미 히로스케와, 그 아내이자 아내가 아닌 치요코의 이상하기 짝이 없는 밀월여행은, 무슨 운명의 장난인지 이렇게 히로스케가 만들어 낸 소위 꿈의 나라, 지상의 낙원을 떠도는 것이었습니다.

두 사람은 한편으로는 한없는 애착을 서로에게 느끼면서, 또 한편으로는 히로스케는 치요코를 없앨 궁리를 하고, 치요코는 히로스케에 대해 무서운 의혹을 품은 채, 서로가 서로의 기분을 탐색하고 있었습니다. 하지만 그러는 것이 결코 그들에게 적의를 일으키지는 않았고, 이상하게도 달콤하고 정겨운 느낌을 자아내는 것이었습니다.

히로스케는 까딱하면 일단 결심한 살의를 단념하고 치요코와의 이 이상한 사랑에 몸도 마음도 맡기고자 하는 생각마저 들기도 했습니다.

"치요코, 쓸쓸하지는 않아? 이렇게 나와 단둘이, 바다 밑바닥을 걷고 있는 것이. ……당신은 무섭지는 않아?"

그는 문득 그런 말을 해 보았습니다.

"아뇨, 조금도 무섭지 않아요. 저 유리 맞은편으로 보이는 바다 밑의 풍경은 물론 굉장히 으스스하지만, 당신이 옆에 있다고 생각하면 저는 조금도 무섭지 않답니다."

그녀는 얼마쯤 어리광을 부리듯이 그의 몸 가까이 바싹 붙어 이렇게 대답했습니다. 어느새 그 무서운 의심을 잊어버리고, 그녀는 지금 그저 눈앞의 즐거움에 취해 있기라도 한 것일까요.

유리 터널은 이상한 곡선을 그리며 뱀처럼 언제까지나 이어졌습니다.

수백 촉광의 불빛을 비추어도, 바다 밑의 탁한 어둠은 어떻게 할 수도 없었습니다. 짓누르는 듯한 으슬으슬한 공기, 아득히 멀리 머리 위로 밀려오는 파도의 울림, 유리 너머의 짙푸른 세계에서 꿈틀거리는 생물들, 그것은 모두 이 세계 바깥의 풍경이었습니다.

치요코는 앞으로 나아감에 따라 처음의 맹목적인 전율이 서서히 경이로 바뀌고, 점차 익숙해짐에 따라 다음에는 꿈 같은, 환상 같은 해저의 매력에 불가사의한 도취를 느끼기 시작했습니다.

전등이 닿지 않는 먼 곳의 물고기들은 그 눈알만이 여름밤의 강물 위를 날아다니는 반딧불이처럼 종횡으로 상하로 혜성의 꼬리를 끌고, 기이한 인광을 내뿜으면서 오고 있습니다. 그것이 등불의 불빛에 이끌려 유리판으로 가까이 다가올 때, 어둠과 빛의 경계를 넘어 서서히 여러 가지 형태와 갖가지 색채를 불빛 아래 드러내는 이 이상한 광경을 무엇에 비유하면 좋을까요.

거대한 입을 정면으로 향하고, 꼬리도 지느러미도 움직이지 않으면서 잠항정처럼 조용히 물을 가르다가 안개 속의 흐릿한 모습이 순식간에 커지고, 이윽고 활동사진의 기차처럼 이쪽의 얼굴에 부딪힐 정도로 가까이 다가오는 것입니다.

어떨 때는 올라가고 어떨 때는 내려가고, 오른쪽으로 왼쪽으로 굴절하며, 유리의 길은 섬의 연안으로 수십 간이나 이어져 있습니다.

꼭대기까지 다 올라갔을 때는 해수면과 유리의 천장이 맞닿아 전등의 힘을 빌리지 않아도 주위의 모습을 손에 잡힐 듯이 볼 수 있고, 바닥까지 내려갔을 때는 수백 촉광의 전등도 겨우 한두 자의 공간을 희끄무레하게 비추는 것에 지나지 않아 그 저편에는 지옥의 어둠이 끝없이 이어지는 것입니다.

바닷가에서 자라서 바다를 자주 보고 듣기는 했어도, 이렇게 직접 해저를 여행하는 건 말할 것까지도 없이 처음이었습니다. 따라서 치요코가 그 신기함, 불길함, 꺼림칙함, 그럼에도 불구하고 이상하게 끌리는, 속세를 벗어난 듯한 풍경의 아름다움과 무서울 정도로 선명한 해저의 별세계에 문득 뭐라 말할 수 없는 유혹 같은 것을 느낀 것은 정말이지 무리도 아니었습니다.

그녀는 육상에서 말라서 굳은 모습을 보았을 때는 아무런 감동도 느끼지 못했던 여러 다양한 해초들이 호흡하고, 생육하고, 서로 애무하고, 또는 투쟁하고, 이해할 수 없는 언어로 서로 이야기하기까지 하는 것을 목격하자, 살아있는 그들의 모습이 너무나도 이상해서 몸까지 움츠러드는 기분이었습니다.

갈색 다시마의 대삼림, 폭풍우 치는 숲의 나뭇가지가 서로 엉겨붙듯이, 그들은 바닷물의 미동에 살랑거리고 있습니다. 나병을 앓는 얼굴처럼 썩어 문드러지고 구멍이 뚫린 기분 나쁜 구멍쇠미역,

미끈미끈한 피부를 부들부들 떨며 꼴사나운 팔다리를 버둥거리는, 커다란 거미 같은 김, 물 밑의 선인장처럼 보이는 감태, 커다란 야자나무에나 비할 법한 모자반, 징그러운 회충의 큰어머니 같은 끈말, 초록색 불꽃이 타오르는 파래, 청각의 대평원, 그것들이 여기저기에서 희미한 바위 표면만을 남기고 빈틈도 없이 해저를 덮고 있었습니다. 그래서 그 뿌리 쪽이 어떤 모습으로 되어 있는지, 거기에는 어떤 무서운 생물이 자리 잡고 있는지는 알 수 없지요. 그저 윗부분의 잎만이 수많은 뱀의 머리처럼 서로 얽히고, 달라붙어 서로 으르렁거리고 있습니다. 그 광경이 검푸른 바닷물의 층을 넘어 어렴풋한 전기 불빛 속에서 보이는 것입니다.

어떤 곳에는 마치 대하살의 흔적인가 싶을 정도로 거무튀튀한 핏빛으로 물든 참김의 수풀이, 붉은 머리카락의 여자가 머리카락을 흐트러뜨린 모습의 김파래, 닭발 모양의 바다솔, 거대한 붉은 지네처럼 보이는 지누아리가 있었습니다. 그중에도 특히 기분 나쁜 것은 닭 머리의 화단을 해저에 가라앉힌 것이 아닌지 의심스러운 선홍색의 끈적살 덤불이었습니다. 캄캄한 바다 밑에서 주홍색을 보았을 때의 끔찍함은 도저히 육상에서 상상할 수 있는 것이 아니었거든요.

게다가 그 끈적끈적한 노란색, 파란색, 붉은색에 수많은 뱀의 혀와 얽혀 있는 이상한 모양의 덤불을 헤치고, 앞에서도 말한 수십 수백의 반딧불이가 날아다니고, 전등의 광역에 들어옴에 따라 각자의 불가사의한 모습을 환등 그림처럼 나타냅니다.

흉악한 형상의 괭이상어, 두툽상어는 핏기가 사라진 점막의 하얀 배를 보이며 번개처럼 재빨리 시야를 가로지르고, 때로는 깊은 원한이 서린 눈을 부라리며 유리벽으로 돌진해 그것을 먹어치우려고까지 합니다. 그때의 유리판 맞은편에 밀착한 그들의 탐욕스러운 두툽한 입술은, 마치 부녀자를 협박하는 무뢰한의 침에 젖어 비뚤어진 입술 같았습니다. 거기에서 오는 어떤 연상에, 치요코는 저도 모르게 벌벌 떨었을 정도였습니다.

작은 상어들을 해저의 맹수에 비유한다면, 그 유리의 길에 나타나는 어류 중 새우 같은 것은 물에 사는 맹조(猛鳥)에나 비유해야 할 것입니다. 붕장어, 곰치 등은 독사라고 볼 수 있겠지요.

살아 있는 어류라면 고작해야 수족관의 유리 상자 안에서밖에 본 적이 없는 육상의 사람들은 이 비유를 너무 과장된 것이라고 생각할지도 모릅니다. 그러나 그 먹으면 독도 약도 되지 않을 것 같은 얌전한 새우가 바닷속에서는 어떤 형상을 보이는지, 또 바다뱀의 친척뻘인 붕장어가 해초에서 해초를 따라 얼마나 기분 나쁜 곡선 운동을 하는지, 실제로 바닷속에 들어가 그 광경을 본 사람이 아니면 상상할 수도 없을 것입니다.

만일 공포에 색이 입혀졌을 때 미(美)가 한층 더 깊은 맛을 더하는 것이라면, 해저의 풍경만큼 아름다운 것은 없을 테지요. 적어도 치요코는 이 첫 경험에 의해 태어나서 지금까지 맛본 적이 없는 몽환 세계의 아름다움을 접한 듯한 느낌이었습니다.

어둠 저편에서 무언가 거대한 것의 기척이 나고 두 개의 인광이 엷어지면서 서서히 전기 불빛 속에 모습을 나타낸, 세로줄 무늬가 선명한 두동가리돔의 웅장한 모습을 접했을 때는, 그녀는 저도 모르게 감탄의 소리를 지르며 지나친 공포와 환희 때문에 창백해져서 남편의 소매에 매달렸을 정도였습니다.

창백하게 빛나는 풍만한 마름모꼴의 체구에 선처럼 굵게 옆으로 퍼진 솔, 선명한 흑갈색의 세로줄, 그것이 전등에 비쳐 거의 금색으로 빛납니다. 요부(妖婦)처럼 요란하게 칠한 커다란 눈, 튀어나온 입술, 그리고 등지느러미 하나가 전국(戰國) 시대 무장의 투구 장식처럼 눈부시게 뻗어 있습니다. 그것이 크게 몸을 꿈틀거리며 유리판으로 다가왔다가, 방향을 바꾸어 유리판을 따라 닿을락 말락 그녀의 눈앞을 헤엄치기 시작했을 때, 그녀는 다시 감탄의 외침을 지르지 않을 수 없었습니다.

그것이 화가가 캔버스 위에 그린 그림이 아니라 살아있는 한 마리의 생물이라는 것이, 그녀에게는 경이로웠던 것입니다. 장소가 장소이고, 기분 나쁜 해초와 검푸르게 탁해진 물을 배경으로 흐릿한 전등 불빛에 의해 그것을 바라본 것이니, 그녀의 놀람은 결코 과장이 아니었습니다.

그러나 앞으로 나아감에 따라 그녀는 더 이상 한 마리의 물고기에 놀랄 여유도 없었습니다. 차례차례 유리판 밖에서 그녀를 맞이하는 수많은 어류, 그 선명함, 으스스함, 그리고 또한 아름다움, 자리돔, 병치돔, 육동가리돔, 아홉동가리. 어떤 것은 자금(紫金)으로 빛나는 줄무늬, 어떤 것은 물감으로 물들인 듯한 반점. 만일 그러

한 형용이 허락된다면 악몽의 아름다움, 그것은 실로 그 전율할
만한 악몽의 아름다움 외의 그 무엇도 아니었습니다.

"내가 당신에게 보여 주고 싶은 건 이 앞에 더 많이 있어. 내가
모든 충언에 귀를 기울이려고도 하지 않고 전 재산을 내던지고
일생을 바쳐 시작한 일이야. 내가 만들어 낸 예술품이 얼마나 훌륭
한 것인지, 아직 다 완성되지는 않았지만 누구보다도 먼저, 우선
당신에게 보여 주고 싶었어. 그리고 당신의 평가를 듣고 싶어. 아
마 당신은 내가 한 일의 가치를 알아줄 거라고 생각하는데. ……
자, 여기를 좀 들여다봐, 이렇게 보면 바닷속이 또 달라 보이거든."

히로스케는 어떤 열정을 담아 속삭였습니다.

그가 가리킨 곳을 보니, 그곳은 유리판의 아래쪽이 지름 세 치
정도 묘하게 부풀어 올라 있고 그 자리에 다른 유리를 끼워 넣은
듯한 모양이었습니다. 그가 권하는 대로 치요코는 등을 구부리고
머뭇머뭇 거기에 눈을 댔습니다.

처음에는 시야 전체에 떼구름 같은 것이 펼쳐질 뿐 뭐가 뭔지
알 수 없었습니다. 하지만 눈의 거리를 이리저리 바꾸다 보니 이윽
고 그 맞은편에 무서운 것이 꿈틀거리고 있는 것을 똑똑히 알 수
있었습니다.

16

그곳에는 한 아름 정도 될 것 같은 암석이 구르고 있는 지면에서 마치 비행선의 가스주머니를 세로로 만든 듯한 갈색 자루가 몇 개나 하늘을 향해 떠 있고, 그것이 물 때문에 흔들흔들 흔들리고 있었습니다.

너무나도 으스스해서 잠시 들여다보고 있었는데 커다란 자루의 뒤쪽 물이 이상하게 술렁이는가 싶더니, 자루 사이를 헤치다시피 하며 그림에서나 보던 태고의 비룡(飛龍) 같은 생물과 비슷한, 엄청나게 거대한 짐승이 서서히 기어 나왔습니다.

깜짝 놀라, 무언가 자석에 이끌린 것처럼 몸을 뒤로 물릴 힘도 없이, 그와 동시에 어떻게 된 일인지 조금씩 알 것 같아 얼마쯤 안도한 것도 있어, 그녀는 그대로 꼼짝도 하지 않고 그 이상한 것을 계속 보고 있었습니다. 그러자 정면을 향한 비행선 가스주머니의 몇 배나 되는 커다란 얼굴의 괴물은, 그 얼굴 전체가 가로로 쭉 찢어질 정도로 커다란 입을 뻐끔거리며, 정말로 비룡처럼 등에 높다랗게 솟아 있는 여러 개의 돌기를 흔들흔들 움직여 울퉁불퉁한 짧은 다리로 서서히 이쪽으로 다가왔습니다.

그것이 그녀의 눈앞에 접근했을 때는 얼마나 무서웠는지 모릅니다. 정면에서 보면 거의 얼굴밖에 없는 짐승이었습니다. 짧은 다리 위에 바로 입이 뚫려 있고, 코끼리 같은 가느다란 눈이 등의 돌기에 바로 접해 있습니다. 피부는 몹시 울퉁불퉁하고 까칠까칠하며, 그 위에 추한 반점이 검게 떠올라 있지요. 그것이 아마 작은 산 같은 크기로, 그녀의 눈에 똑똑히 비쳤습니다.

"여보, 여보……."

그녀는 가까스로 눈을 떼고는, 누가 덮치기라도 한 것처럼 남편 쪽을 돌아보았습니다.

"그리 무서워할 거 없어. 그건 강력한 확대경이거든. 지금 당신이 본 것은 자, 이렇게 이 앞에 있는 유리로 들여다봐, 저렇게 작은 물고기일 뿐이야. 빨간씬뱅이라고 하지. 아귀의 일종이야. 저 녀석은 저렇게 지느러미가 변형된 다리 비슷한 것으로 바다 밑바닥을 기어 다닐 수도 있어. 아아, 저 자루 같은 것 말이야? 저건 보다시피 해조의 일종이야, 긴불레기말이라고 부른다는 군. 주머니처럼 생겼지? 자, 좀 더 저쪽으로 가서 보지. 아까 그 배에 있던 사람에게 말해 두었으니까, 때만 잘 맞는다면 좀 더 재미있는 것을 볼 수 있을 거야."

치요코는 남편의 설명을 듣고도 무서운 것을 보고 싶어 하는 기묘한 유혹에 저항하기가 어려워서, 재차 이 히로스케의 반쯤 장난 같은 렌즈 장치를 다시 들여다보지 않을 수 없었습니다.

그러나 마지막에 그녀를 가장 놀라게 한 것은 그러한 잔재주 같은 렌즈 장치나 흔해 빠진 해조, 어패류가 아니라 그것들보다 몇 배나 농염하고 선명하고 아름다운, 그리고 기분 나쁜 어떤 것이었습니다.

잠시 걷다 보니 그녀는 아득히 멀리 머리 위에서 희미한 소리라기보다는 일종의 파동 같은 것을 느꼈습니다. 그리고 어떤 예감이 문득 그녀의 발을 멈추게 했습니다. 그러자 몹시 커다란 물고기 같은 것이, 수많은 잔거품의 꼬리를 끌며 어두운 물속을 헤엄쳐 무시무시한 속도로 다가왔습니다. 그 이상하게 매끄러운 하얀 몸이 전등 불빛에 얼핏 비추어지는가 싶더니 먹이를 노리듯이 촉수를 움직이고 있는 해조 덤불 속으로 모습을 감추어 버렸습니다.

"여보……."

그녀는 또 남편의 팔에 매달리지 않을 수 없었습니다.

"지켜보고 있어 봐, 저 해조가 있는 곳을 보라고."

히로스케는 그녀를 격려하듯이 속삭였습니다.

불타는 양탄자처럼 보이는 참김의 침상 한 곳이 이상하게 흐트러지면서 진주처럼 반드르르한 물거품이 수없이 피어올랐습니다. 자세히 살펴보니 그 물거품이 피어오르는 곳 주변에는 창백하고 매끄러운 어떤 것이, 넙치처럼 해저에 달라붙어 있었습니다.

이윽고 다시마처럼 보이는 검은 머리카락이 안개처럼 천천히 흔들리고, 흐트러지고, 그 밑에서 하얀 이마가, 두 개의 웃음을 띤 눈이, 그리고 이를 드러낸 붉은 입술이 차례차례 나타났습니다. 엎드려서 얼굴만 정면으로 향한 그대로의 모습으로, 그녀는 서서히 유리판 쪽으로 다가왔습니다.

"놀랄 것은 없어. 저건 내가 고용한 잠수를 잘하는 해녀야. 우리를 맞이하러 와 준 거지."

비틀거리며 쓰러지려는 치요코를 안아 부축하며, 히로스케가 설명합니다. 치요코는 숨을 헐떡이며 어린아이처럼 외쳤습니다.

"세상에, 깜짝 놀랐어요. 이런 바다 밑에 인간이 있다니요."

알몸을 한 바닷속의 여자는 유리판이 있는 데까지 오더니 떠오르듯이 둥실 일어섰습니다. 머리 위로 소용돌이치는 검은 머리카락, 괴로운 듯이 일그러진 웃는 얼굴, 둥실거리는 젖가슴, 온몸에서 반짝이는 물거품. 그 모습으로 그녀는 안쪽에 있는 두 사람과 나란히, 유리벽에 손을 짚으면서 천천히 걷기 시작했습니다.

두 사람은 유리를 사이에 두고 인어에게 이끌리듯이 걷기 시작했습니다.

해저의 가느다란 길은 앞으로 나아감에 따라 굴절되고, 게다가 그 곳곳에 고의인지 우연인지 기분 나쁘게 유리가 일그러져 있어 그곳을 통과할 때마다 벌거벗은 여자의 몸이 둘로 찢어지고, 때로는 몸통을 떠나 머리만이 허공을 날고, 때로는 얼굴만 이상하게 크게 확대되었습니다. 지옥인지 극락인지, 어쨌든 이 세상의 것이 아닌 이상한 악몽처럼, 그런 광경이 차례차례 전개되는 것이었습니다.

그러나 곧 인어는 더 이상 물속에서 견디기 어려워져서 폐에 고여 있던 공기를 가만히 토해 냈습니다. 그 엄청난 물거품들이 아득히 하늘로 사라질 무렵, 그녀는 마지막으로 웃는 얼굴을 남기고 팔다리를 지느러미처럼 움직이더니 팔랑팔랑 승천하기 시작했습니다. 장난꾸러기 꼬마가 발을 구르듯이 두 개의 다리가 물속에서 버둥거리고, 이윽고 하얀 발바닥만이 머리 위 아득히 멀리 나부끼더니, 마침내 알몸인 여자의 모습은 시야에서 사라졌습니다.

17

이 이상한 해저 여행으로, 치요코의 마음은 인간계의 상투(常套)를 벗어나 어느새 끝을 알 수 없는 몽환의 경계를 떠돌기 시작했습니다.

T시에 대해서도, 거기에 있는 고모다 집안의 저택에 대해서도, 그녀의 친성 사람들에 대해서도, 모두 먼 옛날의 꿈처럼 느껴졌습니다. 부모 자식도 부부도 주종도, 그런 인간계의 관계는 안개처럼 의식 밖으로 흐릿해지고, 거기에는 영혼에 파고드는 이 세상 것이 아닌 고혹과, 그것이 진짜 남편이든 아니든 그저 눈앞에 있는 한 사람의 이성에 대한 몸도 마음도 황홀해지는 듯한 사모의 정(情)만이 어두운 밤하늘의 불꽃놀이처럼 선명하게 그녀의 마음을 차지하고 있었습니다.

"자, 이제부터 조금 어두운 길을 지나게 될 거야. 위험하니 손을 잡아 주지."

이윽고 유리의 길이 끊기는 곳에 다다르자 히로스케는 다정하게 말하며 치요코 쪽을 돌아보았습니다.

"네."

하고 대답하며 치요코는 그의 손을 꼭 잡았습니다.

그리고 길은 갑자기 어두워지고, 암석을 도려낸 굴 같은 곳으로 꺾어 들어갑니다. 사람 한 명이 간신히 지날 수 있을 정도의 좁은 길입니다. 벌써 육상으로 나온 것인지, 여전히 바다 밑의 암굴인 것인지, 치요코는 전혀 알 수가 없었습니다. 무섭다고 생각하면 더없이 무섭지만 그런 것보다는 손끝을 피가 통할 정도로 맞잡은 남자의 팔 힘이 기뻤습니다. 그저 그것만으로 마음이 가득 차서 어둠에 대한 공포에 마음을 향할 여유도 없었습니다.

그 어둠 속을 더듬더듬, 치요코의 기분으로는 십 리쯤 걸었을까 싶었을 때쯤──사실 몇 간의 거리밖에 되지 않았지만──시야 가 확 트이고 거기에는 그녀가 저도 모르게 놀란 비명을 질렀을 정도로 더없이 웅대한 풍경이 펼쳐져 있었습니다.

시력이 닿는 한, 거의 일직선으로 엄청난 크기의 대계곡이 가로 누워 있고, 양쪽 기슭에는 하늘을 찌를 듯한 절벽이 웅장하게 이어 져 있으며, 그 사이에 미동도 하지 않는 짙은 푸른색 물이 약 반 정 정도의 폭으로 고여 있습니다.

그것은 일견 천연의 대계곡처럼 보이지만 자세히 관찰하면 서서 히 그 모든 것이 인공에 의한 것임을 알게 됩니다. 그러나 거기에는 조금도 추한 손질의 흔적 같은 것은 남아 있지 않습니다. 그런 의미가 아니라 이것을 천연의 풍경이라고 보기에는 너무나도 지나 치게 단정하고, 협잡물이 없기 때문입니다.

물에는 한 조각의 쓰레기도 떠 있지 않고, 절벽에는 한 포기의 잡초도 돋아 있지 않습니다. 바위는 마치 양갱을 자른 것처럼 매끄러운 검은색으로 이어져 있고, 그 어두운 빛깔이 물에 비쳐 물도 옻처럼 검습니다. 따라서 아까 시야가 트였다고 한 것도, 결코 보통 그런 것처럼 밝게 확 트인 것이 아니었습니다. 골짜기의 깊이는 흐릿해질 정도로 넓고, 절벽은 올려다보아야 할 정도로 높지만, 그것이 요부의 검게 칠한 눈처럼 요염하게 검은빛을 띠고 있습니다. 밝은 곳이라면 절벽과 절벽 사이의 좁고 가늘게 잘린 하늘 정도이지만, 그것도 평지처럼 밝은 것이 아니라 낮에도 해 질 녘처럼 회색빛이고, 거기에 별까지 깜박이고 있습니다.

게다가 더욱 이상한 것은, 이 계곡은 골짜기라기보다는 오히려 몹시 깊은, 가늘고 긴 연못이라고 부르는 것이 어울릴 정도로 양쪽 끝이 막혀 있다는 것입니다. 그 양쪽 끝은, 한쪽은 지금 두 사람이 나온 해저에서 이어지는 통로가 있는 곳, 다른 한쪽은 그 반대쪽의 아득히 멀어서 흐리해 보이는 이상한 계단에 닿아 있습니다.

그 계단은 양쪽의 절벽이 서서히 좁아지다가 맞닿은 곳에 수면에서 일직선으로, 구름 속으로 들어가는 것처럼 우뚝 솟아 있는 곳에 있었습니다. 그 돌계단만이 이상하게 새하얗게 보였습니다. 그것이 주위의 시커먼 공간 속에 멋진 선을 그리며 폭포처럼 내려오는 모습은, 그 단순한 구도 때문인지 한층 더 숭고한 아름다움을 더하고 있었습니다.

치요코가 이 웅대한 풍경에 넋을 잃고 있는 사이에 히로스케가 뭔가 신호를 보냈는지, 문득 정신이 들어 보니 언제 어디에서 나타났는지 몹시 커다란 두 마리의 백조가 자신만만하게 목을 쳐들고 그 풍만한 가슴에 두세 줄기의 완만한 파문을 그리며 조용히 두 사람이 서 있는 물가를 향해 다가왔습니다.

"어머나, 커다란 백조네요."

치요코가 경탄의 소리를 흘리는 것과 거의 동시에, 한 마리의 백조의 목 부분에서 아름다운 인간 여성의 목소리가 울려 왔습니다.

"자, 타시지요."

그러고는 치요코가 놀랄 새도 없이, 히로스케는 그녀를 안고 그 앞에 떠 있는 백조의 등에 태우더니 자신도 또 한 마리의 백조에 걸터앉았습니다.

"조금도 놀랄 것 없어, 치요코. 이것도 모두 내 종자들이니까. 자, 백조야, 너희들은 우리 두 사람을 저쪽 돌계단이 있는 데까지 데려다 다오."

백조는 사람의 말을 할 정도이니 이 주인의 명령도 이해한 것이 틀림없습니다. 백조들은 가슴을 나란히 모으고 옻 같은 수면에 순백의 그림자를 드리우며 조용히 헤엄치기 시작했습니다.

치요코는 너무나도 이상한 일에 어안이 벙벙할 뿐이었지만, 이윽고 정신이 들어 보니 그녀의 허벅지 밑에서 꿈틀거리는 것은 결코 물새의 근육이 아니라 깃털에 덮인 인간의 육체가 틀림없다는 것을 확인할 수 있었습니다.

아마 한 여자가 백조 옷 속에 들어가, 팔과 다리로 물을 가르면서 헤엄치고 있는 것이겠지요. 꿈틀꿈틀 움직이는 부드러운 어깨며 엉덩이 근육의 모양, 옷을 통해 전해지는 피부의 온기, 그것들은 모두 인간의, 젊은 여성의 것처럼 느껴졌습니다.

그러나 치요코는 더 이상 백조의 정체에 대해 생각할 틈도 없이 더욱 기괴한, 또는 요염하고 아름다운 어떤 풍경에 눈을 크게 떠야만 했습니다.

백조가 이삼십 간쯤 나아갔을 때, 물 밑에서 그녀 옆으로 떠오른 것이 있었습니다. 그렇게 떠올랐나 싶더니 백조와 나란히 헤엄치면서 어깨 위를 그녀 쪽으로 틀고 생긋 웃는 그 얼굴은, 틀림없이 아까 해저에서 그녀를 놀라게 한 그 인어가 틀림없습니다.

"어머나, 당신은 아까 그분이군요."

그러나 말을 걸어도 인어는 얌전히 웃을 뿐, 조금도 대꾸를 하려고는 하지 않고 그저 부드럽게 목례하면서 조용히 헤엄칠 뿐입니다. 그런데 놀랍게도 인어는 그녀 한 명에 그치지 않고, 어느새 두 명, 세 명, 비슷한 젊은 알몸의 여자들의 수가 늘어나 순식간에 한 무리의 인어 떼를 이루었습니다. 어떨 때는 잠수하고, 어떨 때는 튀어 오르고, 어떨 때는 서로 장난치며 두 마리의 백조와 앞서거니 뒤서거니 나아가는가 싶더니, 두 팔을 번갈아 물에서 빼내면서 빠르게 헤엄쳐 아득히 저편에 떠올라 손짓을 해 보이기도 했습니다. 어두운 색깔의 절벽과 옻 같은 물을 배경으로, 실오라기 한 올 걸치지 않은 요염한 그림자가 춤추며 즐겁게 노는 모습은, 그리스의 옛날이야기를 화제(畫題)로 삼은 명화처럼 보이기도 했습니다.

이윽고 백조가 길의 절반 정도까지 왔을 때, 물속의 인어와 호응이라도 하듯이 아득히 멀리 절벽 꼭대기에 푸른 하늘을 가르고 몇 명의 비슷한 알몸인 여자들의 모습이 나타났습니다. 그리고 그녀들은 모두 수영의 달인들인 것 같았습니다. 몇 장이나 되는 수면을 향해, 그곳에서 차례차례 뛰어내리는 것입니다.

어떤 사람은 거꾸로 머리카락을 흐트러뜨리고, 어떤 사람은 무릎을 껴안고 빙글빙글 춤추면서, 어떤 사람은 양손을 뻗고 활처럼 등을 젖힌 채, 여러 종류의 자세로 바람에 흩어지는 꽃잎처럼 검은 암벽에서 춤추며 내려와, 물안개를 피우며 물속 깊이 가라앉습니다.

그리고 수많은 여자들에 둘러싸인 채, 두 마리의 백조는 조용히 목적지인 돌계단 밑에 도착했습니다. 가까이서 보니 몇백 계단인지도 알 수 없는 순백의 돌계단은 하늘을 찌를 듯이 솟아 있어, 올려다보기만 해도 몸이 근질근질해질 정도였습니다.

18

"여보, 여기는 도저히 올라갈 수 없어요."

치요코는 백조의 등에서 육상에 내려서자, 우선 무서워져서 말했습니다.

"뭐, 그 정도는 아니야. 내가 손을 잡아당겨 줄 테니까 올라가 봐. 결코 위험하지는 않으니까."

"하지만……."

치요코가 망설이는 사이에, 히로스케는 아랑곳하지 않고 그녀의 손을 잡더니 돌계단을 오르기 시작했습니다. 그리고 어라어라 하는 사이에 벌써 스무 계단쯤 올라가 버렸습니다.

"그것 봐, 하나도 안 무섭지? 자, 조금만 더 힘내."

그리고 두 사람은 한 계단 한 계단 올라갔습니다. 이상하게도 금방 정상까지 올라갈 수 있었습니다. 밑에서 보았을 때는 몇백 계단인지도 알 수 없을 정도로 하늘까지 닿을 것 같았는데, 실제로는 백 계단이나 될까 말까 한 것이, 결코 그렇게 높은 것은 아니었습니다.

그것이 어째서 그렇게 보인 것인지, 치요코는 이상해서 견딜 수가 없었습니다. 겁을 먹은 나머지 착각을 한 것이라고 해도 그 차이가 너무나 컸기 때문입니다. 나중에야 알게 된 사실이지만, 아까 해저에서 아귀를 태고의 괴물로 착각했듯이, 그것과 비슷한 환각이 이 섬 전체에 가득 차 있는 듯한 기분이 들었습니다. 그것 때문에 한층 더 그곳의 풍경이 아름다운 것이라고도 생각되었지요. 그리고 지금 이 계단의 높이 차이도 그중 하나로 꼽을 수 있었습니다. 그러나 그녀는 그것이 어떤 이유 때문인지, 히로스케에게서 자세한 설명을 들을 때까지는 조금도 알 수 없었습니다.

그것이야 어찌 되었든, 그들은 지금 계단을 끝까지 다 올라간 높은 지대에 서서 그들의 앞길을 바라보았습니다.

거기에는 잔디가 깔린 좁은 내리막길이 있고, 그곳을 내려가면 길은 곧 울창한 대삼림으로 이어집니다. 돌아보니 거대한 배 모양을 한 계곡이 새까만 입을 벌리고 있고, 그 울창한 절벽 밑바닥에는 지금 그들을 실어다 준 두 마리의 백조가 새하얀 종이 쓰레기처럼 떠 있는 것이 쓸쓸해 보입니다. 그리고 앞쪽은 또다시 음습하고 어두운 숲입니다.

그 두 개의 특이한 풍경 사이를 가르는 이 좁은 잔디밭은 늦봄 오후의 햇살을 가득 받아 붉게 타오르고, 아지랑이에 흔들리는 잔디 위를 하얀 나비가 낮게 날아다니고 있습니다. 치요코는 그 기이한 대상에 어떤 부자연스러운 아름다움 같은 것을 느끼지 않을 수 없었습니다.

시야 가득 펼쳐져 있는 끝을 알 수 없는 늙은 삼나무 대삼림은 뗴구름이 뭉게뭉게 피어오르는 것처럼 가지에 가지를 얽고, 잎에 잎을 겹치고 있습니다. 볕이 드는 곳은 노란색으로 빛나고, 그늘은 심해의 물처럼 시커멓게 가라앉아 있어, 그것이 신기한 얼룩덜룩한 무늬를 나타내고 있습니다. 그리고 이 숲이 대단한 점은, 잔디밭에 서서 가만히 그 전체의 모습을 둘러보고 있는 사이에 서서히 보는 사람의 마음에 피어오르는 어떤 이상한 감정이었습니다.

그러한 감정을 일으키는 것은 하늘을 덮으며 덮쳐 오는 듯한 숲의 웅대함에도 있겠지요. 아니면 한꺼번에 피어나는 어린잎에서 발산되는 그 압도적인 짐승의 향기에도 있을 것입니다. 그러나 그 외에, 주의 깊은 관찰자라면 숲 전체에 더해져 있는 악마의 작위라고나 해야 할 것을 마침내는 깨달을 것이 틀림없습니다. 그것은 이 대삼림의 전체적인 모습이 이상하기 짝이 없는 어떤 요사스러운 악마의 모습을 나타내고 있다는 것입니다. 몹시 치밀하게 작위의 흔적을 숨기고 있기 때문에 그것은 지극히 흐릿하게밖에 알아볼 수 없지만, 흐릿하면 흐릿할수록 오히려 그 공포는 더욱 깊어지고 커져 보이는 것입니다.

아마 이 숲은 자연 그대로의 숲이 아니라 극도로 대규모의 인공이 더해졌기 때문일 것입니다.

치요코는 이런 풍경들을 보면서, 그녀의 남편인 겐자부로의 마음 깊은 곳에 이런 무서운 취향이 숨어 있었으리라고는 아무래도 생각할 수가 없었습니다. 지금 그녀와 나란히 아무렇지도 않은 듯 서 있는, 남편을 닮은 한 남자를 의심하는 마음은 더욱더 깊어졌습니다.

그러나 그녀의 이상한 심리를 뭐라고 해석해야 할까요. 그녀는 시시각각 깊어져 가는 무서운 의혹과 동시에, 다른 한편으로는 그 정체를 알 수 없는 인물에 대한 사모의 정 또한 더욱더 참기 어려운 것으로 생각되는 것이었습니다.

"치요코, 왜 그렇게 멍하니 있어? 당신, 또 이 숲을 무서워하는 것은 아니겠지? 전부 내가 만든 거야. 조금도 무서워할 것 없어. 자, 저 나무 밑에 우리의 순종적인 하인이 기다리고 있어."

히로스케의 목소리에 문득 그쪽을 보니, 숲의 입구에 있는 한 그루의 삼나무 밑에 누가 타고 온 것인지 털의 결이 매끈매끈한 두 마리의 당나귀가 매여 있고, 끊임없이 풀을 뜯고 있습니다.

"우리는 이 숲으로 들어가야 하는 건가요?"

"그럼, 그렇고말고. 아무것도 걱정할 것은 없어. 이 당나귀가 우리를 안전하게 안내해 줄 거야."

그리고 두 사람은 장난감 같은 당나귀의 등에 올라타고, 끝을 알 수 없는 어두운 숲으로 들어갔습니다.

숲 속에서는 나뭇잎이 몇 겹으로 겹쳐 있어서 하늘을 볼 수는 없었지만, 완전히 어두운 것은 아니었습니다. 해 질 녘의 희미한 빛이 안개처럼 피어올라, 앞이 보이지 않을 정도는 아니었지요.

거목의 줄기는 대가람의 원기둥처럼 줄지어 있고, 그 기둥에서 기둥으로 푸른 나뭇잎의 아치가 이어져 있으며, 발밑에는 융단 대신 삼나무 낙엽이 두껍게 깔려 있습니다. 숲 속의 풍취는 마치 이름난 대사원의 예배당과도 같았고, 그 몇 배나 더 신비하고 그윽하고 웅장하게 느껴졌습니다.

그렇다고 해도 이 숲의 그늘진 길의 조화와 균형은 도저히 천연으로는 기획할 수 없는 것입니다. 예를 들어 드넓은 대삼림이 전부 삼나무 거목으로만 이루어져 있고, 그 외에는 한 그루의 잡목도, 한 포기의 잡초도 눈에 띄지 않는 점, 수목의 간격이 주의 깊게 배치되어 있어 이상한 아름다움을 자아내는 점, 그 아래를 지나는 좁은 길의 곡선이 이상하기 짝이 없는 굴곡을 보이며 지나는 사람의 마음에 일종의 야릇한 감정을 품게 하는 점 등은, 분명히 자연을 능가하는 작자의 창의를 이야기하고 있습니다. 아마 그 나뭇잎의 아치가 그려 내는 멋진 균형에도, 낙엽이 깔린 자리의 감촉 등에도 전부 주의 깊은 인공이 가미되어 있지 않을까요.

주인을 태운 두 마리의 당나귀는 두껍게 쌓인 낙엽 때문에 조금의 발소리도 내지 않고 조용히 나무 밑의 어둠을 지나갑니다.

짐승이나 새도 울지 않고, 죽음 같은 고요함이 숲 전체를 지배하고 있습니다. 하지만 이윽고 안쪽 깊숙한 곳으로 더 들어갈수록 그 고요함을 한층 더 북돋우기라도 하듯이, 보이지 않는 머리 위의 나뭇가지와 나뭇가지에 닿는 바람 소리와 착각될 정도의 둔한 음향이, 예를 들자면 파이프오르간의 울림과 비슷한 기이한 음악이 그윽한 곡조를 띠고 오싹하게 들리기 시작합니다.

두 명의 보잘것없는 인간은 당나귀의 등 위에서 머리를 숙이고 한마디도 하지 않습니다. 치요코는 문득 얼굴을 들고 입을 움직이려고 했지만, 그대로 말을 하지 않고 고개를 숙였습니다. 무심한 당나귀는 묵묵히 나아갑니다.

잠시 더 가다 보니 숲의 분위기가 조금씩 변하기 시작하는 것을 알게 됩니다.

지금까지는 그저 어둑어둑하기만 했던 숲 속에 어디에선가 은색 빛이 비쳐들기 시작한 것입니다. 낙엽이 반짝반짝 빛나고, 주위의 거목 줄기가 한쪽 면만 눈부시게 비추어집니다. 반면(半面)은 은색으로 빛나고, 또 반면(半面)은 칠흑인 커다란 원기둥이 시야 가득 이어지는 광경은 참으로 멋졌습니다.

"이제 숲이 끝나는 걸까요?"

치요코는 꿈에서 깨어난 것처럼 쉰 목소리로 물었습니다.

"아니, 저쪽에 연못이 있어. 우리는 지금 거기로 나가게 될 거야."

그리고 그들은 이윽고 그 연못 부근에 다다랐습니다.

연못은 그림에 나오는 도깨비불 모양으로 한쪽 기슭은 둥글고, 반대쪽 기슭은 불꽃 같은 세 개의 잘록한 모양으로 되어 있으며, 거기에 수은처럼 무거운 물을 담고 있습니다.

움직이지 않는 수면에는 대부분 검푸른 늙은 삼나무의 그림자가 깃들어 있고, 일부는 아주 살짝 보이는 푸른 하늘을 비추고 있습니다. 거기에는 이미 아까의 음악도 울리지 않았습니다. 모든 것이 침묵하고, 모든 것이 정지하고, 만상(萬象)은 깊은 잠에 빠져 있습니다.

두 사람은 그 정적을 깨지 않으려는 듯이 조용히 당나귀에서 내려, 말없이 연못 기슭으로 걸어갔습니다. 맞은편 기슭의 튀어나온 부분에는 이 숲의 유일한 예외라고 할 수 있는, 몇 그루의 동백나무가 각각 한 장(丈)쯤이나 되는 짙은 초록색 피부에 점점이 피가 밴 채 수많은 꽃을 피우고 있습니다. 그리고 놀라운 것은, 그 꽃그늘의 약간 어둑어둑한 공터에 한 아름다운 아가씨가 젖빛 피부를 드러내고 늘쩍지근하게 누워 있는 것입니다. 이끼를 깔개 삼아 뺨을 괴고 엎드린 채 연못을 들여다보고 있습니다.

"어머나, 저런 곳에……." 치요코는 저도 모르게 목소리를 냈습니다.

"조용히."

히로스케는 아가씨를 놀라게 하지 않으려는 듯이 손짓으로 그녀의 목소리를 막았습니다.

아가씨는 보는 사람이 있는 것을 아는지 모르는지, 여전히 멍하니 연못 표면을 들여다보고 있습니다.

숲 속의 연못, 연못가의 동백나무, 엎드려 있는 무심한 알몸의 여자, 이 지극히 단순한 조합이 얼마나 훌륭한 효과를 나타내고 있었는지 모릅니다. 만일 이것이 우연이 아니라 의도된 구도라면, 히로스케는 참으로 뛰어난 화가라고 해야 할 것입니다.

두 사람은 오랫동안 연못 기슭에 서서 이 꿈 같은 광경에 넋을 잃고 있었습니다. 그러나 그 긴 시간 동안 소녀는 꼬고 있던 풍만한 다리를 한 번 바꾸어 꼬았을 뿐, 질리지도 않고 나른한 응시를 계속하고 있었습니다.

이윽고 치요코는 히로스케의 재촉을 받아 당나귀에 올라탔습니다. 그곳을 떠나려고 했을 때, 소녀의 머리 위에 피어 있는 눈에 띄게 커다란 동백꽃 한 송이가 액체가 방울져 떨어지듯이 툭 떨어져, 소녀의 포동포동한 어깨를 미끄러지더니 연못의 물 위에 떴습니다. 하지만 그것이 너무나도 조용했기 때문에, 연못의 물도 알아채지 못했는지 한 줄기의 파문도 그리지 않았습니다. 거울 같은 수면은 여전히 미동도 하지 않습니다.

19

그리고 두 사람은 다시 한동안 태고의 숲 속을 나아갔습니다. 숲은 나아갈수록 더욱 깊어질 뿐, 얼마나 가면 이곳을 나갈 수 있는지, 다시 처음의 입구로 돌아가려고 해도 그 길을 알 수 없을 것 같은 느낌이었습니다. 그렇게 무심한 당나귀가 나아가는 대로 가고 있는 것이 적잖이 불안하게 느껴지기 시작할 정도였습니다.

그러나 이 섬 풍경의 불가사의는 가는 것처럼 보이지만 되돌아오고, 올라가는 것처럼 보이지만 내려가고, 지저(地底)가 곧 산꼭대기이거나 광야가 저도 모르는 사이에 오솔길로 바뀌는 등 온갖 마법 같은 설계로 되어 있다는 것이지요. 이 경우에도, 숲이 가장 깊어지고 여행자의 마음에 말할 수 없는 불안이 싹트기 시작할 무렵에는, 그것이 오히려 숲도 곧 끝난다는 것을 가리키고 있는 것이었습니다.

지금까지 적당한 간격을 유지하고 있던 커다란 나무들의 줄기가 알아채지 못할 정도로 서서히 좁아지고, 어느새 그것이 몇 층의 벽을 이루며 빈틈없이 밀집해 있는 곳이 나왔습니다. 그곳에는 이미 초록색 잎의 아치 같은 것은 없고, 우거지는 대로 내버려 둔 나뭇잎이 지상까지 늘어져 어둠은 한층 더 짙어진 터라 거의 지척도 분간하기 힘듭니다.

"자, 당나귀에서 내려. 그리고 내 뒤를 따라와."

히로스케는 자신이 먼저 당나귀에서 내리고, 치요코의 손을 잡아 그녀가 내리는 것을 도와주고는 갑자기 앞쪽의 어둠으로 힘차게 나아갔습니다.

나무줄기 사이에 몸이 끼고 가지와 잎이 앞을 가로막았습니다. 길이 아닌 길을 지나면서 두더지처럼 나아가는 것입니다. 그리고 한동안 밀치락달치락 나아가다 보니 문득 떠오르듯이 몸이 가벼워지고, 문득 정신이 들어 보니 그곳은 더 이상 숲이 아니었습니다. 화창하게 빛나는 햇빛, 사방 어디에도 시야를 가로막는 것이 없는 초록색 잔디, 그러나 이상하게 어디를 둘러보아도 그 숲은 그림자나 형체도 보이지 않았습니다.

"세상에, 저는 머리가 어떻게 된 것일까요?"

치요코는 고민하듯이 관자놀이를 누르며 도움을 청하듯이 히로스케를 돌아보았습니다.

"아니, 당신 머리가 이상한 게 아니야. 이 섬의 여행자는 언제나 이렇게 하나의 세계에서 다른 세계로 발을 내딛는 것이지.

나는 이 작은 섬 안에 여러 개의 세계를 만들 계획이었어.

당신은 파노라마라는 것을 알고 있나? 일본에서는 내가 소학교에 다니던 시절에 굉장히 유행했던 구경거리 중 하나지. 그것을 보려면 우선 가느다랗고 캄캄한 통로를 지나야 해. 그리고 그곳을 빠져나와서 시야가 확 트이면, 그곳에 하나의 세계가 있는 거야. 지금까지 구경꾼들이 살아온 것과는 전혀 다른 하나의 완전한 세계가, 아득히 멀리까지 이어져 있는 것이지.

얼마나 놀라운 속임수였을까. 파노라마관 바깥에는 전철이 달리고, 장사꾼의 가판이 늘어서 있고, 상가(商家)의 처마가 나란히 이어져 있어. 그곳을 어제도 오늘도 내일도 똑같이, 끊임없이 동네 사람들이 오고 가지. 상가 처마가 이어져 있는 곳에는 나 자신의 집도 보여. 하지만 한 번 파노라마관 안으로 들어가면 그것들이 모조리 사라져 버리고, 드넓은 만주의 평야가 멀리 지평선 저편까지 이어져 있지 않겠어? 그리고 그곳에서는 보기만 해도 무서운 피투성이 전쟁이 벌어지고 있는 거야."

히로스케는 잔디밭의 아지랑이를 흐트러뜨리고 걸으면서 이야기를 계속했습니다. 치요코는 꿈꾸는 기분으로 연인의 뒤를 쫓습니다.

"건물 밖에도 세계가 있어. 건물 안에도 세계가 있고. 그리고 두 개의 세계가 각각 다른 흙과 하늘과 지평선을 갖고 있는 거야.

파노라마관 바깥에는 분명히 평소에 늘 보던 시가지가 있었어. 그런데 파노라마관 안에서는 어느 방향을 둘러보아도 바깥세상의 흔적은 없고, 만주의 평야가 아득히 멀리 지평선 저편까지 이어져 있다고. 다시 말해서 거기에는 동일한 지상에 평야와 시가지라는 이중의 세계가 있는 거야. 적어도 그런 착각을 일으키지.

그 방법은 당신도 알고 있다시피 풍경을 그린 높은 벽으로 객석을 둥글게 에워싸고, 그 앞에 진짜 흙이나 나무나 인형을 장식해서 진짜와 그림의 경계를 가능한 한 알아볼 수 없도록 하고, 천장을 숨기기 위해 객석의 차양을 깊게 하는 거야. 그저 그것뿐이지.

나는 언젠가 이 파노라마를 발명했다는 프랑스인의 이야기를 들은 적이 있는데, 그에 따르면 적어도 맨 처음 발명한 사람의 의도는 이런 방법으로 하나의 새로운 세계를 창조하는 데 있었던 모양이야. 마치 소설가가 종이 위에, 배우가 무대 위에 각각 하나의 세계를 만들어 내려는 것처럼, 그도 자기만의 독특한 과학적인 방법으로 그 작은 건물 안에 드넓은 별세계를 창작하려고 시도한 것이 틀림없어."

그리고 히로스케는 손을 들어 아지랑이와 후끈한 열기 저편에 흐려져 보이는, 초록색 광야와 푸른 하늘의 경계를 가리켰습니다.

"이 넓은 잔디밭을 보고 당신은 뭔가 기이한 느낌을 받지 않았어? 그 작은 앞바다 섬 위에 있는 평야치고는 너무나도 넓다고 생각하지는 않았나?

봐. 저 지평선이 있는 데까지는 확실히 몇 마일의 길이 있어. 사실을 말하면 지평선 저 앞에 바다가 보여야 하지 않을까? 게다가 이 섬 위에는 지금 지나온 숲이나, 이곳에 보이는 평야 외에도 하나하나가 몇 마일씩이나 되는 여러 종류의 풍경이 만들어져 있어. 그럼 앞바다 섬의 넓이가 M현 전체 정도쯤 되어도 부족하지 않을까?

당신은 내 말이 무슨 뜻인지 알겠어? 다시 말해서 나는 이 섬 위에 몇 개나 되는 각각 독립된 파노라마를 만든 거야. 우리는 지금까지 바닷속이나 골짜기 밑이나 삼림의 어둑어둑한 길만 지나왔어. 그건 파노라마관 입구의 어두운 길에 해당하는 것인지도 모르지. 지금 우리는 봄의 햇빛과 아지랑이와 후끈한 열기 속에 서 있잖아. 이것은 그 어두운 길을 나왔을 때의 꿈에서 깨어난 듯한, 밝은 기분과 어울리지 않을까?

그리고 지금부터 우리는 드디어 내 파노라마국(國)으로 들어가게 될 거야. 하지만 내가 만든 파노라마는 보통의 파노라마관처럼 벽에 그린 그림이 아니야. 자연을 일그러뜨리는 구릉의 곡선과 주의 깊은 곡선의 안배, 초목과 암석의 배치 같은 것으로 교묘하게 인공의 흔적을 감추고 마음껏 자연의 거리를 늘이고 줄인 것이지.

한 가지 예를 들어 본다면 지금 빠져나온 저 대삼림 말이야. 저 숲의 진짜 넓이를 말한다 해도 당신은 결코 믿지 못할 거야. 그만큼 좁거든. 저 길은 그것을 알아채지 못하도록 교묘한 곡선을 그리면서 몇 번이나 되돌아가고 있고, 좌우로 보이던 끝도 알 수 없는 삼나무들은 당신이 믿은 것처럼 전부 비슷한 거목이 아니라 멀리 있는 것은 높이가 겨우 한 간 정도인, 작은 삼나무 묘목의 숲이었을지도 몰라. 광선의 안배로 그것을 조금도 알 수 없게 하는 건 어려운 일이 아니거든.

그 전에 우리가 올라온 하얀 돌계단도 그래. 밑에서 올려다보았을 때는 구름 사이에 걸려 있는 다리처럼 높아 보이지만, 사실은 백 계단 남짓밖에 되지 않아. 당신은 아마 알아채지 못했겠지만 그 돌계단은 연극의 무대 풍경처럼 위로 갈수록 좁아지는 데다, 계단 하나하나도 알아채지 못할 정도로 위로 갈수록 높이나 폭이 짧아지게 되어 있어. 게다가 양쪽 암벽의 경사가 조절되어 있어서,

밑에서는 그렇게 높아 보이는 거야."

그러나 그런 트릭을 밝히는 설명을 들어도 환영(幻影)의 힘이 너무나도 강해서, 치요코의 마음에 새겨진 불가사의한 인상은 조금도 엷어지지 않았습니다. 그리고 실제로 눈앞에 펼쳐져 있는 끝없는 광야는, 그 끝은 역시 지평선 저편으로 사라졌다고밖에 생각할 수 없는 것이었습니다.

"그럼 이 평야도 실제로는 그렇게 좁은 건가요?"

그녀는 반신반의하는 표정으로 물었습니다.

"그렇고말고, 눈치채지 못할 정도의 경사로 주위가 높게 되어 있어서, 그 뒤의 여러 가지 것들을 가리고 있는 거야. 하지만 좁다고 해도 직경 오륙 정은 되지. 그 평범한 공터에 한층 더 효과를 내기 위해서 끝이 없어 보이게 했을 뿐이야. 하지만 겨우 그뿐인 배려가 얼마나 훌륭한 꿈을 만들어 주었는지 몰라.

당신은, 지금 설명을 들은 후에도 이 대평원이 겨우 오륙 정의 공터에 지나지 않는다고는 아무래도 믿을 수 없겠지. 작자인 나조차도 지금 이렇게 아지랑이 때문에 파도처럼 흔들리는 지평선을 바라보고 있으면 정말로 끝도 알 수 없는 광야 속에 남겨진 것 같은, 뭐라 말할 수 없는 쓸쓸함과 이상하게 달콤한 애수(哀愁)를 느끼지 않을 수 없으니까.

어디를 둘러보아도 가로막는 것이라고는 아무것도 없는 하늘과 풀뿐이야. 우리한테는 지금 이것이 세상의 모든 것이지. 이 초원은 말하자면 앞바다 섬 전체를 덮고, 아득히 멀리 T만(灣)에서 태평양으로 펼쳐져, 그 끝은 저 푸른 하늘과 이어져 있어.

서양의 명화(名畵)라면 여기에 수많은 양 떼와 목동이 그려져 있겠지. 아니면 또 저 지평선 근처를 집시 무리가 길게 줄을 지어 묵묵히 걸어가는 것도 상상할 수 있을 거야. 그들은 저녁 햇빛을 받으며, 그 이상하게 긴 그림자를 잔디밭 위에 조용히 움직여 갈 수도 있겠지. 하지만 아무리 봐도 사람 한 명도, 동물 한 마리도, 단 한 그루의 고목조차 보이지 않아. 초록색 사막 같은 이 평야는 그런 명화보다도 한층 더 우리의 흥금을 울리지 않을까? 어떤 유구한 것이 무서운 힘을 갖고 우리에게 다가오는 것 같지 않아?"

치요코는 아까부터 푸르다기보다는 오히려 회색으로 보이는, 너무나도 넓은 하늘을 바라보고 있었습니다. 그리고 어느새 눈꺼풀에 넘쳐난 눈물을 숨기려고도 하지 않았습니다.

"이 잔디밭에서 길이 둘로 갈려. 하나는 섬의 중심 쪽으로, 하나는 그 주위를 둘러싸고 있는 몇 개의 풍경 쪽으로.

진짜 순서는 우선 섬 주위를 한 바퀴 돌고 마지막에 중심으로 들어가는 거지만, 오늘은 시간도 없고 그 풍경들은 아직 완전히 완성된 것도 아니니까, 우리는 여기에서 곧장 중심의 화원 쪽으로 나가기로 하지. 거기가 가장 당신 마음에도 들 테니까.

하지만 이 평야에서 바로 화원으로 가면 너무 싱거운 기분이 들지도 몰라. 나는 바깥의 몇몇 풍경에 대해서도 당신에게 대략 이야기해 두는 편이 좋을 것 같은 기분이 들어. 화원으로 가는 길까지는 아직 2, 3정 남아 있으니까 이 잔디밭을 걸으면서 그 신기한 풍경에 대해서 당신에게 이야기해 줄게.

당신은 조원술(造園術)에서 말하는 토피어리(topiary)라는 것을 알까? 회양목이나 사이프러스 같은 상록수를 어떤 것은 기하학적인 형태로, 어떤 것은 동물이나 천체 등의 모습을 본떠서 조각처럼 깎아 다듬는 걸 말하는 거야. 하나의 풍경에는 그런 여러 가지 아름다운 토피어리가 끝도 없이 늘어서 있어. 거기에는 웅대한 것, 섬세한 것, 모든 직선과 곡선의 교차가 불가사의한 오케스트라를 연주하고 있지. 그리고 그 사이사이에는 예로부터 유명한 조각이 엄청난 무리를 이루면서 밀집해 있어. 게다가 그게 모조리 진짜 인간이야. 석화한 것처럼 침묵하고 있는 나체의 남녀가 군집을 이루고 있는 거지.

파노라마 섬의 여행자는 이 드넓은 광야에서 갑자기 그곳으로 들어가, 어디를 둘러보아도 끝없이 이어지는 인간과 식물의 부자연스러운 조각들을 접하고 숨이 턱 막히는 듯한 생명력의 압박을 느끼게 될 거야. 그리고 거기에서 뭐라 말할 수 없는 괴기한 아름다움을 발견하게 되지.

또 하나의 세계에는 생명이 없는 철제 기계들만 밀집해 있어.

끝도 없이 핑핑 회전하는 검은 괴물들이지. 그 원동력은 섬 지하에서 만들어 내는 전기인데, 거기에 늘어서 있는 것은 증기기관이나 전동기 같은 그런 흔해 빠진 것이 아니야. 일종의 꿈에 나타날 것 같은 불가사의한 기계력의 상징이라고. 용도를 무시하고, 크고 작은 것을 거꾸로 만든 철제 기계의 나열이야.

작은 산 같은 실린더, 맹수처럼 으르렁거리는 커다란 바퀴, 시커면 이빨과 이빨을 부딪치는 커다란 톱니바퀴의 싸움, 괴물의 팔과 비슷한 오실레이팅 레버, 미친 듯이 춤추는 스피드 버너, 종횡무진으로 교차하는 샤프트 로드, 폭포 같은 벨트의 흐름, 또는 베벨기어, 옴 엔드 옴 휠, 벨트 풀리, 체인벨트, 체인 휠, 그것들이 전부 새까만 피부에 비지땀을 흘리면서 미치광이처럼 마구 회전하고 있는 거야.

당신은 박람회의 기계관을 본 적이 있을 거야. 그곳에는 기술자나 설명하는 사람이나 지키는 사람들이 있는데 범위도 한 건물 안으로 한정되어 있고 기계는 전부 용도를 정해서 만들어진 올바른 것들뿐이지만, 내 기계 나라는 광대하고 끝이 없어 보이는 하나의 세계가 무의미한 기계로 빈틈없이 덮여 있는 거야. 그리고 그곳은 기계 왕국이니까 다른 인간이나 동식물 같은 것은 그림자도 형체도 보이지 않아. 지평선을 뒤덮으며 혼자서 움직이는 대기계의 평원, 그곳에 들어간 작은 인간이 무엇을 느낄지는 당신도 상상할 수 있겠지.

그 외에 아름다운 건축물로 가득 찬 대시가지나 맹수, 독사, 독초의 정원, 물이 솟아나는 샘이나 폭포의 흐름이나 여러 가지 물의 유희를 나열한 물보라와 물안개의 세계 같은 것도 이미 설계는 되어 있어. 어느덧 그 하나하나의 세계들을 밤마다 꾸는 꿈처럼 다 보고 나서, 여행자는 마지막으로 소용돌이치는 오로라와 숨 막히는 향기, 만화경 같은 화원(花園)과 화려한 조류와 즐겁게 노니는 인간들이 있는 몽환의 세계에 들어가게 되는 거야.

하지만 내 파노라마 섬의 주안점은, 여기에서는 보이지 않지만 섬 중앙에 지금 짓고 있는 커다란 원기둥 정상에 있는 화원에서 섬 전체를 내려다보는 미관에 있어. 거기에서는 섬 전체가 하나의 파노라마지. 서로 다른 파노라마가 모여서 또 하나의 전혀 다른 파노라마가 생겨나는 거야. 이 작은 섬 위에 몇 개나 되는 우주가 서로 겹쳐지고, 맞물리면서 존재하고 있거든. 하지만 우리는 벌써 이 평야의 출구로 와 버렸군. 자, 손을 이리 줘 봐, 우리는 또 잠시 좁은 길을 지나야 하니까."

넓은 들판의 어느 곳에, 가까이 다가가서 보지 않으면 알 수 없는 잘록한 부분이 하나 있고, 비밀의 길은 그곳에 어둑어둑하게 우거져 있는 잡초를 헤치고 나아가게 되어 있습니다. 그 안으로 내려가서 잠시 가다 보니 잡초는 더욱더 깊어져 어느새 두 사람의 온몸을 뒤덮고, 길은 다시 분간도 할 수 없는 어둠으로 들어가는 것이었습니다.

20

그곳에는 어떤 이상한 장치가 되어 있었는지, 아니면 또 그저 치요코의 환각에 지나지 않았는지는 알 수 없습니다. 하나의 풍경에서 잠시 어둠을 지나 또 하나의 풍경이 나타나는 것이 뭔가 꿈과 같고, 하나의 꿈에서 또 다른 꿈으로 옮겨갈 때의 그 애매한, 바람을 타고 날아가는 듯한, 그동안 의식을 완전히 잃고 있는 듯한, 일종의 이상한 기분이었습니다.

따라서 그 하나하나의 풍경은 평면을 전혀 달리하는, 예를 들면 삼차원의 세계에서 사차원의 세계로 비약하기라도 한 것 같은 느낌이었습니다. 잠시 생각하는 사이에 지금까지 보고 있던 동일한 지상이 형태와 색채에서부터 냄새에 이르기까지, 전혀 다른 것으로 바뀌어 있었습니다.

그것은 정말로 꿈의 느낌이나, 그렇지 않다면 활동사진의 이중 인화 같은 느낌이었습니다.

그리고 지금 두 사람의 눈앞에 나타난 세계는, 히로스케는 그것을 화원이라고 불렀지만, 일반적으로 화원이라는 말에서 연상되는 그 어떤 것도 아니었습니다. 젖빛으로 가라앉은 하늘과 그 밑에 불가사의하게 큰 파도처럼 기복을 이루는 구릉의 표면에 온통 갖가지 봄꽃으로 흐드러지게 덮여 있는 것에 지나지 않습니다. 그러나 그것이 너무나도 규모가 크고, 하늘의 색깔에서부터 구릉의 곡선과 갖가지 꽃의 난잡함에 이르기까지 모조리 자연을 무시한, 뭐라고 이름을 붙일 수 없는 인공이어서 그 세계에 발을 들여놓은 사람은 한동안 망연하게 멈추어 설 수밖에 없었습니다.

언뜻 보면 단조로워 보이는 이 풍경 속에는 무언가 인간계를 떠나, 예를 들자면 악마의 세계로 들어간 듯한 이상한 느낌을 머금고 있었습니다.

"여보, 왜 그래? 현기증이 나?"

히로스케는 놀라서 쓰러지려는 치요코의 몸을 부축했습니다.

"네, 왠지 머리가 아파서……."

숨 막힐 듯한 향기가, 예를 들면 땀에 젖은 인간의 육체에서 발산되는 이상한 냄새와 비슷하지만 결코 불쾌하지는 않은 향기가, 우선 그녀의 머리를 마비시켰습니다.

게다가 불가사의한 꽃의 산들, 무수한 곡선의 교차가 마치 작은 배 위에서 소용돌이치는 거친 파도를 보는 것처럼 무시무시한 기세로 그녀를 향해 밀려오는 것 같았습니다. 산들은 결코 움직이지는 않습니다. 하지만 그 움직이지 않는 여러 구릉에는, 고안자의 기분 나쁜 간계가 숨어 있었다고밖에 생각할 수 없습니다.

"저는 왠지 무서워요."

간신히 똑바로 선 치요코는 눈을 가리며 겨우 말했습니다.

"뭐가 그렇게 무서워?"

히로스케는 입술 끝에 희미하게 떨리는 웃음을 띠며 물었습니다.

"왜인지 모르겠어요. 이렇게 꽃에 둘러싸여 있는데, 저는 굉장히 쓸쓸한 기분이 드네요. 와서는 안 되는 곳에 온 것 같은, 봐서는 안 되는 것을 본 것 같은 기분이에요."

"그건 아마 이 풍경이 너무나도 아름답기 때문일 거야." 히로스케는 아무렇지도 않게 대답했습니다. "그보다 저길 봐. 저기에 우리를 마중하려는 사람이 왔어."

어느 꽃의 그늘에서, 마치 축제 행렬처럼 조용히 한 무리의 여자들이 나타났습니다. 아마 몸 전체에 화장을 했는지 푸른빛을 띠는 흰색에, 육체의 굴곡에 따라 보라색을 칠한, 그래서 한층 더 음침해 보이는 나체가 배경인 새빨간 꽃의 병풍 앞에 차례차례 나타나는 것입니다.

그녀들은 번들번들 빛나는 탄탄한 다리를 춤추듯이 움직였습니다. 검은 머리카락이 어깨에서 파도치고, 새빨간 입술이 반달 모양으로 벌어졌습니다. 그리고 두 사람 앞으로 다가오더니 말없이 이상한 원을 만드는 것이었습니다.

"치요코, 이게 우리의 탈것이야."

히로스케는 치요코의 손을 잡아 몇 명의 알몸인 여자들로 만들어진 연화대 위로 밀어 올리고, 자신도 그 뒤를 따라 치요코와 나란히 인간 의자에 자리를 잡고 앉았습니다.

인육의 꽃잎은 펼쳐진 채 그 중앙에 히로스케와 치요코를 감싸고, 꽃의 산들을 돌기 시작했습니다.

치요코는 눈앞의 이상한 세계와, 벌거벗은 여자들의 너무나도 무감동한 모습에 환혹되어, 어느새 이 세계의 수치를 잊어버린 것 같았습니다. 그녀는 무릎 밑에서 기복을 이루는 살찐 복부의 부드러움을 오히려 즐기고 있었습니다.

좁은 길은 몇 번이나 구부러지면서 구릉과 구릉 사이의, 골짜기라고도 볼 수 있는 부분으로 이어졌습니다. 그 알몸의 여자들의 맨발이 내딛는 곳에도 언덕과 똑같이 온갖 꽃들이 흐드러지게 피어 있습니다. 육체의 부드러운 탄력에 더해, 푹신한 이 꽃의 융단은 그들의 탈것을 한층 더 매끄럽고 편안하게 만들어 주었습니다.

그러나 이 세계의 아름다움은 끝없이 그들의 코를 찌르는 이상한 향기보다도, 젖빛으로 고여 있는 이상한 하늘의 색깔보다도, 어느새 시작된 것인지 모를 봄의 산들바람처럼 그들의 귀를 즐겁게 하는 기묘한 음악보다도, 또는 형형색색으로 흐드러지게 핀 꽃의 벽보다도, 그 꽃에 둘러싸인 산들의 뭐라 말할 수 없는 이상한 곡선에 있었습니다.

사람들은 이 세계에 들어와서야 비로소 곡선이 나타낼 수 있는 아름다움을 깨달았을 것입니다. 자연의 산악과 초목과 평야와 인체의 곡선에 익숙한 인간의 눈은, 이곳에서 그것들과는 전혀 다른 곡선의 교차를 보게 되는 것입니다. 어떤 미녀의 허리 곡선도, 또는 어떤 조각가의 창작물도 이 세계의 곡선미에는 비할 수가 없습니다. 그것은 자연을 그려 낸 조물주가 아니라 그것을 없애 버리려는 악마만이 그릴 수 있는 선이었을지도 모르지요.

어떤 사람은 그 곡선들의 중첩에서 이상한 성적 압박을 느낄 것입니다. 그러나 그것은 결코 현실적인 감정을 동반하는 것은 아닙니다. 우리는 악몽 속에서만 왕왕 이런 종류의 곡선을 사랑하게 될 때가 있지요.

히로스케는 그 꿈의 세계를 현실의 흙과 꽃으로 그려 내려고 시도한 것이 틀림없습니다. 그것은 숭고하다기보다도 오히려 더럽고, 조화로운 이라기보다도 오히려 난잡한, 그 하나하나의 곡선과 거기에 썩어 문드러진 온갖 꽃의 배치는 쾌감보다는 한층 더 한없이 불쾌함을 주기까지 합니다. 그러면서도 그 곡선들에 가해진 불가사의한 인공적 교차는 추함을 뛰어넘어 불협화음뿐인, 이상하게 아름다운 대관현악을 연주하는 것이었습니다.

또 이 풍경을 만들어낸 작가의 이상한 주의(注意)는, 알몸인 여자들의 연화대가 지나가는 골짜기의 좁은 길이 만드는 곡선에까지 골고루 미치고 있었습니다. 그곳에는 곡선 자체의 아름다움이 아니라 곡선을 따라 운동하는 사람이 느끼는, 말하자면 육체적 쾌감이 계획되어 있었지요.

때로는 완만하게, 때로는 급격한 각도로, 때로는 올라가고, 때로는 내려가고, 길은 상하좌우로 여러 아름다운 곡선을 그리고 있습니다. 그것은 가령 공중에서 비행가가 맛보는 듯한, 또한 우리가 구불구불한 산길을 달리는 자동차 안에서 느끼는 듯한, 그런 곡선 운동의 쾌감을 좀 더 완만하고도 아름답게 미화시킨 것이라고 하면 될까요.

가끔 오르막은 있지만 길은 조금씩 어느 중심점을 향해 내려가는 것처럼 보였습니다. 그리고 이상한 향기와 땅 밑에서 울리는 듯한 음악은 한층 더 그 정도를 더해 갔습니다. 마침내는 그들의 코도 귀도 그 아름다움에 무감각해져 버릴 정도로 끝없이 이어지는 것이었습니다.

그러다가 골짜기는 탁 트여 드넓은 화원이 되었습니다. 그 저편에 하늘로 이어지는 교량처럼 꽃의 산이 우뚝 솟아 있고, 그 광대한 경사면에 요시노야마 산[34]의 꽃구름보다 몇 배나 되는 만든 환상적인 풍경이 전개되었습니다. 그리고 한층 더 놀라운 것은 그 경사면과 넓은 들판의 무지개 같은 꽃을 헤치고 점점이 수십 명의 발가벗은 남녀들이 즐거운 듯이 아담과 이브처럼 숨바꼭질을 하고 있다는 것이었습니다. 멀리 있는 사람은 콩알만 하게 보일 정도로 작았습니다.

산을 뛰어 내려오고 들판을 가로지르며 검은 머리카락을 바람에 나부끼던 한 여자가, 그들에게서 한 간쯤 떨어진 곳까지 와서 풀썩 쓰러졌습니다. 그러자 그녀를 쫓아온 한 명의 아담은 그녀를 안아 일으키고 그의 넓은 가슴에 끌어안았습니다. 그리고 안은 사람도 안긴 사람도, 이 세계에 충만한 음악에 맞추어 소리 높이 노래하면서 조용히 저편으로 사라졌습니다.

또 어떤 곳에는 좁은 골짜기 길을 뒤덮으며 하얀 반점의 유칼립투스 나무가 아치처럼 팔을 뻗고 있고, 그 가지가 휠 정도로 발가벗은 여자들이 열매처럼 매달려 있었습니다.

그녀들은 굵은 가지 위에 몸을 누이고 있었습니다. 어떤 이는 양손으로 매달려 바람에 나부끼는 나뭇잎처럼 머리와 팔다리를 흔들면서, 역시 이 세계의 음악을 합창하고 있습니다. 알몸의 여자들이 만든 연화대는 그 과실 아래를 무관심하게, 조용히 지나갑니다.

---

34) 나라 현 중부, 오미네 산맥 북쪽의 한 지맥의 이름. 남조(南朝)의 소재지로 사적이 풍부하며 예로부터 벚꽃의 명소였다.

전체 길이가 1리는 충분히 될 것 같은 길의 꽃의 풍경, 그 사이에 치요코가 맛본 이상한 감정, 작자는 그것을 그저 꿈이라고밖에, 또는 미려한 악몽이라고밖에 형용할 수가 없습니다.

그리고 마침내 그들이 실려 간 곳은 거대한 꽃의 절구 밑바닥이었습니다.

그곳의 이상한 풍경은 절구 가장자리에 해당하는 사방의 산의 꼭대기에서 매끄러운 꽃의 경사면을 따라 눈처럼 흰 살덩어리가 경단처럼 줄줄이 굴러 내려와, 그 밑바닥에 가득 차 있는 욕조 속으로 떨어지며 물보라를 일으키고 있는 것이었습니다. 그리고 그녀들은 절구 밑바닥의 김 속을 찰박거리고 뛰어다니면서, 그 느긋한 노래를 합창하는 것입니다.

언제 옷이 벗겨졌는지, 거의 꿈꾸는 듯한 기분으로 치요코와 히로스케도 화려한 목욕 손님들 사이에 섞여 기분 좋은 따뜻한 물속에 잠겨 있었습니다. 부자연스러운 옷을 입고 있는 것이 오히려 부끄러워지는 이 세계에서는, 치요코도 그녀 자신의 알몸을 거의 신경 쓰지 않을 수 있었습니다. 그리고 그들을 태운 알몸의 여자들은 이곳에서야말로 글자 그대로 연화대의 역할을 다해, 길게 드러누워서 목 아래까지 따뜻한 물에 담근 두 주인을 그녀들의 육체로 떠받쳐야 했습니다.

그리고 뭐라 말할 수 없는 일대 혼란이 시작되었습니다.

살덩어리의 급류는 더욱더 그 수를 더하고, 길가의 꽃은 짓밟히고 걷어차여 온통 꽃보라가 일었습니다. 그 꽃잎과 김과 물보라가

자욱하게 뒤섞인 가운데, 알몸인 여자들의 살덩어리는 살과 살을 맞부딪치며 통 속의 감자처럼 혼란을 일으키고, 숨이 끊어질 듯이 합창을 계속했습니다. 인간 쓰나미는 때로는 오른쪽으로 때로는 왼쪽으로 밀어닥치며 복작거리고, 그 한가운데에 모든 감각을 잃은 두 손님이 시체처럼 떠 있는 것이었습니다.

21

그리고 어느새 밤이 왔습니다.

젖빛이었던 하늘은 소나기구름의 검은색으로 바뀌고, 가지각색의 꽃이 흐드러지게 핀 생기발랄한 언덕들도 지금은 거대한 소나기구름처럼 우뚝 솟아 있었습니다. 그 소란스러운 인육의 해일도, 합창도 썰물처럼 사라지고, 밤눈에도 희끄무레하게 피어오르는 김 속에는 히로스케와 치요코 단 두 사람만이 남겨져 있었습니다.

그들의 연화대를 지고 있던 여자들도, 문득 정신이 들어 보니 이미 흔적도 보이지 않습니다. 게다가 이 세계를 상징하는 것처럼 보이던 그 일종의 이상하고 요염한 음악도 조금 전부터 들리지 않습니다. 바닥을 알 수 없는 어둠과 함께, 황천의 정적이 온 세계를 차지하고 있었습니다.

"아아."

간신히 정신을 차린 치요코는 몇 번이나 되풀이했던 감탄사를 다시 한 번 되풀이하지 않을 수 없었습니다. 그리고 가만히 숨을 내쉬자, 지금까지 잊고 있던 공포가 구역질처럼 그녀의 가슴에 치밀어 올랐습니다.

"저어, 여보, 이제 돌아가요."

그녀는 따뜻한 물속에서 몸을 떨면서 남편 쪽을 살펴보았습니다. 그의 머리만이 수면 위에 검은 부표처럼 떠 있고, 그녀의 말을 듣고도 움직이지 않은 채 아무런 대답도 하지 않습니다.

"여보, 거기 계시는 건 당신 맞죠?"

그녀는 공포의 비명을 지르며 검은 덩어리 쪽으로 다가가, 그 머리인 듯한 것을 붙잡고 힘껏 흔들었습니다.

"우우, 돌아가지. 하지만 그 전에 딱 하나만 더 당신한테 보여 주고 싶은 게 있어. 자, 이제 무서워하지 말고 가만히 좀 있어 봐."

히로스케는 뭔가 생각하고 또 생각하며 천천히 대답했습니다. 그 대답이 한층 더 치요코를 두렵게 했습니다.

"저는 이번에야말로 정말로, 더 이상 참을 수가 없어요. 저는 무서워요. 보세요. 이렇게 몸이 떨리고 있잖아요. 이제 이런 무서운 섬은 잠시도 더 참을 수가 없어요."

"정말 떨고 있군. 그런데 당신은 뭐가 그렇게 무서운 거지?"

"뭐가라니요, 이 섬에 있는 기분 나쁜 장치가 무서워요. 그걸 생각하신 당신이 무서워요."

"내가?"

"네, 그래요. 하지만 화내시면 싫어요. 저한테는 이 세상에 당신

말고는 아무것도 없으니까요. 그런데 요즘은 왠지 문득 당신이 무서워져요. 당신이 정말로 저를 사랑해 주는 게 맞는지 의심스러워지거든요. 이런 기분 나쁜 섬의 어둠 속에서, 혹시 당신이, 실은 저를 사랑하지 않는다고 말씀하시지는 않을까 하고 생각하면, 저는 너무 무서워서……."

"이상한 말을 하는군. 당신은 지금 그 말을 하지 않는 게 좋아. 당신의 마음은 나도 잘 알고 있거든. 이런 어둠 속에서 왜 그러지?"

"하지만 지금 막 그런 기분이 들기 시작했는걸요. 아마 저는 그런 여러 가지 것들을 보고 흥분했나 봐요. 그리고 평소보다는 생각하던 걸 말할 수 있을 것 같은 기분이 들어요. 하지만 여보, 화내지 마세요. 네?"

"당신이 나를 의심하고 있다는 건 잘 알아."

치요코는 이 히로스케의 말투에 깜짝 놀라, 갑자기 입을 다물었습니다. 이상하게도 그녀는 언제였던가, 현실인지 아니면 꿈속에서인지, 이것과 똑같은 정경을 체험한 적이 있는 것 같다는 생각이 들기 시작했습니다. 그것은 무언가, 그녀가 이 세상에 태어나기 이전의 일 같기도 했습니다.

그때도 그들은 지옥 같은 어둠 속에서, 따뜻한 물 위에 머리만 내놓고 작디작은 두 명의 망자(亡者)처럼 마주 보고 있었습니다. 그리고 상대 남자는 역시,

"당신이 나를 의심하고 있다는 건 잘 알아."

라고 대답했던 것입니다. 그다음에 그녀는 무슨 말을 했는지,

남자가 어떤 태도를 취했는지, 아니면 어떤 끔찍한 결말이었는지, 그런 그 후의 일은 확실히 알고 있는 것 같기도 한데 아무리 해도 생각이 나지 않았습니다.

"나는 잘 알아."

히로스케는 치요코가 침묵하자 뒤쫓듯이 되풀이했습니다.

"아뇨, 아뇨, 안 돼요, 더 말씀하시지 마세요." 치요코는 히로스케가 말을 이으려고 하는 것을 가로막으며 외쳤습니다. "저는 당신과 이야기하는 게 무서워요. 그보다 아무 말씀도 마시고 빨리, 빨리 저를 데리고 돌아가 주세요."

그때였습니다. 어둠을 찢는 듯한 격렬한 음향이 귀를 뚫는가 싶더니, 갑자기 남편의 목에 매달린 치요코의 머리 위에 불꽃이 흩어지고 괴물처럼 오색으로 빛나는 것이 펼쳐졌습니다.

"놀랄 것은 없어. 불꽃놀이야. 내가 만든 파노라마 나라의 불꽃놀이지. 자, 저길 봐. 보통의 불꽃놀이와 달리 우리가 쏘아 올리는 건 저렇게 오랫동안 마치 하늘에 비춘 환등(幻燈)처럼 가만히 머물러 있지. 이거야, 내가 아까 당신한테 보여 줄 게 있다고 말했던 건."

보니 그것은 히로스케의 말대로 마치 구름에 비친 환등 같은 느낌이었습니다. 한 마리의 금색으로 빛나는 커다란 거미가 하늘 가득 펼쳐져 있습니다. 게다가 그것이 뚜렷하게 그려진 여덟 개의 다리의 관절을 이상하게 꿈틀거리며, 서서히 그들 쪽으로 떨어지는 것이었습니다.

설령 그것이 불로 그려진 그림이라고 해도, 한 마리의 커다란 거미가 캄캄한 하늘을 뒤덮고, 가장 기분 나쁜 배를 드러내 보인 채 버둥거리며 머리 위로 다가오는 광경은, 어떤 사람에게는 더없이 아름다울지 몰라도 원래 거미를 싫어하는 치요코에게는 숨이 막힐 정도로 무서운 것이었습니다. 보지 않으려고 해도 그 무서움에 역시 이상한 매력이 있어서인지 자꾸만 그녀의 눈은 하늘을 향하게 되고, 그때마다 전보다 한층 더 가까이 다가온 괴물을 보아야만 했습니다.

그리고 그 풍경 자체보다도 더욱더 그녀를 떨게 만든 것은 이 커다란 거미의 불꽃놀이도 그녀는 언젠가의 경험 속에서 보았다는 것, 이것도 저것도, 분명히 두 번째라는 의식이었습니다.

"저는 이제 불꽃놀이 같은 건 보고 싶지 않아요. 그렇게 언제까지나 저를 무섭게 만들지 마시고, 정말로 돌아가게 해 주세요. 자, 돌아가요."

그녀는 이를 악물고 간신히 말했습니다. 그러나 그때는, 불의 거미는 이미 흔적도 없이 어둠 속으로 녹아들어 있었습니다.

"당신은 불꽃놀이까지 무섭단 말이야? 곤란한 사람이로군. 이번에는 저런 기분 나쁜 게 아니라 아름다운 꽃이 필 거야. 조금만 더 참고 보도록 해. 자, 이 연못 맞은편에 검은 통이 서 있었던 걸 기억하겠지? 그게 불꽃놀이 통이야. 이 연못 아래에 우리 마을이 있는데, 거기서 내 하인들이 불꽃을 쏘아 올리는 거지. 조금도 이상하지도, 무섭지도 않다고."

어느새 히로스케의 양손이 강철 틀처럼 이상한 힘으로 치요코의 어깨를 끌어안고 있었습니다. 그녀는 이제 고양이 발톱에 걸린 쥐처럼 도망치려고 해도 도망칠 수도 없습니다.

"어머나." 그것을 느끼자 그녀는 비명을 지르지 않을 수 없었습니다.

"미안해요. 미안해요."

"미안하다니, 당신이 사과할 게 뭐가 있어?" 히로스케의 말투는 점점 힘을 더해 갔습니다. "당신이 생각하고 있는 걸 말해 봐. 날 어떻게 생각하는지, 솔직하게 말해 봐. 자."

"아아, 결국 당신은 그 말씀을 하시는군요. 저는 지금은 무서워서."

치요코의 목소리는 흐느끼듯이 군데군데 끊어졌습니다.

"하지만 지금이 가장 좋은 기회야. 우리 옆에는 아무도 없어. 당신이 무슨 말을 하든, 당신이 두려워하는 것처럼 세상 사람들에게는 들리지 않아. 나와 당신 사이에 숨길 것이 뭐가 있어. 자, 단숨에 말해 봐."

캄캄한 골짜기의 욕조 안에서, 이상한 문답이 시작되었습니다. 그 정경이 이상한 만큼, 두 사람의 마음에는 다소 광기 같은 분자(分子)가 더해지지 않았다고는 할 수 없습니다. 특히 치요코의 목소리는 벌써 묘하게 뒤집어져 있었습니다.

"그럼 말씀드릴게요."

치요코는 갑자기 사람이 변한 것처럼 웅변적으로 말하기 시작했습니다.

"솔직하게 말하자면, 저도 당신한테 묻고 싶어서 견딜 수가 없었어요. 제발 그렇게 시치미 떼지 마시고 사실을 말해 주세요. ……
당신은 혹시 고모다 겐자부로와는 전혀 다른 사람은 아닌가요? 자, 그걸 말씀해 주세요.

그 무덤에서 되살아나신 후로, 오랫동안 저는 당신이 진짜 당신인지 아닌지를 의심하고 있었어요. 겐자부로는 당신 같은 무서운 재능을 전혀 갖고 있지 않았으니까요. 이 섬에 오기 전부터 저는 이미, 아마 당신도 눈치채셨겠지만, 반쯤은 그 의심을 확신하고 있었답니다. 게다가 이곳의 여러 기분 나쁜, 그러면서도 이상하게 사람을 끌어당기는 풍경을 보니 나머지 절반의 의심도 확실하게 풀려 버린 것 같은 생각이 들어요. 자, 그걸 말씀해 주세요."

"하하하하하하, 당신은 결국 진심을 토해냈군."

히로스케의 음성은 몹시 침착했지만, 어딘가 자포자기한 듯한 기색을 숨길 수는 없었습니다.

"나는 터무니없는 실수를 한 거야. 나는 사랑해서는 안 될 사람을 사랑했지, 내가 얼마나 그걸 참으려고 했는지 몰라. 하지만 조금만 더 참았으면 되었을 것을, 나는 결국 참지 못했어. 그리고 내가 걱정한 대로, 당신은 내 정체를 깨닫고 말았지……."

그러고 나서 히로스케는, 그 또한 신들린 사람처럼 웅변적으로 그의 음모를 대략 이야기했습니다.

그동안에도 아무것도 모르는 지하의 불꽃놀이 담당자는 주인들의 눈을 기쁘게 하려고 준비한 불꽃놀이를 차례차례 쏘아 올리고 있었습니다. 어떨 때는 기괴한 동물들의, 어떨 때는 미려한 꽃 모양의, 어떨 때는 황당무계한 여러 모양의, 독살스럽게 파랗고 빨갛고 노랗게, 어두운 하늘에 반짝이는 불꽃은 그대로 골짜기의 수면을 채색하고, 그 안에 둥실 떠 있는 두 개의 수박 같은 그들의 머리를, 그 표정의 미세한 점에 이르기까지 무대의 착색 조명처럼 이상하게 비추어 내는 것이었습니다.

열심히 이야기하는 히로스케의 얼굴이 어떨 때는 주정뱅이의 불그스레한 얼굴이 되고, 어떨 때는 죽은 사람처럼 창백해지고, 어떨 때는 황달병 환자의 무시무시한 형상을 나타내고, 또 어떨 때는 캄캄한 어둠 속의 목소리만 남아, 그것이 기괴한 이야기의 내용과 뒤섞여 치요코를 극도로 위협했습니다.

치요코는 너무나 무서워 견딜 수가 없어서, 몇 번인가 그 자리에서 도망치려고 했지만, 히로스케의 미칠 듯한 포옹은 한시도 그녀를 놓아주지 않았습니다.

22

"당신이 어느 정도까지 내 음모를 눈치챘는지 모르겠군. 민감한 당신은 필경 꽤 깊은 데까지 상상도 해 보았겠지. 어지간한 당신도, 내 계획이나 이상이 이렇게까지 뿌리 깊은 것일 줄은, 설마 몰랐을 거야."

마침 그때는 새빨간 불꽃놀이가 아직도 떨어지지 않고 하늘을 물들이고 있었습니다. 이야기를 마치자, 그 붉은 덩어리 같은 형상으로 히로스케는 가만히 치요코를 노려보았습니다.

"돌려보내 줘요, 돌려보내 줘요──."

치요코는 조금 전부터 체면도 잊고 울부짖으면서, 그저 이 한마디를 되풀이할 뿐이었습니다.

"들어 봐, 치요코."

히로스케는 그녀의 입을 막듯이 고함쳤습니다.

"이렇게 털어놓아 버리고 나서, 당신을 그냥 돌려보낼 수 있을 거라고 생각해? 당신은 더 이상 나를 사랑하지 않는 거야? 어제까지, 아니, 조금 전까지 당신은 내가 진짜 겐자부로인지 아닌지 의심하면서도 역시 나를 사랑하고 있었잖아. 그런데 내가 정직하게 고백하고 나니 이제 나를 원수처럼 미워하고 두려워하는 건가?"

"놓아 주세요, 돌려보내 주세요."

"그래? 그럼 당신은 역시 나를 남편의 원수라고 생각하고 있는 거로군. 고모다 집안의 원수라고 생각하고 있는 거야. 치요코, 잘 들어. 나는 당신이 더없이 사랑스러워. 차라리 당신과 함께 죽어 버리고 싶을 정도로 당신을 좋아해. 하지만 내게는 아직 미련이 있어. 히토미 히로스케를 죽이고 고모다 겐자부로로 되살아나기 위해서 내가 얼마나 고심했는지 알아? 그리고 이 파노라마 나라를 만들기까지 어떤 희생을 치렀는지 알아? 그걸 생각하면 이제 한 달 정도면 완성될 이 섬을 버리고 죽을 마음은 들지 않아. 그러니까 치요코, 나는 당신을 죽이는 것밖에는 방법이 없어."

"죽이지 말아 주세요."

그 말을 듣자 치요코는 쉰 목소리를 쥐어 짜내며 외쳤습니다.

"죽이지 말아 주세요. 무엇이든 당신이 시키는 대로 할게요. 겐자부로로서 지금까지처럼 당신을 모실게요. 아무한테도 말하지 않겠어요. 제발 죽이지 말아 주세요."

"그건 진심이야?"

불꽃놀이 때문에 새파랗게 물든 히로스케의 얼굴에서 눈만 보라색으로 번쩍번쩍 빛나며, 꿰뚫을 듯이 치요코를 노려보았습니다.

"하하하하하하하, 안 되지. 안 돼. 나는 이제 당신이 뭐라고 말하든 믿을 수 없어. 어쩌면 당신은 아직도 얼마쯤은 나를 사랑해 주고 있을지도 몰라. 당신 말이 사실일지도 모르지. 하지만 무슨 증거가 있지? 당신을 살려 두었다가는 내가 죽을 판이야. 또 당신은 다른 사람에게 알리지 않을 생각이더라도, 내 고백을 들어 버린 이상 여자인 당신의 능력으로는 도저히 나만큼 허세를 부릴 수는 없겠지. 어느새 당신의 분위기가 그것을 털어놓게 되고 말 거야. 어쨌든 나는 당신을 죽이는 것밖에는 방법이 없어."

"싫어요, 싫어요. 제게는 부모님이 있어요. 형제도 있어요. 살려 주세요, 부탁이에요. 정말로 꼭두각시 인형처럼, 당신이 시키는 대로 할게요. 놔주세요, 놔요."

"그것 봐. 당신은 목숨이 아까운 거야. 내게 희생될 생각이 없는 거지. 당신은 나를 사랑하지 않는 거야. 겐자부로만을 사랑하고 있었던 거야. 아니, 설령 겐자부로와 똑같은 얼굴을 한 남자를 사랑할 수는 있더라도, 악인인 이 나만은 아무래도 사랑할 수 없는 거지. 나는 지금이야말로 알았어. 나는 어떻게 해서라도 당신을 죽이는 수밖에는 없어."

그리고 히로스케의 두 팔은 치요코의 어깨에서 서서히 위치를 바꾸어 그녀의 목으로 다가갔습니다.

"아아아아아아, 살려 줘요……."

치요코는 이제 제정신이 아니었습니다. 그녀는 그저 몸을 피할 생각밖에 할 수 없었습니다. 머나먼 조상으로부터 물려받은 호신의 본능은 그녀로 하여금 고릴라처럼 이를 드러내게 했습니다. 그리고 거의 반사적으로, 그녀의 날카로운 송곳니는 히로스케의 팔을 깊이 깨물었습니다.

"빌어먹을!"

히로스케는 저도 모르게 손의 힘을 풀 수밖에 없었습니다. 그 틈에 치요코는 평소의 그녀 모습에서는 도저히 상상할 수 없을 정도로 재빠르게 히로스케의 팔을 빠져나가, 무시무시한 기세로 바다표범처럼 물속에서 튀어 올라 캄캄한 저편 기슭으로 달아났습니다.

"살려 주세요……."

찢어질 듯한 비명이 주위의 작은 산에 울려 퍼졌습니다.

"바보 같으니, 여기는 산속이야. 누가 구해 주러 올 것 같아?

낮에 본 여자들은 이미 이 지하에 있는 방으로 돌아가서 푹 잠들어 있을 거야. 게다가 당신은 도망치는 길조차 모르잖아."

히로스케는 일부러 여유를 보이며 고양이처럼 그녀에게 다가갔습니다. 지상에는 아무도 없다는 것을, 이 왕국의 주인인 그는 잘 알고 있었습니다. 조금 걱정되는 것은 그녀의 비명이 불꽃놀이의 통을 통해 아득히 먼 지하로 전해지지는 않을까 하는 것이었지만, 다행히도 그녀가 물에서 올라선 쪽은 그 반대쪽이었고, 또 지하의 불꽃놀이 장치 바로 옆에는 발전용 엔진이 엄청난 소리를 내고 있어 좀처럼 지상의 목소리가 들릴 리는 없었습니다. 게다가 더욱 안심이 되는 것은, 마침 십여 발째의 불꽃놀이가 쏘아 올려져 아까 그 비명은 그 소리 때문에 거의 지워지고 만 것입니다.

아직 사라지지 않은 금색 화염은 여기저기 출구를 찾아 도망쳐 다니는 치요코의 가련한 모습을 또렷하게 비추고 있습니다. 히로스케는 한달음에 그녀의 몸에 달려들어 거기에 한데 겹쳐 쓰러져서는, 아무 어려움 없이 그 목에 양손을 두를 수 있었습니다. 그리고 그녀가 두 번째 비명을 지르기도 전에 그녀의 호흡은 벌써 힘들어진 상태였습니다.

"제발 용서해 줘. 나는 지금도 당신을 사랑해. 하지만 나는 욕심이 너무 많단 말이야. 이 섬에서 이루어지는 수많은 환락을 버릴 수가 없어. 당신 한 사람을 위해서 인생을 망칠 수는 없어."

이윽고 눈물을 뚝뚝 흘리며 히로스케는,

"용서해 줘, 용서해 줘."

하고 연호하면서 더욱더 단단히 목을 조였습니다. 그의 몸 밑에서는 살과 살을 맞댄 채 알몸의 치요코가 그물에 걸린 물고기처럼 팔딱팔딱 뛰고 있습니다.

인공 동산의 계곡 밑바닥에서 솟아나는 따뜻하고 향긋한 김 속에서 기괴한 불꽃놀이의 오색 무지개를 뒤집어쓴 채 격렬하게 엉키는 두 마리 짐승처럼 두 사람의 나체가 얽혀듭니다. 그 모습은 무서운 살인이 아니라 오히려 도취된 남녀가 알몸으로 추는 춤으로도 보였습니다.

쫓아가는 팔, 도망치는 살. 어떨 때는 밀착한 뺨과 뺨 사이에 짭짤한 눈물이 섞이고, 가슴과 가슴이 미친 듯 고동치는 박자에 맞추어 그 급류 같은 비지땀은 두 사람의 몸을 해삼 같은 질척질척한 것으로 풀어 가는 것처럼 보였습니다.

싸움이라기보다는 격렬한 놀이 같았습니다. '죽음의 유희'라는 것이 있다면 바로 그것이겠지요. 상대방의 배에 올라타고 그 가느다란 목을 조르고 있는 히로스케도, 남자의 탄탄한 근육 아래에서 버둥거리며 헐떡이고 있는 치요코도, 어느새 고통을 잊고 황홀한 쾌감, 뭐라 형용할 수 없는 기쁨에 빠져 가는 것이었습니다.

이윽고 치요코의 창백해진 손가락이 단말마의 아름다운 곡선을 그리며 몇 번인가 허공을 움켜쥐고, 그녀의 맑은 콧구멍에서 실 같은 끈적끈적한 피가 질척질척하게 흘러나왔습니다.

그리고 마침 그때, 마치 미리 짜기라도 한 것처럼 쏘아 올려진 불꽃놀이의 거대한 금색 꽃잎은, 검은 비로드의 하늘을 선명하게 가로질러 하계(下界)의 화원이나 샘, 거기에 엉켜 있는 두 개의 살덩어리를 쏟아져 내리는 금가루 속에 가두어 가는 것이었습니다. 치요코의 창백한 얼굴, 그 위에 흐르는 실처럼 가늘고 붉은 옻처럼 매끄러운 한 줄기의 피, 그것이 얼마나 고요하고도 아름답게 보였는지 모릅니다.

23

히토미 히로스케가 T시의 고모다 저택으로 돌아가지 않게 된 것은 그날부터였습니다. 그는 완전히 파노라마 나라의 주인으로서——이 미치광이 같은 왕국의 군주로서 앞바다 섬에서 영주(永住)하게 되었습니다.

"치요코는 이 파노라마 나라의 여왕님이야. 인간계에는 결코 두 번 다시 모습을 보이지 않을 테지. 자네는 이 섬에 있는 여러 모습의 나라를 보았나? 때로 치요코는 그 어지럽게 즐비한 나체상 중 한 명이 되어 있을 때도 있다네. 그렇지 않을 때는 바다 밑바닥의 인어나, 독사 나라의 뱀 부리는 사람이나, 화원에 흐드러지게 피어 있는 꽃의 정령일 때도 있고. 그리고 그런 놀이에도 질리면 이 장엄하고 아름다운 궁전 깊숙한 곳에서 비단 장막에 둘러싸인 영요영화(榮耀榮華)의 여왕님이 된다네. 이 낙원의 생활을 그녀가 어째서 좋아하지 않겠나? 그녀는 마치 옛날이야기의 우라시마 다로[35])처럼 시간을 잊고, 집을 잊고 이 나라의 아름다움에 도취되어 있는 걸세. 자네는 조금도 걱정할 것 없어. 자네의 사랑스러운 주인은 지금 행복의 절정에 있으니까."

치요코의 나이 든 유모가 주인의 안부를 염려하여 일부러 앞바다의 섬으로 그녀를 데리러 왔을 때, 히로스케는 섬의 지하를 뚫어서 지은 장엄하고 아름다운 궁전의 옥좌에 앉아, 마치 일국의 제왕이 그 신하를 접견하는 듯한 위엄 있는 의례(儀禮)로 이 늙은 유모를 놀라게 했습니다. 노모(老母)는 히로스케의 아름다운 말에 안도한 것인지, 아니면 그 자리의 거창한 광경에 압도된 것인지, 아무 대꾸도 하지 못하고 물러날 수밖에 없었습니다.

모든 것이 이런 식이었습니다. 치요코의 아버지에게는 진작부터 막대한 선물을 보내 두었고, 그 외의 친인척에게는 어떤 자에게는 경제상의 압박, 어떤 자에게는 그 반대로 아낌없는 선물을 보냈으며, 그리고 관청 쪽에 뇌물을 주는 등의 일이 가도타 노인을 통해 빈틈없이 실행되고 있었습니다.

한편 섬에 사는 사람들은 치요코 여왕의 모습을 엿볼 수조차 없었습니다.

그녀는 낮에도 밤에도, 지하 궁전 안쪽 깊숙한 곳, 히로스케의

---

35) 일본 각지에 남아 있는 용궁 전설 이야기. 줄거리는 다음과 같다. 우라시마 다로라는 어부가 아이들에게 괴롭힘을 당하고 있던 거북을 도와주었더니 거북이 그를 용궁으로 데려가고, 그는 그곳에서 온갖 환대를 받는다. 용궁의 공주는 며칠 후 우라시마 다로가 집으로 돌아가겠다고 하자 절대 열어서는 안 된다고 말하며 상자를 하나 주는데, 집으로 돌아와 보니 그가 알고 지내던 사람들은 아무도 없었다. 우라시마 다로가 상자를 열었더니 그도 노인으로 변하고 만다.

방 뒤쪽에 있는 무거운 장막의 그늘에 숨어 있고, 누구 한 사람 그 방에 들어가는 것이 금지되어 있었던 것입니다. 하지만 주인의 이상한 기호를 알고 있는 사람들은 필경 그 장막 안쪽에는 왕과 여왕만의 환락과 꿈의 세계가 감추어져 있을 거라고 실실 웃으며 수군거리는 정도일 뿐, 누구 한 사람 의심을 품는 사람도 없었습니다. 어쨌거나 섬에 사는 사람들은 몇 명의 남녀를 제외하고는 치요 코의 얼굴을 똑똑히 알고 있는 사람도 없었고, 어쩌다 지나가는 길에 여왕님의 모습을 본다 해도 그것이 과연 진짜 치요코인지 아닌지를 알아볼 힘도 없었습니다.

이렇게 해서, 거의 불가능했던 일이 이루어졌습니다.

히로스케는 고모다 집안의 막대한 재력으로 모든 어려움을 물리 치고, 모든 파탄을 얼버무릴 수 있었습니다. 지금까지 가난했던 친인척들이 순식간에 벼락부자가 되고, 비참했던 곡마단의 무용 수, 활동사진 여배우, 여자 가부키 배우들은 이 섬에서 일본 제일 의 명배우처럼 좋은 대우를 받았으며, 젊은 문사, 화가, 조각가, 건축사들은 작은 회사의 중역 정도쯤 되는 수당을 받고 있는 것입 니다. 설령 그것이 무서운 죄의 나라라고 해도, 그 사람들에게 어 찌 파노라마 섬을 버릴 용기가 있었겠습니까.

그리고 마침내 지상의 낙원은 찾아왔습니다.

유례없는 카니발의 광기가 섬 전체를 뒤덮기 시작했습니다. 화 원에 피어 있는 알몸의 여자들의 꽃, 온천 연못에 흐트러져 있는 인어 떼, 꺼지지 않는 불꽃놀이, 숨 쉬는 군상, 미친 듯이 춤추는 검은 철제 괴물, 곤드레만드레 취해 웃고 있는 주정뱅이 맹수들, 독사의 뱀 춤, 그 사이를 누비고 다니는 미녀의 연화대, 그리고 연화대 위에는 비단옷에 둘러싸인 이 나라의 왕, 히토미 히로스케의 미치광이 같은 웃는 얼굴이 있습니다.

섬 중앙에 완성된 커다란 콘크리트 원기둥에는 온통 푸른 덩굴이 기어 다니고, 그 사이를 이 또한 쇠로 만들어진 솔개 같은 나선계단이 빙글빙글 돌며 정상까지 이어져 있었습니다. 연화대는 때로는 그 나선계단을 기어오를 때도 있었습니다.

그곳 정상의 기괴한 버섯 모양 우산 위에서는 섬 전체를, 아득히 먼 바닷가까지 한눈에 둘러볼 수 있었습니다. 그 불가사의한 조망을 무엇에 비유하면 좋을까요. 하계(下界)의 모든 풍경은 나선계단을 오름과 함께 사라지고, 화원도 연못도 사람도, 그저 수 겹의 커다란 암벽으로 변해, 정상에서는 그것들의 붉은 암벽이 마치 한 송이 꽃의 각각의 꽃잎 모양으로 아득히 먼 바닷가까지 겹쳐 있는 것처럼 보였습니다.

파노라마 나라의 여행자는 여러 종류의 기괴한 풍경을 본 후에, 이 생각지도 못한 조망에 또다시 놀라지 않을 수 없을 것입니다. 그것은 비유하자면 섬 전체가 커다란 바다에 떠 있는 한 송이 장미 같다고 해야 할까요. 거대한 아편의 꿈처럼 진홍색 꽃이 하늘의 해님과 단둘이서 대등한 교제를 하고 있는 것입니다. 그 유례없는 단조로움과 거대함이 얼마나 불가사의한 아름다움을 자아내고 있었는지 모릅니다. 어느 여행자는 어쩌면 그의 머나먼 조상이 보았을, 그 신화의 세계를 떠올렸을지도 모르겠지만…….

그 멋진 무대에서 밤낮을 가리지 않고 벌어지는 광기와 음탕함, 난무와 도취의 환락경, 생사(生死)를 건 갖가지 유희들을 작자는 어떻게 말하면 좋을까요. 그것은 아마 독자 여러분의 모든 악몽 중에서 가장 황당무계하고, 가장 피투성이이고, 그리고 가장 아름 다운 것과 얼마쯤 통하고 있지 않을까 생각됩니다만.

24

독자 여러분, 이 한 편의 동화는 여기에서 드디어 대단원을 고해 야 하는 것일까요. 히토미 히로스케의 고모다 겐자부로는 이렇게 그가 백 살이 될 때까지 이 불가사의한 파노라마 나라의 환락에 빠져 살 수 있었을까요. 아니, 아니, 그렇지 않았을 것입니다. 고풍 스러운 이야기가 늘 그렇듯이, 클라이맥스 다음에는 카타스트로 프라는 희한한 것이 틀림없이 기다리고 있었을 것입니다.

어느 날, 히토미 히로스케는 문득 왜인지도 알 수 없는 불안에 사로잡혔습니다. 그것은 어쩌면 흔히들 말하는 승리자의 비애였 을지도 모르고, 끝없는 환락에서 온 일종의 피로였을지도 모릅니 다. 아니면 과거의 죄업에 대한 마음 깊은 곳의 공포가 살며시 그의 선잠의 꿈을 덮친 것이었을지도 모릅니다. 그러나 그러한 이유 외에, 어떤 한 남자가 그 남자의 신변을 감싸고 있는 공기와 함께 몰래 이 섬으로 가져온 이상한 흉조라고나 해야 할 만한 것이, 어쩌면 히로스케의 이 불안의 최대 원인이 아니었을까요.

"어이, 이보게, 저 연못 옆에 멍하니 서 있는 남자는 대체 누군가. 전혀 본 적이 없는 남자인데."

그는 처음에 그 남자를 화원의 온천 부근에서 발견했습니다. 그리고 옆에 가까이 있던 한 시인에게 이렇게 물었습니다.

"주인께서는 잊어버리셨습니까?"

시인이 대답하여 말했습니다.

"저자는 우리와 같은 문학자입니다. 두 번째로 고용하신 사람들 중 한 명이지요. 요전에 한동안 고향에 돌아갔다나 하면서 보이지 않더니, 아마 오늘 배편으로 돌아온 것이 아닐까요."

"아아, 그랬나? 그럼 이름은 뭐라고 하지?"

"기타미 고고로라고 했습니다."

"기타미 고고로, 나는 전혀 생각나지 않는데."

그 남자가 이상하게 기억에 남아 있지 않은 것도 무슨 흉조가 아니었을까요.

그 후로 히로스케는 어디에 있어도 기타미 고고로라는 문학자의 눈을 느꼈습니다. 화원의 꽃 속에서, 온천 연못의 김 맞은편에서, 기계의 나라에서는 실린더 그늘에서, 조각상의 정원에서는 군상 틈새로, 숲 속의 커다란 나무 그늘에서, 그는 언제나 히로스케의 일거일동을 바라보고 있는 것 같았습니다.

그리고 어느 날, 그 섬 중앙의 커다란 원기둥 그늘에서, 히로스케는 참다못해 마침내 그 남자를 붙들었습니다.

"자네는 기타미 고고로라고 했지. 내가 가는 곳에는 언제나 자네가 있는데, 이건 좀 이상한 것 같네만."

그러자 우울한 초등학생처럼 멍하니 원기둥에 기대어 있던 상대는 창백한 얼굴을 약간 붉히면서 공손하게 대답하는 것입니다.

"아니, 그건 분명 우연일 테지요. 주인장."

"우연? 아마 자네의 말이 맞겠지. 하지만 자네는 지금 거기에서 무슨 생각을 하고 있었나?"

"옛날에 읽은 소설을 생각하고 있었습니다. 매우 감명 깊은 소설이었지요."

"호오, 소설? 과연 자네는 문학자였지. 그건 누가 쓴 무슨 소설인가?"

"주인께서는 아마 모르실 겁니다. 무명작가의, 그것도 활자가 되지 않은 소설이니까요. 히토미 히로스케라는 사람의 'RA의 이야기'라는 단편소설입니다."

히로스케는 갑자기 옛날 이름을 불린 정도로 놀라기에는 너무나도 단련되어 있었습니다. 그는 상대의 의외의 말에 얼굴 근육 하나 움직이지 않고, 뿐만 아니라 예기치 않게 그의 옛 작품의 애독자를 발견했다는 불가사의한 기쁨마저 느끼면서, 그리운 듯이 말을 이었습니다.

"히토미 히로스케, 알고 있네. 동화 같은 소설을 쓰는 남자였는데, 그 사람은 내 학창 시절의 친구지. 친구라고 해도 친하게 이야기를 나눈 적도 없지만, 그래도 'RA의 이야기'라는 것은 읽지 못했네. 자네는 어떻게 그 원고를 손에 넣은 건가?"

"그렇군요, 그럼 주인의 친구였습니까? 이상한 일도 다 있네요. 'RA의 이야기'는 19XX년에 쓰인 것인데, 그 무렵에 주인은 이미 T시 쪽으로 돌아오신 후였으려나요?"

"돌아와 있었지. 그 이 년쯤 전에 헤어진 것을 마지막으로, 히토미와는 전혀 연락이 되지 않았네. 그래서 그가 소설을 쓰기 시작한 것도 잡지 광고로 알았을 정도지."

"그럼 학생 시절에도 별로 친한 편은 아니셨습니까?"

"뭐, 그렇지. 교실에서 얼굴을 보면 인사를 나누는 정도의 사이였네."

"저는 이곳에 오기 전까지 도쿄의 K잡지 편집국에 있었습니다. 그 인연으로 히토미 씨를 알게 되었고 미발표 원고도 읽은 건데, 이 'RA의 이야기'라는 건 저는 실로 걸작이라고 생각합니다. 하지만 편집장님이 지나치게 농염한 묘사에 신경을 쓰는 바람에 그만 묵살되고 말았지요. 그도 그럴 것이 히토미 씨는 아직 신출내기 작가였으니까요."

"그거참 아까운 일이로군. 그런데 히토미 히로스케는 요즘은 뭘 하고 있나?"

히로스케는 "이 섬에 불러와도 좋은데"라고 덧붙이고 싶은 것을 간신히 참았습니다. 그만큼 그는 그 자신의 옛 악행에 대해서는 자신이 있었고, 지금은 완전히 고모다 겐자부로가 되어 있다고 생각하고 있기 때문이었습니다.

"아직 모르시는 모양이군요."

기타미 고고로는 감개 깊은 듯이 말했습니다.

"그 사람은 작년에 자살하고 말았습니다."

"호오, 자살을?"

"바다에 빠져 죽었지요. 유서가 있었기 때문에 자살이라는 걸 알 수 있었고요."

"무슨 일이 있었나?"

"아마 그렇겠지요. 저는 모르지만. ……그건 그렇고 이상한 건, 주인장과 히토미 씨가 마치 쌍둥이처럼 꼭 닮았다는 겁니다. 저는 처음 이곳에 왔을 때, 혹시 히토미 씨가 이런 곳에 숨어 있었던 건 아닌가 하고 깜짝 놀랐을 정도였어요. 물론 주인장도 그건 알고 계시겠지요."

"자주 놀림을 받곤 했지. 신이 터무니없는 장난을 하셨나 보네."

히로스케는 자못 쾌활하게 웃어 보였습니다. 기타미 고고로도 이상하게 보이지 않도록 그를 따라 웃었습니다.

폭풍 전과 같은, 불쾌하게 조용하고 바람이 전혀 불지 않는, 그러면서도 섬 주위에는 파도가 짐승처럼 으르렁거리며 기분 나쁘게 거품을 내고 있는 듯한 날씨였습니다.

그늘이 없는 커다란 원기둥은 낮게 드리운 검은 구름에 악마의 계단처럼 우뚝 서 있고, 사람이 다섯 명은 둘러서야 껴안을 수 있는 그 기둥 아래쪽에 작은 두 명의 인간이 멍하니 서서 이야기를 하고 있었습니다. 평소에는 알몸인 여자들의 연화대에 타고 있거나 아니면 몇 명의 종자를 거느리고 있을 히로스케가, 이날따라 혼자서 이곳에 온 것도, 일개 고용인에 지나지 않는 기타미 고고로와 이렇게 긴 이야기를 시작한 것도, 이상하다면 이상한 일이었습니다.

"정말 꼭 닮았습니다. 게다가 닮은 것으로 치자면, 묘한 것이 더 있지요."

기타미 고고로는 점점 끈적끈적하게 이야기하기 시작했습니다.

"묘하다니?"

히로스케도 왠지 이대로 헤어져 버릴 마음은 들지 않았습니다.

"방금 말씀드린 'RA의 이야기'라는 소설 말입니다. 그런데 주인께서는 혹시 히토미 씨한테서 그 소설의 줄거리 같은 것을 들으신 적은 없으신지요?"

"아니, 그런 일은 없네. 아까도 말했다시피 히토미와는 그저 같은 학교에 다닌 것에 지나지 않아. 다시 말해서 교실에서나 알고 지낸 사이니까, 한 번도 깊이 이야기를 나눈 적이 없다네."

"정말인가요?"

"자네는 이상한 사람이군. 내가 거짓말을 할 이유도 없지 않은가."

"하지만 당신은 그렇게 딱 잘라 말해 버려도 괜찮으십니까? 혹시 후회하실 만한 일은 없으십니까?"

이 기타미의 이상한 충고를 듣고, 히토미는 왠지 오싹하지 않을 수 없었습니다. 하지만 그것이 무엇인지, 잘 알고 있는 것을 통째로 잊어버린 것처럼 이상하게도 생각나지 않습니다.

"자네는 대체 무슨……."

히로스케는 말하려다가 갑자기 입을 다물었습니다. 어렴풋이 어떤 것을 알게 되기 시작한 것입니다. 그의 얼굴은 창백해지고, 호흡은 가빠지고, 겨드랑이 아래로 차가운 것이 흘렀습니다.

"보십시오, 조금씩 아실 것 같지요? 저라는 사람이 무엇 때문에 이 섬에 온 것인지."

"모르겠네, 자네가 하는 말은 조금도 모르겠어. 미치광이 같은 이야기는 그만두게."

그리고 히로스케는 또 웃었습니다. 그러나 그것은 마치 유령의 웃음소리처럼 힘없는 것이었습니다.

"모르시겠다면 말씀드리지요."

기타미는 조금씩 종자의 절도를 잃어 가는 것처럼 보였습니다.

"'RA의 이야기'라는 소설의 몇몇 장면과 이 섬의 풍경이 완전히 똑같다는 겁니다. 그건 마치 당신이 히토미 씨와 꼭 닮은 것처럼 꼭 닮았어요. 만일 당신이 히토미 씨의 소설도 읽지 않고 이야기도 듣지 않으셨다면, 이 이상한 일치는 어떻게 일어난 것일까요. 우연이라기에는 너무나도 일치하거든요. 이 파노라마 섬의 창작은 'RA의 이야기'의 작자와 조금도 다르지 않은 사상과 취향을 가진 사람이 아니면 불가능합니다. 아무리 당신과 히토미 씨가 얼굴 생김새가 닮았다고 해도, 사상까지 완전히 동일하다는 건 너무 이상하지 않습니까? 저는 지금 그걸 생각하고 있었습니다."

"그래서 어쨌다는 건가?"

히로스케는 숨을 죽이고 상대의 얼굴을 노려보았습니다.

"아직도 모르시겠습니까? 다시 말해서 당신은 고모다 겐자부로가 아니라 그 히토미 히로스케가 틀림없다는 겁니다. 만일 당신이 'RA의 이야기'를 읽거나 들었다면, 그것을 흉내 내어 이 섬의 풍경을 만들었다고 변명할 수도 있었겠지요. 하지만 당신은 지금, 그 단 하나의 도망칠 길을 스스로 막아 버리신 게 아닙니까?"

히로스케는 상대의 교묘한 덫에 걸렸다는 것을 깨달았습니다. 그는 이 대사업에 착수하기 전에 일단 자작 소설류를 점검해 특별히 화근을 남길 만한 것이 없다는 것을 확인해 두었지만, 묵살된 투서 원고까지는 알아채지 못한 것입니다. 'RA의 이야기'라는 소설을 쓴 것조차 거의 잊고 있었을 정도입니다. 이 이야기의 처음에도 말했다시피, 그는 쓰는 원고마다 족족 대개는 묵살당하는 가엾은 글쟁이였으니까요.

하지만 지금 기타미의 말을 듣고 생각해 보면, 그는 분명히 그런 소설을 썼습니다. 인공 풍경의 창작이라는 것은 그의 다년간의 꿈이었으니 그 꿈이 한편으로는 소설이 되고, 한편으로는 그 소설과 조금도 다르지 않은 실물로 나타난다고 해도 조금도 이상할 것은 없었습니다. 그렇게 생각에 생각을 거듭한 그의 계획에도 역시 실수가 있었던 것입니다. 그것이 하필이면 몰서(沒書)가 된 원고였다니, 그는 원통하기 짝이 없는 기분이었습니다.

'아아, 이제 다 틀렸구나. 결국 이 녀석 때문에 정체가 탄로 난 것인지도 몰라. 하지만 잠깐. 이 녀석이 쥐고 있는 것은 고작해야 한 편의 소설이 아닌가. 아직 주저앉기에는 이르다, 이 섬의 풍경이 타인의 소설과 닮아 있었다고 해도, 그게 꼭 범죄의 증거는 되지 않을 거야.'

히로스케는 잠깐 사이에 마음을 정하고, 느긋한 태도를 되찾을 수 있었습니다.

"하하하하……, 자네도 시시한 고생을 하는 사람이로군. 내가 히토미 히로스케라고? 뭐, 히토미 히로스케라도 전혀 상관은 없겠지만, 아무래도 나는 고모다 겐자부로가 틀림없으니 어쩔 수 없어."

"아니, 제가 쥐고 있는 증거가 그것뿐이라고 생각하신다면 큰 착각입니다. 저는 전부 다 알고 있어요. 알고 있지만, 당신 자신의 입으로 자백하게 하려고 이런 번거로운 방법을 취한 것입니다. 갑자기 경찰 사태로 만들고 싶지 않은 이유가 있었으니까요. 저는 당신의 예술에는 진심으로 감복하고 있거든요. 아무리 히가시코지 백작 부인의 부탁이라고 해도, 이 위대한 천재를 속세의 법률에 함부로 처벌받게 하고 싶지는 않기 때문입니다."

"그럼 자네는 히가시코지가 보낸 사람이로군."

히로스케는 그제야 의미를 깨달을 수 있었습니다. 겐자부로의 누이동생과 이어져 있는 히가시코지 백작이라는 사람은, 수많은 친족 중에서 금전의 힘으로도 마음대로 할 수 없었던 단 한 명의 예외였습니다. 기타미 고고로는 그 히가시코지 부인의 부하가 틀림없습니다.

"그렇습니다. 저는 히가시코지 부인의 의뢰를 받고 온 사람입니다. 평소 고향 분과는 거의 교제가 없는 히가시코지 부인이 멀리서 당신의 행동을 감시하고 있었다니, 당신도 의외겠지요."

"아니, 누이가 내게 터무니없는 의심을 갖고 있다는 게 의외일세. 만나서 이야기해 보면 알 수 있는 일일 텐데."

"그런 말씀을 해 봤자, 이제 와서 무슨 소용이 있겠습니까? 'RA의 이야기'는 제가 당신을 의심하기 시작한 계기에 지나지 않고, 진짜 증거는 따로 있는데요."

"그럼 그걸 들어 보지."

"예를 들면 말입니다."

"예를 들면?"

"예를 들면 이 콘크리트 벽에 붙어 있는 한 개의 머리카락이지요."

기타미 고고로는 그렇게 말하며, 옆에 있는 커다란 원기둥의 표면을 덮고 있는 덩굴을 헤치고 그 사이로 보이는 하얀 기둥 표면에서 우담화처럼 돋아 있는 한 올의 긴 머리카락을 보여 주었습니다.

"당신은 아마 이것이 무엇을 의미하는지 아시겠지요. ……이런, 그건 안 됩니다. 당신의 손가락이 방아쇠에 닿기 전에, 보십시오. 제 총알이 먼저 날아갈 겁니다."

기타미는 그렇게 말하며 오른손에 들고 있는 빛나는 것을 들이 댔습니다. 히로스케는 주머니에 손을 넣은 채 돌처럼 굳은 듯이 움직이지 못합니다.

"저는 얼마 전부터 이 한 올의 머리카락에 대해서 생각하고 있었습니다. 그리고 지금 당신과 이야기하고 있는 사이에, 겨우 진상을 알아챌 수 있었지요. 이 머리카락 한 올만 뚝 떨어져 있는 것이 아니라, 안쪽에서 무언가와 이어져 있다는 것도 확인할 수 있었습니다. 그럼 지금 그것을 확인해 볼까요."

기타미 고고로는 그렇게 말하는가 싶더니, 어느새 준비해 둔 것인지 커다랗고 끝이 뾰족한 망치를 꺼내 머리카락 아랫부분을 향해서 힘껏 내리쳤습니다. 이윽고 단단한 콘크리트에 금이 가고, 구멍이 뚫릴 때까지 계속 내리쳤지요. 그러자 그 망치 끝을 따라 반쯤 응고된 독살스럽고 끈적끈적한 피가, 아마도 죽은 미인의 심장에서 끈적하게 흘러나와, 순식간에 하얀 콘크리트의 표면에 선명한 한 송이 모란꽃이 피었습니다.

"파내 볼 것까지도 없지요. 이 기둥에는 인간의 시체가 숨겨져 있습니다. 당신의, 아니, 고모다 겐자부로 씨의 부인 시체가."

유령처럼 창백해져서 당장에라도 그 자리에 주저앉을 것 같은 히로스케를 한 손으로 부축하면서, 기타미는 평탄한 말투로,

"물론 저는 이 한 올의 머리카락에서 모든 것을 추측한 건 아닙니다. 히토미 히로스케가 고모다 겐자부로로 둔갑하기 위해서는, 고모다 부인의 존재가 최대의 장애가 틀림없다는 점을 깨달은 것

이지요. 그래서 당신과 부인의 사이를 주의 깊게 관찰하고 있었는데, 문득 부인의 모습이 우리들의 시야에서 사라져 버리는 일이 일어났습니다. 다른 사람은 속일 수 있어도 저를 속일 수는 없어요. 이것은 분명히 당신이 부인을 살해한 겁니다. 살해했으니 시체를 숨긴 장소가 필요했을 테지요. 당신 같은 분은 어떤 장소를 고를까요. ⋯⋯.

그런데 제게는 다행스럽게도, 이것도 당신은 잊어버리셨을지도 모르지만, 'RA의 이야기'에 그 숨긴 장소가 틀림없이 암시되어 있었거든요.

그 소설에는 RA라는 남자가 그의 변태적인 취향 때문에 콘크리트의 커다란 원기둥을 세울 때, 옛날의 다리 공사 전설을 흉내 내어(소설이니까 사람은 죽이는 것은 자유자재입니다) 필요도 없는데 그 콘크리트 속에 한 여자를 인신 공양으로 생매장하는 장면이 적혀 있었습니다.

혹시나 싶어 부인이 이 섬에 오신 날을 꼽아 보니, 마침 이 원기둥에 판자 울타리가 생기고, 시멘트를 부어 넣기 시작했을 무렵이라는 것을 알 수 있었어요. 실로 안전한 곳이지요. 당신은 그저, 사람이 없을 때를 노려 발판 위까지 시체를 안아 올려서, 판자 울타리 안으로 떨어뜨리고 그 위로 두세 컵의 시멘트를 흘려 두기면 하면 되었으니까요.

하지만 부인의 머리카락이 딱 한 올 콘크리트 밖으로 삐져나와 있었던 걸 보면, 범죄에는 뭔가 생각지 못한 어긋남이 생기는 법이 아닐까요."

이제 히로스케는 맥없이 주저앉아, 원기둥의 치요코의 끈적끈적한 피 부근에 기대어 있었습니다. 기타미 고고로는 그 비참한 모습을 가엾다는 듯이 바라보면서, 생각하고 있던 것을 숨기지 말고 마저 말해 버리자고 생각하였습니다.

"그걸 뒤집어 보면, 결국 당신이 부인을 살해해야만 했다는 것은 즉 당신이 고모다 겐자부로가 아니었다는 뜻입니다. 아시겠습니까? 이 부인의 시체가 아까 말한 증거 중 하나입니다.

물론 그것만은 아니에요. 저는 또 하나 가장 중대한 증거를 쥐고 있습니다. 아마 이미 아실 것 같지만, 그건 다름 아닌 고모다 집안의 위패를 모신 절의 묘지에 있습니다.

사람들은 그의 무덤에서 시체가 사라지고 다른 곳에 고모다 씨와 꼭 닮은 살아 있는 인간이 나타난 것을 보고, 금세 고모다 씨가 되살아난 것이라고 믿어 버렸습니다. 하지만 관 안에서 시체가 없어졌다고 해도 반드시 그 시체가 되살아났다고는 할 수 없어요. 시체는 다른 곳으로 옮겨진 것일지도 모르니까요. 다른 장소, 그건 가장 가까운 곳에 몇 개나 되는 관이 묻혀 있으니, 시체를 꺼낸 사람이 그것을 어딘가에 숨기려고 한다면 그 옆에 있는 관만큼 편리한 곳은 없습니다.

참으로 교묘한 마술이 아닙니까. 고모다 겐자부로의 무덤 옆에는 겐자부로의 조부에 해당하는 사람의 관이 묻혀 있는데, 거기에는 지금 당신의 배려 있는 조치로 할아버지와 손자가 뼈와 뼈끼리 마주 안고 사이좋게 잠들어 있습니다."

기타미 고고로가 거기까지 이야기했을 때, 무너져 있던 히토미 히로스케는 갑자기 벌떡 일어나 기분 나쁘게 웃기 시작했습니다.

"하하하……, 아니, 당신은 용케도 조사했군요. 그렇습니다. 조금도 틀린 데가 없어요. 하지만 사실을 말하면, 당신 같은 명탐정을 번거롭게 할 것까지도 없이 나는 이미 파멸에 직면해 있었습니다. 늦느냐 빠르냐의 차이만 있을 뿐이에요. 아까는 나도 깜짝 놀라서 당신에게 무력으로 대항하려고까지 했지만, 다시 생각해 보면 그런 짓을 한다 해도 고작해야 보름이나 한 달 동안 지금의 환락을 연장할 수 있을 뿐입니다. 그게 뭐 어때서요. 나는 이미 만들고 싶은 것을 다 만들었고, 하고 싶은 일을 다 했습니다. 여한은 없어요. 깨끗하게 원래의 히토미 히로스케로 돌아가, 당신이 시키는 대로 하도록 하지요. 털어놓자면, 어지간한 고모다 집안의 자산도 앞으로 한 달 동안 이 생활을 지탱할 정도밖에 남아 있지 않거든요. 하지만 당신은 아까 나 같은 남자를 법률이 함부로 처벌하게 하고 싶지 않다고 하셨던 것 같은데요. 그건 무슨 뜻입니까?"

"고맙군요. 그렇게 물어봐 주기를 저도 바라고 있었습니다. ……그 뜻 말인데, 그건 경찰의 손 같은 걸 빌리지 말고 깨끗하게 해결해 주셨으면 좋겠다는 겁니다. 이건 히가시코지 백작 부인의 분부는 아닙니다. 역시 예술에 종사하는 한 사람으로서, 제 개인의 바람이지요."

"고맙습니다. 저도 감사 인사를 드리지요. 그럼 한동안 제가 마음대로 하도록 놓아둬 주시겠습니까? 삼십 분 정도면 되는데요."

"좋고말고요. 섬에는 수백 명이나 되는 당신의 종자가 있지만, 당신이 무서운 범죄자라는 것을 알면 설마 당신 편을 들 리도 없을 테고, 또 같은 편을 모아서 나와의 약속을 허사로 만들 당신도 아니니까요. 그럼 저는 어디에서 기다리고 있으면 될까요?"

"화원의 온천 연못 있는 데서."

히로스케는 그런 말을 남기고, 커다란 원기둥 맞은편으로 사라져 보이지 않게 되고 말았습니다.

25

그로부터 십 분쯤 후, 기타미 고고로는 수많은 알몸의 여자들에게 섞여 온천탕의 향기로운 김 속에 몸을 반쯤 담그고, 느긋한 기분으로 히로스케가 오기를 기다리고 있었습니다.

하늘은 역시 온통 검은 구름에 덮여 있고, 바람은 없었습니다. 시야 가득 펼쳐진 꽃이 핀 산은 은회색으로 잠들어 있고, 온천에는 잔물결도 일지 않았습니다. 거기에서 목욕하는 수십 명의 알몸인 여자들마저 마치 죽은 것처럼 입을 꼭 다물고 있습니다. 기타미의 눈에는 그 전체의 풍경이 무언가 우울한 천연 압화처럼도 보였습니다.

그리고 십 분, 이십 분, 지나가는 시간이 얼마나 길게 느껴졌는지요. 언제까지나 움직이지 않는 하늘, 꽃이 핀 산, 어두운 온천, 알몸의 여자들, 그리고 그것들을 담은 꿈 같은 회색.

그러나 이윽고 사람들은 온천 한쪽 구석에서 쏘아 올려진 때아닌 불꽃놀이 소리에 깜짝 놀라 제정신으로 돌아와, 다음 순간 하늘을 올려다보고 거기에 피어난 빛의 꽃의 아름다움에 다시 감탄의 소리를 지르지 않을 수 없었습니다.

그것은 평소 불꽃놀이의 다섯 배 정도 크기로, 그 때문에 거의 하늘 가득 퍼져 하나의 꽃이라기보다는 모든 꽃을 모아 한 송이로 만든 듯한 오색의 꽃받침이 되어, 마치 만화경처럼 쏟아지며 그 색과 모양을 팔랑팔랑 바꾸면서 더욱 넓게 퍼져 가는 것이었습니다.

밤의 불꽃놀이도 아니고, 그렇다고 해서 낮의 불꽃놀이와도 달랐습니다. 검은 구름과 은회색 배경에 오색의 빛이 수상한 무광택이 되고, 그것이 시시각각 면적을 넓히면서 공중에 매달려 있는 천장처럼 천천히 내려오는 모습은 참으로 영혼마저 사라질 듯한 광경이었습니다.

그때, 기타미 고고로는 어질거릴 듯한 오색의 빛 아래에서 문득 알몸인 여자들의 얼굴과 어깨에 피어나는 붉은색의 물거품을 보았습니다.

처음에는 피어오르는 김의 물방울에 불꽃놀이의 색깔이 비친 것인가 하고 그대로 보아 넘겼지만, 이윽고 붉은색 물거품은 더욱더 격렬하게 쏟아져 내려 그 자신의 이마나 뺨에도 이상할 정도로 따뜻한 물방울이 떨어져 내리는 것이 느껴졌습니다. 그것을 손으로 만져보니 붉은 물방울, 사람 핏방울이 틀림없었습니다. 그리고 그 눈앞의 온천탕 표면에 둥실둥실 떠 있는 것을 자세히 보니, 무참하게 찢긴 인간의 손목이 어느새 거기에 떨어져 있었습니다.

기타미 고고로는 그처럼 피비린내 나는 광경 속에서도 이상하게 소란을 피우지 않는 알몸의 여자들을 수상하게 생각하면서, 그 또한 그대로 움직이지도 않고 온천의 둔덕에 머리를 가만히 기대고 멍하니 그의 가슴 언저리에 떠 있는 생생한 손목의, 꽃처럼 새빨갛게 잘린 자국을 들여다보고 있었습니다.

그렇게 해서 히토미 히로스케의 사지는 불꽃놀이와 함께 산산조각으로 부서져, 그가 창조한 파노라마 나라의 각각의 풍경 구석구석까지 피와 살덩어리의 비가 되어 쏟아져 내린 것이었습니다.

일인이역
一人二役

인간은 지루해지면 무슨 짓을 시작할지 알 수 없는 법이지.

내 지인 중에 T라는 남자가 있었어. 판에 박은 듯한 무직의 한량이지. 돈이 그렇게 많은 건 아니지만 우선 먹고사는 데는 곤란하지 않아. 피아노와 축음기, 댄스, 연극, 활동사진, 그리고 유곽 거리, 그 언저리를 빙글빙글 돌며 사는 듯한 남자였지.

그런데 불행하게도 이 남자에게는 아내가 있었어. 그런 종류의 인간에게 집사람이라니, 아니, 웃을 일이 아니야. 참으로 불행하다고 해야겠지. 아니, 정말로 말이야.

별로 싫어했다고 할 정도는 아니지만, 그렇다고 해서 물론 마누라만으로 만족할 T가 아니야. 여기저기, 천한 여자들을 찾아다녔어. 말할 것까지도 없이, 마누라는 질투를 하지. 그게 또 T에게는 버리기 어려운 약간의 묘한 즐거움이기도 했던 거야. 무엇보다 T의 마누라라는 여자가 꽤나, T 따위에게는 아까울 정도로 미인이어서 말이지. 그 정도로의 마누라에게도 만족하지 않을 T이니 부근에 흔하게 있는 창녀 중에 이렇다 할 상대를 찾지 못할 리도 없지만, 그게 지루한 거야. 정력 과잉으로 곤란한 것도 아니고, 사랑을 찾는 것도 아니야. 그냥 지루한 거지. 차례차례 다른 여자를 만나다 보면, 거기에 얼마쯤 색다른 맛이 있는 게지. 또 어쩌다가 엄청나게 진귀한 것이 없는 것도 아닐 거야. T의 놀이는 대개 그런 뜻을 갖고 있는 것이었어.

자, 그 T가 말이야, 이상한 짓을 시작했다는 얘기야. 그게 실로 기상천외하다네. 유희도 이쯤 되면 좀 굉장해지지.

누구나 느끼는 것이겠지만, 자기 마누라가 자기 이외의 남자를, 다시 말해서 정부(情夫)를 만날 때의 모습을 엿보면 자못 이상한 맛이 있겠지, ……아니, 실제로 그런 일을 당한다면 견딜 수 없지만, 그냥 문득 그런 호기심이 일어날 때가 있어. T의 그 기행의 동기도 아마 대부분은 그런 호기심이었던 것이 틀림없어. T 자신은 그의 방탕 삼매에 대한 아내의 질투를 막는 수단이라고 칭하고 있었지만 말이야.

그래서 그가 무슨 짓을 했느냐 하면, 어느 날 밤, 머리에서 발끝까지 완전히 밖에서 조달한 새 옷을 입고, 코 밑에는 살짝 가짜 수염까지 붙이고, 다시 말해서 가벼운 변장을 한 것이지. 그리고 자기 것이 아닌, 대충 지어낸 이니셜을 새긴 은 시가렛 케이스를 소맷자락에 숨기고, 아무렇지도 않은 척 자택으로 돌아간 거야.

아내는 T가 평소처럼 어디에선가 밤을 새우고 귀가한 거라고 철석같이 믿었어. 아니, 그건 당연한 일이지만, 그러니까 T의 변장을 조금도 알아채지 못한 거야. 늦은 밤에 잠에 취한 눈으로 보았으니 그것도 무리는 아니지. T 쪽에서도 충분히 조심해서 새 기모노의 줄무늬 같은 것도 이전부터 있는 것과 헷갈릴 만한 것을 골랐고, 가짜 수염은 잠자리에 들 때까지 손바닥이나 손수건 같은 것으로 숨겼어. 그래서 결국 T의 이 기묘한 계획은 보기 좋게 멋지게 성공한 것이지.

그들 부부는 전등을 끄고 자는 습관이 있어서, 캄캄한 어둠 속에서 T는 간신히 수염을 가린 손을 내려놓을 수 있었어. 그러나 결국, 당연한 일이지만 이상한 감촉이 부인을 깜짝 놀라게 한 거야.

"어머나, ⋯⋯⋯⋯⋯."

아내가 귀여운 비명을 지른 것은, 결코 무리도 아니야. 동시에 T로서는 여기가 가장 어려운 부분이지. 그는 아내가 수염의 존재를 알아본 것을 알고, 재빨리 방향을 바꾸어 두 번 다시 수염을 만지지 못하도록 이불을 뒤집어쓰고 쿨쿨 코 고는 소리를 내기 시작했어.

여기에서 아내가 수상하게 여기고 끝까지 꼬치꼬치 캐물으려고 한다면 T의 계획은 완전히 끝장났을 거야. 코 고는 소리를 내면서, 그도 움찔거리고 있었다고 하더군. 하지만 아내는 의외로 느긋한 사람이라, 뭔가 착각했다고 생각하기라도 했는지 그대로 가만히 있었어. 잠시 기다리고 있자니 새액새액 부드럽게 숨 쉬는 소리가 들려왔어. 이제 다 된 거지.

거기에서 T는 아내가 충분히 잠들었을 때를 보아 살며시 잠자리

안에서 기어 나왔어. 재빨리 기모노를 입고는 그 은 시가렛 케이스만을 베갯맡에 남기고 소리가 나지 않도록 집에서 빠져나와, 그것도 제대로 된 입구로 나온 것이 아니라 정원의 담을 넘었지. 그 시간에는 이미 차 같은 것은 없어서 터벅터벅, 수십 정(町)을, 늘 가는 요정까지 걸어갔어. 참 엉뚱한 남자도 다 있지.

그리고 다음 날 아침이 되었어. 아내가 잠에서 깨어 보니, 같이 자고 있는 줄 알았던 남편이 온데간데없어서 적잖이 놀랐지. 집 안을 온통 찾아보았지만 어디에도 없는 거야. 잠꾸러기 남편이 이렇게 아침 일찍 외출할 리도 없어 묘하다고 생각하면서, 문득 베갯맡의 시가렛 케이스를 알아챈 거야. 전혀 눈에 익지 않은 물건이었지. 남편이 늘 갖고 다니는 것과는 달랐어. 그래서 집어 들고 살펴보니, 전혀 짚이는 데가 없는 이니셜이 새겨져 있는 거야. 안에 든 궐련까지도 남편이 항상 피우는 것과는 달랐어. 남편이 어디에선가 잘못 가져온 건가도 생각해 보았지만, 글쎄, 뭔가 납득이 가지 않았어. 그러자 생각나는 것은 어젯밤의 수염에 관한 것이었지. 아내는 얼마나 걱정을 했을까.

그때 T가 어젯밤에 집을 비운 것이 거북하다는 듯한, 얌전한 얼굴로 돌아왔어. 물론 복장은 어제 집을 나갔을 때와 똑같이 갈아입었고, 가짜 수염도 붙이지 않았지. 평소 같으면 아내도 가만두지 않았겠지만, 오늘은 그럴 때가 아니었어. 그녀에게 엄청난 걱정거리가 있었거든. 묘하게 입을 꾹 다물고, T는 다실로 들어가고 아내는 새파란 얼굴로 뒤를 따라오는 식이었어.

잠시 지나자 아내가 머뭇머뭇 물었지.

"이 담뱃갑, 어디에선가 바꿔 가지고 오신 거 아니에요?"

말할 것까지도 없이, 그 은으로 된 시가렛 케이스였어.

"아니, 그거 웬 거야?"

하고 T가 시치미를 떼었더니,

"하지만" 하고 약간 애교를 떨며, "어젯밤에 당신이 가지고 집에 오셨잖아요."

"헤에에" 하고 T는 더욱 시치미를 떼며, "하지만 내 건 이것 봐, 여기에 분명히 갖고 있어. 게다가 무엇보다 내가 어젯밤에 집에 들어왔다고?" 여기에서 약간 어조를 높였어. 이 한마디로 아내를 화들짝 놀라게 하는 것이지.

이렇게 라쿠고 배우처럼 대화를 끼워 넣는 데 빈틈이 없으니, 일문일답을 되풀이한 후, 결국 아내가 어젯밤의 일을 털어놓아 버리게 되었어.

거기에서 T는 이상하다는 듯한 얼굴을 해 보이며, 그런 바보 같은 일이 있을 리가 없다, 자신은 어젯밤에 XX 집에서 누구누구와 하룻밤 내내 술을 마시며 지새웠으니 뭣하면 그 남자한테 물어보라고 말했어. 이것이 결국 탐정소설의 말로 하자면 알리바이지. 그건 미리 부탁을 해 둔 것이었어. 어? 내가 그 알리바이를 권했느냐니, 아니, 아니야, 아니야.

"당신 꿈이라도 꾼 거 아니야?" "아니, 절대로 꿈이 아니에요. 꿈이 아니었던 증거로, 이렇게 담뱃갑이 남아 있어요." "글쎄, 옛날 책에서 이혼병(離魂病)이라는 걸 보았는데, 설마 지금 시대에 그런 일도 없겠지만. 그 이혼병이라는 건 말이지, 한 인간의 모습이 둘로 나뉘어서 동시에 서로 다른 장소에서 서로 다른 행동을 한다는 거야. 아니, 약간 괴담처럼 보이는 그런 이야기를 하면서, 당신 실은 몰래 다른 남자를 끌어들이고 있는 건 아닌가?" 하고 위협해 보았지. 그것이 또 T에게는 참으로 유쾌해서 참을 수 없었다고 하니 곤란한 노릇이야.

하지만 어쨌든 그날은 유야무야 끝나 버렸어. 물론 한 번으로는 부족했지. T의 계획으로는 그 짓을 여러 차례 계속해서 되풀이할 생각이었던 거야.

두 번째는 조금 걱정이 되었어. 아내가 지난번에 넌더리를 낸 적이 있었으니 괜히 변장하고 가면 소란이 일어나지는 않을까 했던 거지. 그래서 이번에는, 집에 들어갈 때는 변장도 하지 않고 수염도 붙이지 않고 갔어. 그리고 전등을 끄고 잠자리에 들어, 아내가 이제 잠이 들려고 꾸벅꾸벅 졸기 시작했을 때를 보아 아주 잠깐 그 수염의 감촉을 느끼게 하고, 그리고 잠들어 버린 것을 확인하고는 역시 지난번과 똑같이 이니셜을 수놓은 손수건을 남겨 두고 집을 빠져나간다는 계획이었어. 그런데 놀랍게도 그것이 또 멋지게 성공하지 않았겠나. 이튿날 아침의 상황은 지난번과 비슷했어. 다만 아내의 얼굴이 한층 더 창백해지고 T의 질투 연기가 더욱 심해진 정도의 양상이었다네.

그리고 세 번째가 되고, 네 번째로 반복되어 감에 따라 T의 연기는 더욱더 능숙해져, 이제 아내에게는 담뱃갑이나 손수건의 이니셜을 가진 남자가 실제로 존재하는 인물이 되기 시작했어. 하지만 그와 동시에 묘한 일이 일어나기 시작했지 뭔가. 지금까지는, 뭐 말하자면 웃기는 이야기에 지나지 않지만 여기서부터는 이야기가 묘하게 딱딱해지기 시작하거든. 인간의 마음이 얼마나 미덥지 못한, 그리고 또 불가사의한 것인가 하는 식의, 약간은 생각하게 만드는 무언가를 내포하고 있단 말이지.

처음 일어난 변화는 아내 쪽에 있었어. 그 정숙한 여자로 유명했던 아내가 말이야, 여자는 참으로 알 수 없는 존재이지 뭔가. 변장한 쪽의 T에 대해서, 분명히 T 이외의 남자라고 믿으면서도 어떤 호의를 보이기 시작한 거야. 이런 심리는 꽤 이상한 것이지만 옛날 책 같은 데서 자주 그 예를 볼 수 있지. 말하자면 그것은 누구인지도 모르는 남자와 밤마다 만나는, 아마도 그녀에게는 일종의 동화였던 것이 아닐까.

또한 그녀는 변장한 T가 그때마다 남기고 가는 증거품을 남편인 T에게 숨기게 되었어. 그뿐만 아니라 다른 한편으로는, 변장한 T에 대해서 남편과는 다른 사람이라고 의식하면서도 죄를 속삭이게 되었지. "당신이 어디 사는 누구신지, 그 낯선 당신이 어째서 저의 집에 와 주시는 건지, 저는 조금도 몰라요. 하지만 당신의 친절함을, 이제 저는 잊기 힘들게 되고 말았어요. 당신이 오시지 않는 밤이 쓸쓸하게 느껴지기까지 하고요. 이다음에는 언제 와 주실 건가요?" 그런 아내의 변심(이라기에는 조금 이상하지만)을 알았을 때의 T의 심정은, 실제로 뭐라고 형용할 수 없는 희한한 것이었을 게 틀림없어.

한편으로 보면 이것은 T의 처음 의도가 완전하게 이루어진 것이었어. 이렇게 해서 아내 쪽에 큰 약점이 생기게 되면, 그의 방탕은 막상막하란 말이지. 결코 아내에 대해서 열등감을 느낄 필요는 없어지게 되는 거야. 그러니 그의 계획으로 말하자면 이쯤에서 이 묘한 유희를 그만두고, 변장한 그 자신을 영원히 이 세상에서 장사지내 버리면 될 거야. 그렇게 하면, 원래 실존하지 않는 인물이니 뒤에 번거로운 일이 생길 리도 없다고, T는 생각하고 있었거든.

하지만 지금의 그의 마음은 처음에는 전혀 예상하지 않았던 극도의 혼란에 빠져 버렸다네. 설령 가상의 인물이라 해도 아내가 그 이외의 남자를 사랑하기 시작했다는, 그 무서운 사실이 그를 덮쳤어. 처음에는 연극이었던 질투가 진지한 것으로 바뀌기 시작했지. 만일 이런 마음을 질투라고 할 수 있다면 말이야. 거기에는 상대가 없지 않은가. 도대체 누구를 향해서 질투를 한단 말인가. 아내는 결코 T 이외의 남자에게 몸을 허락한 게 아닌데. 다시 말해서 그의 연적은 바로 다름 아닌 그 자신이란 말이지.

자, 그렇게 되니 이전에는 그렇게 대단하지도 않았던 아내가 이 세상에 둘도 없는 존재로 생각되기 시작했어. 그 아내를 남에게 (정확하게 말하자면 자기 자신이지만) 빼앗겼다고 생각하니 보통 분한 게 아니었지. 아내가 멍하니 생각에 잠겨 있으면 아아, 그녀는 지금 또 한 명의 남자를 생각하고 있구나. 그렇게 생각하면 견딜 수가 없었어. T는 실로 돌이킬 수 없는 짓을 저지르고 말았다네. 그는 자기 자신의 덫에 걸린 거야.

허둥지둥 변장을 중지해 본들, 이제 와서 아무런 소용도 없었어. 부부 사이에는 어느새 묘한 격의(隔意)가 생겨나 있었지. 아내는 걸핏하면 우울해졌어. 아마 그녀는 모습을 보이지 않는 그 남자를 포기하지 못하고 있는 것이 틀림없었지. T는 그런 모습을 보는 게 괴로웠어. 그와 동시에, 그렇게 마음에 두고 있는 남자가 실은 또 한 명의 자신인 것을 생각하면 그것은 썩 기쁘지 않은 것도 아니었어.

차라리 이 일을 전부 털어놔 버릴까, 하지만 그렇게 하기는 왠지 싫었어. 첫째로 너무나 바보 같은 자신의 행위가 부끄럽기도 했고, 게다가 또 하나는, 실은 이게 최대의 원인인데, 태어나서 처음으로 경험하게 된, 체면이고 뭐고 생각할 겨를도 없이 사모하는 연정의 즐거움을, T는 아무래도 잊을 수가 없었거든. 그는 거기에서 진정한 사랑을 발견한 것 같았어. 본래의 T에게는 평범한 마누라에 지나지 않았던 그녀가, 그 마음 깊숙한 곳에 저런 정열을 숨기고 있을 줄이야. T에게는 참으로 의외였지. 그리고 만남이 되풀이되면 되풀이될수록 그 사실은 분명해져 갔어. 이제 와서 그것은 연극이었다고 어떻게 말할 수가 있겠나.

하지만 이 이중생활을 언제까지나 계속하는 것은, 번거로울 뿐만 아니라 아내가 진상을 알아차리게 될 위험이 있었어. 지금까지는 늘 밤늦은 시간을 골라 어두운 전등 아래나 혹은 그 전등조차 없는 어둠 속에서 만나고는 했고, 한편으로는 명백한 알리바이가 준비되어 있었기 때문에 우선 안전했지만, 그런 이상한 만남을 그렇게 오래 계속할 수는 없지 않겠나. 그렇다면 거기에는 세 가지 방법밖에 없었네. 첫 번째는 가상의 인물을 장사지내 버리는 것, 두 번째는 모든 트릭을 털어놓는 것, 그리고 세 번째는, 실로 이상한 일이지만, 아내가 정나미를 잃은, 말하자면 이 세상에 볼일이 없는 T라는 인물을 사직하고 그 대신 다른 한쪽의, 그 가상의 남자가 되어 버리는 것.

지금도 말했듯이, 가상의 인물이 되어 아내와 소위 말하는 첫사랑을 하게 된 그는 아무래도 첫 번째와 두 번째 길을 고를 마음은 들지 않았어. 그래서 매우 어려운 일이라고는 생각했지만, 결국 세 번째 방법을 선택하기로 결심했네. 즉 A라는 남자가 A와 B라는 이역을 맡고 있다가, 이번에는 처음의 A를 버리고 전혀 다른 B쪽으로 둔갑해 버리는 거야. 일찍이 이 세상에 존재하지 않았던 한 인간을 만들어 내는 것이지.

그렇게 결심하자 T는 우선 여행을 한다며 한 달쯤 집을 비우고, 그사이에 최대한 얼굴 모양을 바꾸려고 했어. 머리 모양을 달리하고, 수염을 기르고, 안경을 쓰고, 의사의 수술을 받아 쌍꺼풀을 만들고, 게다가 안면의 일부에 작은 상처까지 만들었다네. 그리고 수염이 자랐을 때쯤, 일부러 규슈까지 가서 거기에서 아내에게 한 통의 이혼장을 보냈지.

아내는 어쩔 줄 몰라 했어. 상담할 친척도 없었지. 다행히 남편이 거액의 돈을 남기고 갔기 때문에 경제적인 불편은 느끼지 않았지만, 그렇다고 해서 가만히 있을 수는 없을 게 아닌가. 이럴 때 그분이 와 주신다면. 분명히 그녀는 그렇게 생각했을 것이 틀림없어. 마침 그때, 그 가상의 남자로 완전히 변한 T가 불쑥 찾아왔지. 처음에 아내는 그 남자가 T라고 생각하면서도 그의 말을 믿지 않았지만, T의 친구가 찾아와도 전혀 이야기가 맞지 않고(그 친구는 T가 미리 부탁한 이 연극의 조연이었거든) 가상의 남자의 신원이 밝혀지자(이것도 T가 만들어 둔 것이었어) 결국 그들이 전혀 다른 사람이라는 것을 믿게 되었다네. 이것이, 뭔가 그렇게 할 이유라도 있었다면 아무리 뭐라 해도 속지 않았겠지만, T 자신의 심정 외에는 전혀 이유랄 것이 없단 말이지. 설마 이런 바보 같은 연기를 할 거라고는 누구도 생각하지 않을 테니 말이야. T의 아내가 의외로 쉽게 속은 것도, 무리는 아니었어.

곧 그들은 주소를 바꾸고 함께 살게 되었지. 물론 이름도 T가 아니게 되었어. 덕분에 우리들 T의 친구는 출입이 엄하게 금지되었다네. 들리는 바에 따르면 그 후 T는 전혀 방탕하게 놀러 다니지 않게 되었다는군. 그리고 이 희극과도 같은 연극이 의외로 좋은 결과를 거두어, 그들의 사이는 지금도 굉장히 도탑다는 소문이야. 세상에는 참 별난 남자도 다 있지.

그런데 이야기는 아직 조금 더 남아 있어. 그건 바로 최근의 일인데, 어느 곳에서 나는 우연히 옛날에 T였던 남자를 만났다네.

보니 그는 그 아내와 함께 있었어. 그래서 나는 말을 걸면 안 되겠다 싶어, 아무렇지도 않은 척 그들 앞을 지나가려고 했는데, 의외로 T 쪽에서 내 이름을 부르더군. 그리고,

"아니, 그렇게 배려하지 않으셔도 됩니다."

옛날과 비교하면 훨씬 쾌활한 목소리로 T가 말했어. 우리는 거기 있던 의자에 걸터앉아 오랜만에 이야기를 나누었지.

"이 사람도 속임수에 대해서는 이미 다 알고 있거든요. 이걸 교묘하게 속이고 있다고 생각하고 있던 제 쪽이, 실은 완전히 반대로 속고 있었던 거지요. 이 사람은 저의 그 장난을 처음부터 눈치채고 있었다는군요. 하지만 별로 해가 되는 것도 아니고, 그걸로 가정이 원만해지게 되기라도 한다면 이보다 좋을 일은 없을 거라고 생각하고, 속은 척 가장하고 있었답니다. 어쩐지 너무 잘 된다 생각했어요. 하하하, 여자는 마물이네요."

그 말을 듣자 옆에 서 있던, 여전히 아름다운 T의 아내는 부끄러운 듯이 미소를 지었다.

나도 처음부터 그런 것이 아닐까 하고 얼마쯤 의심을 품고 있었기에 그리 놀라지는 않았어. 하지만 T에게는 그것이 자랑거리인지 몇 번이나 똑같은 말을 되풀이하며 스스로 놀라 보이더군. 이러는 모습을 보면 역시 사이좋게 잘 지내고 있구나. 그래서 나는 남몰래 두 사람을 축복해 주었어.

목마는 돈다
木馬は廻る

"여기는 고국에서 수백 리 떨어진 머나먼 만주의……."

덜컹덜컹, 철컥, 덜컹덜컹, 철컥, 회전목마는 돈다.

올해 쉰 살이 넘은 가쿠지로는 취미로 시작한 나팔 부는 이로, 옛날에는 그래도 고향 마을 활동사진관의 인기 악사였다. 하지만 곧 유행하기 시작한 관현악이라는 것에 밀려, '여기는 고국'이나 '바람과 파도'로는 전혀 일을 할 곳이 없어졌다. 마침내는 가두 광고나 도보 악대로 전락해, 십여 년의 긴 세월 동안 세상 풍파에 시달리며 날이면 날마다 길 가는 사람들의 비웃음의 표적이 되었다. 하지만 좋아하는 나팔을 떠날 수가 없었고, 설령 떠나려 했다 해도 달리 먹고살 길도 없는지라 첫 번째로는 좋아서, 두 번째로는 어쩔 수 없어서 악대 생활을 계속하고 있었다.

그러다가 작년 말, 가두 광고쟁이가 보내 주어서 이 목마관으로 온 것이 인연이 되어, 지금은 상시 고용 형태로 덜컹덜컹, 철컥, 덜컹덜컹, 철컥, 돌아가는 목마 한가운데에 마련된 높은 대 위에서 나팔을 불게 되었다. 대에는 홍백(紅白)의 휘장을 둘러쳤고, 그들의 머리 위에서는 사방으로 만국기가 뻗어 있다. 그 요란한 장식대 위에서, 금 장식끈이 달린 제복을 입고 붉은 나사 악대모를 쓰고, 아침부터 밤까지 오 분 간격으로 감독의 신호 피리가 뻴릴리 울려 퍼질 때마다, '여기는 고국에서 수백 리 떨어진 머나먼 만주의 ……' 하고, 그의 자랑거리인 나팔을 소리 높이 부는 것이다.

세상에는 참 이상한 장사도 다 있다. 일 년 삼백육십오 일, 손때로 반짝거리는 열세 마리의 목마와 쿠션이 망가진 다섯 대의 자동차, 세 대의 자전거와 양복 차림의 감독, 두 명의 여자 검표원, 그것들이 돌아가는 무대 같은 나무판 대 위에서 꾸준히 돌아가고 있다. 그러면 아가씨나 도련님이 아버지나 어머니의 손을 잡아끌고, 어른은 자동차, 아이는 목마, 아기는 세발자전거를 타고 오 분간의 피크닉을 즐기려고, 매우 즐거운 듯이 빙글빙글 돈다. 휴가를 얻어 고향으로 돌아온 총각, 학교에서 돌아오는 길의 개구쟁이, 그리고 한창때의 젊은이까지도 '여기는 고국에서 수백 리' 하고 기뻐하며 말 등에서 춤추는 것이다.

그러면 그것을 보고 있는 나팔 부는 이도, 큰북을 치는 이도, 그들로서는 한껏 뺨을 부풀려 나팔을 불면서, 채를 들어 큰북을 치면서, 어느새 손님과 함께 목마가 고개를 흔드는 대로 악대를 맞추어 무아지경으로 메리, 메리, 고, 라운드, 하고 그들의 마음도 도는 것이다. 옆에서 보기에는 용케도 저렇게 무뚝뚝한 얼굴을 할 수 있구나 하고 우습게 보일 정도이겠지만 말이다. 돌아라 돌아라, 시곗바늘처럼, 끊임도 없이. 네가 돌고 있는 동안에는 가난도, 오래된 마누라에 대한 것도, 코흘리개 아이의 울음소리도, 안남미[36] 도시락도, 매실장아찌 하나뿐인 반찬도, 모든 것이 잊힌다. 이 세상은 즐거운 목마의 세계다. 그리고 오늘도 해가 진다. 내일도, 모레도 해가 진다.

매일 아침 여섯 시가 되면, 공동주택의 공동수도에서 얼굴을 씻고 짝짝, 손뼉을 쳐서 해님을 예배하고, 올해 열두 살의 학교에 가는 큰딸이 아직 부엌에서 부스럭거리고 있을 시간에, 가쿠지로는 오래된 마누라가 만들어 준 도시락을 들고 서둘러 목마관으로 출근한다. 큰딸이 용돈을 달라고 조르거나, 여섯 살짜리 불뚱이 아들이 울부짖거나, 그에게는 그 아래로 아직 세 살의 작은아들까지 있는데 그 아이가 마누라의 등에서 코를 흘리거나, 거기다 바로 그 마누라까지 곗돈 월부금을 낼 수 없다며 히스테리를 일으키거나, 그런 것으로 가득 찬, 허름한 공동주택의 아홉 자 두 간짜리 방을 벗어나 목마관의 별천지로 출근하는 것은 그에게는 참으로 즐거운 일이었다. 그리고 게다가 그 파란 페인트를 칠한 가건물의 목마관에는 '여기는 고국에서 수백 리' 하고 하루 종일 돌아가는 목마 외에, 익숙한 나팔 외에, 또 하나 그를 위로해 주는 것이 기다리고 있기까지 했다.

목마관은 입구에 표 파는 곳이 없어서, 손님들은 멋대로 목마를 타면 된다. 그리고 목마나 자동차가 절반 정도 차면 감독이 피리를

---

36) 인도차이나 반도의 안남 지방에서 생산하는 쌀.

불고, 덜컹 철컥철컥하고 목마가 돈다. 그러면 파란 천의 양복 같은 것을 입은 두 명의 여자가 차장처럼 어깨에 가방을 메고 손님들 사이를 돌아다니며 돈을 받고 티켓을 끊어 건네는 것이다. 그 여차장 중 한쪽은 벌써 서른을 훨씬 넘은, 그의 동료인 큰북 치는 이의 마누라로, 하녀가 양복을 입은 것 같은 꼴이다. 하지만 다른 한쪽은 열여덟 살의 처녀다. 물론 목마관에 고용될 정도의 아가씨이니 카페 여급처럼 아름답지는 않지만, 여자의 열여덟이라 하면 역시 어딘지 모르게 사람을 끌어당기는 데가 있는 법이다. 파란 목면 양복이 잘 어울리고, 그 양복의 잔주름 하나하나에까지 풍만한 육체의 곡선이 농염하게 나타나 있다. 청춘의 맨살 향기가 목면을 통해 남자의 코를 간질이고, 그리고 용모는 어떤가 하면, 아름답지는 않지만 어딘지 모르게 귀엽다. 가끔은 어른 손님이 표를 사면서 놀려 볼 때도 있고, 그런 경우에는 아가씨 쪽에서도 덜컹덜컹 고개를 흔드는 목마의 갈기에 손을 올리고 얼마쯤 기쁜 듯이 놀림을 받고는 했다. 이름은 오후유라고 하는데, 그 아가씨가 가쿠지로의 출근을 매일 즐겁게 해 주는, 사실을 말하면 가장 주요한 원인이었다.

나이 차이가 엄청나게 많이 나는 데다, 그에게는 괄괄한 마누라가 있고 세 아이까지 딸려 있다. 그것을 생각하면 '연애' 사태는 너무나도 부끄럽고, 또한 사실 그런 감정은 아니었을지도 모른다. 하지만 가쿠지로는 매일 아침 성가신 가정을 벗어나 목마관에 출근해서 오후유의 얼굴을 한 번 보면, 묘하게 기분이 상쾌해지고,

말을 나누면 청년처럼 가슴이 뛰고, 나이에도 어울리지 않게 겁쟁이가 되지만, 그것 때문에 그는 한층 더 기뻐지는 것이다. 만일 그녀가 결근이라도 하면 아무리 열심히 나팔을 불어도 뭔가 맥이 빠진 것 같고, 그 시끌벅적한 목마관이 묘하게 쌀쌀하고 쓸쓸하게 여겨진다.

군이 말하자면 초라하고 가난한 아가씨인 오후유를 그가 그렇게 생각하게 된 데에는 두 가지 이유가 있다. 첫 번째는 자신의 나이를 돌아보면 그 볼품없음이 오히려 허물없게, 어울리게 느껴지기도 했던 것이겠지만, 두 번째는 우연히도 그와 오후유의 집의 방향이 같았기 때문이다. 목마관이 파하고 돌아갈 때는 늘 길동무가 되어 말을 나눌 기회가 많았고, 오후유 쪽에서도 친근하게 굴어서 그 쪽에서도 그런 어린 처녀와 사이좋게 지내는 것을 그렇게 부자연스럽게 느끼지 않아도 되었다.

"그럼 내일 또 봐요."

그리고 어느 사거리에서 헤어질 때는, 오후유는 정해진 것처럼 살짝 고개를 기울이며 다소 어리광스러운 말투로 이런 인사를 했다.

"아아, 내일 봐요."

그러면 가쿠지로도 잠시 어린아이가 되어 안녕, 안녕, 하듯이 도시락 통을 달그락거리며 손을 흔들어 인사하는 것이다. 그리고 오후유의 뒷모습을, 그것이 결코 아름다운 것은 아니지만, 오히려 너무나도 초라하기까지 하지만, 바라보고 또 바라보며 살짝 달짝

지근한 기분이 되는 것이었다.

오후유네 집도 그의 집과 큰 차이 없을 정도로 가난하다는 것은, 그녀가 목마관에서 돌아갈 때 그 푸른 목면 양복을 벗고 갈아입는 기모노에서도 충분히 상상할 수 있다. 또 그와 길동무가 되어 노점 앞 등을 지날 때 그녀가 눈을 빛내며 몹시 갖고 싶다는 듯이 들여다보는 장신구들을 보아도, "어머나, 좋네요" 하고 오가는 거리 아가씨들의 옷차림을 선망하는 말을 들으면 가엾게도 그녀의 내력을 금세 알 수 있게 되는 것이었다.

그렇다 보니 가쿠지로에게 그녀의 환심을 사는 것은 그의 가벼운 지갑으로도 어느 정도까지는 그리 어려운 일도 아니었다. 꽃비녀 하나, 단팥죽 한 그릇, 그런 것에도 그녀는 충분히 그를 위해 사랑스러운 웃는 얼굴을 보여 주는 것이었다.

"이거 이상하죠." 그녀는 어느 날, 그녀의 어깨에 걸려 있는 유행지난 숄을 손끝으로 만지작거리면서 말했다. 물론 그것은 이미 추워지기 시작한 무렵이었다. "재작년에 산 거거든요, 꼴사납죠. 난 저런 걸 살 거예요. 보세요, 저거 좋죠. 저게 올해 유행이에요." 그녀는 그렇게 말하며, 어느 양품점의 쇼윈도 안에 있는 훌륭한 것이 아니라 처마 밑에 걸려 있는 값싼 것 쪽을 가리켰다. 그리고는 "아아아, 빨리 월급날이 왔으면 좋겠다" 하며 한숨을 쉬었다.

과연, 이것이 올해의 유행이구나. 가쿠지로는 처음으로 그것을 깨달았다. 오후유의 처지로서는 자못 갖고 싶을 것이다. 만일 싼 것이면 지갑을 털어 사 줘도 좋다, 그러면 그녀는 어떤 얼굴을 하고 기뻐할까 하며 처마로 다가가 가격표를 보았다. 그랬더니 금 칠 엔 몇십 전이라고 되어 있어 도저히 그는 감당할 수 없다는 것을 깨달음과 동시에, 그 자신의 열두 살짜리 딸이 생각나서 새삼스럽게 이 세상이 울적해지는 것이었다.

그 무렵부터 그녀는 숄에 대해서 말하지 않는 날이 없을 정도로, 그것을 그녀 자신의 것으로 만들기를, 다시 말해서 월급 받을 날을 손꼽아 기다리고 있었다. 그러나 그럼에도 불구하고 막상 월급날이 와서 이십몇 엔인가가 들어 있는 주머니를 손에 들자, 집에 가는 길에 사겠거니 생각하고 있었더니 그러지 않았다. 그녀의 수입은 일단 전부 어머니에게 건네야 하는 모양이었다. 그대로 그 사거리에서 그녀와 헤어졌다. 그 후 오늘은 새 숄을 하고 올까, 내일은 하고 올까, 하고 가쿠지로도 자기 일처럼 기다리고 있었지만 전혀 그럴 기미가 없었다. 이윽고 보름 정도 지났는데, 묘하게도 그녀는 그 후 전혀 숄 이야기를 하지 않게 되었다. 완전히 포기한 것처럼 그 유행에 뒤처진 숄을 어깨에 두른 채, 하지만 항상 얌전한 웃는 얼굴을 잊지 않고, 목마관 통근을 게을리하지 않았다.

그 사랑스러운 모습을 보면 가쿠지로는 그 자신의 가난에 대해서 예전에 품은 적도 없는 어떤 분노 같은 것을 느끼지 않을 수 없었다. 겨우 칠 엔 몇십 전의 돈인데, 그렇다고 해서 그도 마음대로 할 수 없다는 것을 생각하면 한층 더 분해지지 않을 수 없었다.

"엄청나게 열심히 부시네요."

그의 옆자리에 앉은 젊은 큰북 치는 이가 실실 웃으면서 그의 얼굴을 보았을 때도, 그는 나팔을 마구 불고 있었다.

"아무렇게나 되라지" 하는 자포자기한 기분이었다. 평소에는 클라리넷에 맞추어, 그것이 곡조를 바꿀 때까지는 같은 노래를 불고는 했는데, 그 규칙을 깨고 그의 나팔 쪽에서 연달아 곡조를 바꾸어 갔다.

"곤피라 후네후네[37], ……돛을 걸고 바람을 맞으며, 슈루슈슈슈."

하고 그는 고개를 흔들며 불기 시작했다.

"아저씨. 무슨 일 있어요?"

다른 세 명의 악사들이 저도 모르게 눈을 마주 보며 이 늙은 나팔수의 소란을 의아하게 여겼을 정도다.

그것은 그저 솔 한 장의 문제로는 그치지 않았다. 평소의 모든 분노가, 히스테리한 마누라, 쓸모없는 아이들, 가난, 노후의 불안, 이제 돌아오지 않을 청춘, 그것들이 곤피라 후네후네의 곡조를 빌어 나팔을 크게 울리게 한 것이었다.

그리고 그날 밤에도 공원을 헤매는 젊은이들이 "목마관의 나팔이 엄청나게 잘 울리잖아, 저 나팔 부는 놈, 분명히 좋은 일이라도 있는 거야" 하고 웃음을 나눌 정도였다. 그래서 가쿠지로는 그와 오후유의 한탄을 담아, 아니, 그것만은 아니다. 이 세상의 모든 한탄들을 하나의 나팔에 의탁하여, 공원 구석에서 구석까지 울려 퍼지게 하며 불어 대었던 것이다.

---

37) 가가와 현에 있는 곤피라초라는 마을을 중심으로 불리던 밝고 경쾌한 곡조의 민요.

무신경한 목마들은 여전히 시곗바늘처럼 가쿠지로를 축으로 하여 끊임없이 돌고 있었다. 거기에 타고 있는 손님들도, 그것을 에워싸고 있는 구경꾼들도, 그들도 그 가슴 깊은 곳에는 수많은 고생을 숨기고 있는 것일까. 하지만 겉으로는 자못 즐거운 듯이 목마와 함께 고개를 흔들고, 악대의 곡조에 맞춰 발을 구르며 "바람과 파도에 실려……" 하고 잠시 속세의 풍파를 완전히 잊은 듯하다.

하지만 그날 밤에는 이 아무런 변화도 없는 어린아이와 주정뱅이의 동화 나라에, 라기보다는 늙은 나팔수 가쿠지로의 마음에 아주 조금의 풍파는 있었던 것이다.

그것은 공원의 혼잡이 최고조에 달하는, 밤 여덟 시에서 아홉 시 사이의 일이었을까. 그 무렵에는 목마를 둘러싼 구경꾼들도 과장되게 말하자면 인산인해를 이루고, 그럴 때면 꼭 얼근하게 취한 직인 등이 목마 위에서 이상한 모습을 해 보이고 구경꾼들 사이에서 눈사태 같은 웃음소리가 일어난다. 하지만 그 술렁거림을 헤치고 결코 주정뱅이가 아닌 한 젊은이가 마침 멈춘 목마대 위로 훌쩍 뛰어올랐다.

설령 그 젊은이의 얼굴이 조금 창백하다 해도, 거동이 차분하지 못하다 해도, 혼잡 속에서 누구 한 사람 알아채는 사람도 없었다. 하지만 단 한 사람, 장식대 위의 가쿠지로만은 젊은이가 탄 목마가 마침 그의 눈앞에 있었던 데다, 타자마자 기다렸다는 듯이 오후유가 그리로 달려가 표를 잘랐기 때문에, 다시 말해서 반쯤 질투심 때문에, 나팔을 불면서 젊은이의 일거일동을 정색하고 시야가 미치는 한, 말하자면 감시하고 있었던 것이다. 어찌 된 셈인지, 표를 자르고 이제 볼일은 끝났을 텐데도 오후유는 젊은이 옆을 떠나지 않고, 그 바로 앞의 자동차 등받이에 손을 올려놓고 의미심장하게 몸을 배배 꼬며 가만히 있는 것이 그에게는 한층 더 마음에 걸렸던 것일까.

하지만 그런 그의 감시는 결코 헛되지 않았다. 이윽고 목마가 두 바퀴도 돌기 전에 목마 위에서 묘한 옷차림으로 한쪽 손을 품에 넣고 있던 젊은이가 그 손을 슬쩍 빼내고, 눈으로는 아무렇지도 않은 듯 바깥쪽을 보면서 앞에 서 있는 오후유의 양복 엉덩이 주머니에 뭔가 하얀 것을 재빨리 밀어 넣고 원래의 자세로 돌아가서는 가만히 안도의 한숨을 흘린 것처럼 보였던 것이다. 가쿠지로가 보기에 그것은 분명히 봉투인 것 같았다.

"연애편지일까."

놀라서 숨을 삼키며 나팔을 멈춘 가쿠지로의 눈은 오후유의 엉덩이로 향했다. 그 주머니에서 봉투 같은 것의 끝이 실처럼 보이는 데에 시선이 못 박힌 것이다. 만일 그가 이전처럼 냉정했다면 그 젊은이의, 얼굴은 아름답지만 몹시 차분하지 못한 눈빛이나, 이상하게 어수선한 기색이나, 그리고 또 구경하러 모여든 관중들 사이에 섞여 젊은이 쪽을 의미심장하게 노려보고 있는 낯익은 사복형사 등을 알아차리기도 했겠지만, 그의 마음은 이미 다른 것으로 채워져 있었기 때문에 그럴 겨를이 없었다. 그저 질투와 말로 표현할 수 없는 쓸쓸함으로 가슴이 가득했을 뿐이다. 그래서 젊은이

딴에는 사복형사의 눈을 속이려는 속셈으로 자못 아무렇지도 않은 듯이 옆에 있는 오후유에게 말을 걸어 보거나 놀리거나 하는 것이 가쿠지로에게는 한층 더 화가 나고 슬펐다. 게다가 저 오후유 년, 기분이 좋아져서 얼마쯤 기뻐하는 것처럼 보이기까지 하고, 자신이 놀림을 받고 있다는 기색도 없다. 아아, 나는 무슨 좋은 점이 있다고 저런 부끄러운 줄도 모르는 가난뱅이 아가씨와 친해진 것일까. 바보 같은 놈, 바보 같은 놈, 너는 저 못생긴 년에게, 만일 할 수만 있다면 칠 엔 수십 전짜리 숄을 사 주려고까지 하지 않았던가. 에잇, 다 뒈져 버려라.

'붉은 석양빛을 받으며, 친구는 들판의 돌 아래.'

그리고 그의 나팔은 더더욱 위세 좋게, 더더욱 쾌활하게 울려 퍼지는 것이었다.

그리고 잠시 후, 문득 보니 이미 젊은이는 어디로 갔는지 그림자도 없고 오후유는 바깥에 있는 손님 옆에 서서 아무렇지도 않게 그녀의 임무인 표 끊기에 힘쓰고 있다. 그리고 그 엉덩이 주머니에는 역시 실 같은 봉투 끝이 보이고 있었다. 그녀는 연애편지를 받았다는 것은 조금도 모르고 있는 것 같다. 그것을 보자 가쿠지로는 또 미련이 생기고, 그렇게 되니 역시 천진해 보이는 그녀의 모습이 사랑스러웠다. 그 아름다운 젊은이와 경쟁을 해서 이길 자신이라고는 털끝만큼도 없지만, 할 수만 있다면 적어도 하루든 이틀이든 그녀와의 관계를 지금까지처럼 순수한 것으로 놓아두고 싶다고 생각하는 것이다.

만일 오후유가 연애편지를 읽었다면, 세상 물정 모르는 그녀에게는 아마 태어나서 처음으로 받아 보는 연애편지일 테고, 게다가 상대가 그 젊은이라면(그때 바깥에 젊은 남자 손님은 없었고, 대부분 어린아이와 여자뿐이었기 때문에 연애편지의 주인은 금세 알 수 있을 것이다) 얼마나 가슴 설레하며 달콤한 기분이 들 것인가. 거기에는 어차피 역겨운 달콤한 말들이 늘어놓아져 있겠지만. 그러고는 틀림없이 의기양양해져서, 그와도 이전처럼은 말을 나누어 주지도 않을 것이다. 아아, 그렇다, 차라리 그녀가 저 연애편지를 읽기 전에 주머니에서 슬쩍 빼내어 찢어 버릴까. 물론 그런 고식적인 수단으로 젊은 남녀 사이를 찢어 놓을 수 있을 거라고는 생각하지 않지만, 하지만 오늘 밤 하루만이라도 이것을 아쉬워하며, 원래의 순수한 그녀와 말을 나누어 두고 싶었다.

그러고 나서 이윽고 열 시 경이나 되었을까. 활동관이 파하고, 활동관 앞을 지나다니는 사람들이 한바탕 소란스러워진 후에 일시에 조용해지고 만다. 구경꾼들도 공원에 죽치고 있는 불량배들 외에는 대개 돌아가 버리고, 손님들도 두세 명 오는가 싶더니 뚝 끊기게 되었다. 그렇게 되면 관원들은 귀가를 서두르고, 퇴근 준비를 하기 위해 판자 울타리 안의 세면소에 몰래 손을 씻으러 들어가곤 한다. 가쿠지로도 손님들이 끊긴 틈을 보아 악대대에서 내려왔다. 딱히 손을 씻을 생각은 없었지만 오후유의 모습이 보이지 않아서 혹시 세면소에 있지 않을까 하고 그 판자 울타리 안으로 들어가 보았다. 그러자 우연히도, 마침 오후유가 세면대를 향하고 열심히 얼굴을 씻고 있다. 그 포동포동하게 부푼 엉덩이에, 아까 그 연애편지가 절반이나 삐져나와서 당장에라도 떨어질 것처럼 보인다. 가쿠지로는 처음부터 그럴 생각으로 온 것은 아니었지만, 그것을 보자 문득 빼내야겠다는 마음이 들어,

"오후유, 준비성이 좋네."

하고 말하면서 아무렇지도 않게 그녀의 등 뒤로 다가가, 재빨리 봉투를 뽑아내고는 자신의 주머니에 집어넣었다.

"어머나, 깜짝 놀랐어요. 아아, 아저씨군요. 난 또 누군가 했죠."

그러자 그녀는 그가 뭔가 장난이라도 친 것은 아닐까 하는 생각이 들었는지 엉덩이를 문지르면서, 젖은 얼굴을 이쪽으로 돌렸다.

"한껏 몸단장하도록 해."

그는 그렇게 내뱉고, 판자 울타리를 나와 그 옆 기계장 구석에 숨어서 뽑아낸 봉투를 열어 보았다. 그러자 지금 그것을 주머니에서 꺼낼 때 문득 깨달은 것이지만, 편지치고는 왠지 무게감이 조금 다른 것 같다는 생각이 들었다. 그래서 서둘러 봉투 겉을 보았더니, 받는 사람의 이름은 이상하게도 오후유가 아니라 네모난 글씨로 어려운 남자의 이름이 적혀 있었다. 그리고 뒷면을 보니 연애편지는커녕, 활판 인쇄로 어느 회사의 이름이 번지수, 전화번호까지 자세히 인쇄되어 있었다. 그리고 내용물은 손이 벨 듯한 십 엔짜리 지폐로, 떨리는 손끝으로 세어 보니 딱 열 장, 그것은 다름 아닌 누군가의 월급봉투였던 것이다.

한순간 꿈이라도 꾸고 있는 걸까, 뭔가 터무니없는 잘못을 저지

른 느낌이어서 놀라고 당황했다. 하지만 곰곰이 생각해 보면 연애 편지일 거라고만 믿은 것이 그의 잘못이었다. 아까 그 젊은이는 아마 소매치기라도 되었던 것일까. 그리고 순경이 노려보는 바람에 도망칠 곳이 없어져서 느긋한 척 목마를 타며 속이려고 했지만, 그래도 불안해서 소매치기한 이 월급봉투를 마침 앞에 있던 오후유의 주머니에 몰래 넣어 둔 것이 틀림없다고 생각하게 되었다.

그러자 그다음 순간에는, 그는 뭔가 큰 이득을 본 것 같은 기분이 들기 시작했다. 이름이 적혀 있으니 소매치기를 당한 사람이 누구인지는 알고 있지만, 어차피 당사자는 포기하고 있을 테고, 소매치기 쪽에서도 자신의 몸이 위험하니 설마 그건 내 거라고 말하며 되찾으러 오는 일도 없을 것이다. 만일 온다 해도, 모른다고 말하면 아무 증거도 없는 일이다. 게다가 본인인 오후유는 실제로 전혀 모르니, 결국 유야무야로 끝나 버릴 것이 뻔하다. 그러면 이 돈은 내가 마음대로 써도 되는 거겠지.

하지만 그러면 해님한테 미안하다. 자신에게만 이로운 변명을 붙여 봐야, 결국은 도둑의 돈을 가로채는 것이다. 해님은 다 꿰뚫어 보고 있다. 어떻게 그대로 끝나겠는가. 하지만 너는 그렇게 사람 좋은 척 움찔거리기만 했기 때문에, 오늘까지 이렇게 비참하게 살아온 것이 아닌가. 하늘이 내려주신 이 돈을 함부로 버릴 수야 있겠는가. 되는지 안 되는지는 둘째로 치고, 이만 한 돈이 있으면 그 가엾은, 사랑스러운 오후유를 위해 얼마든지 물건을 사 줄 수 있다. 언젠가 본 쇼윈도의 비싼 숄이나, 그 아이가 좋아하는 진홍색 덧깃이나, 헤어핀이나, 그리고 띠도, 기모노도, 아껴 쓰면 모두 다 사줄 수 있다.

그리고 오후유가 기뻐하는 얼굴을 보고, 진심으로 감사를 받고, 함께 밥이라도 먹는다면……. 아아, 지금 나는, 그냥 결심만 하면 어렵지 않게 그런 일들을 할 수 있는 것이다. 아아, 어떻게 하지, 어떻게 하지.

그렇게 가쿠지로는 그 월급봉투를 가슴주머니에 깊이 넣고 그 근처를 어정버정 왔다 갔다 했다.

"어머나, 아저씨. 지금 이런 곳에서 뭘 그렇게 우물쭈물하고 있어요?"

그것이 설령 싸구려 백분이라 해도, 잘 펴 발리지 않아서 얼굴이 얼룩덜룩해 보인다고 해도, 어쨌든 오후유가 화장을 하고 세면소에서 나온 것을 보자, 그리고 그에게는 가슴속이 간질거리는 그 목소리를 듣자, 갑자기 묘한 기분이 들어서 그는 꿈처럼 터무니없는 말을 지껄였다.

"오오, 오후유, 오늘은 집에 가는 길에 그 숄을 사 주마. 내가 그 돈을 틀림없이 준비해 왔거든. 어때? 놀랐니?"

하지만 그 말을 해 버리자, 다른 누구에게도 들리지 않을 정도로 작은 목소리이기는 했지만, 저도 모르게 흠칫 놀라 입을 막고 싶은 기분이었다.

"어머나, 그래요? 고마워요."

그러나 사랑스러운 오후유는 다른 아가씨라면 농담이라도 한마디 던지고 놀리는 얼굴을 할 법도 하건만, 금세 진지하게 받아들이고 진심으로 기쁜 듯이, 조금 수줍어하며 허리를 살짝 굽히기까지 했다. 그렇게 되면 가쿠지로도 이제 와서 뒤로 물러날 수는 없다.

"그래, 활동관이 파하면 늘 가던 그 가게에서 네가 좋아하는 걸 사 주마."

하지만 가쿠지로는 자못 들떠 그런 대답을 하면서도, 한편으로는 다 늙은 할아버지가 이렇게 열여덟 살 처녀에게 열중해 있어도 되는 건가 하고 생각하면, 사라져 버리고 싶을 정도로 부끄러웠다. 그래서 한마디 말한 후에는 뭐라 형용할 수 없는, 속이 안 좋아지는 것 같은, 허무한 듯한, 쓸쓸한 듯한, 괴상한 기분이 덮쳐왔다. 그리고 또 한편으로는 그 부끄러운 쾌락을 자신의 돈은커녕 도둑의 돈을 가로챈 부정한 돈으로 얻으려고 하는 비열함, 비참함이 가만히 있을 수 없을 정도로 마음을 괴롭혔다. 오후유의 사랑스러운 모습 맞은편에는 늙은 마누라의 히스테릭한 얼굴, 열두 살짜리 장녀를 필두로 세 아이들의 모습, 그런 것이 머릿속을 얽히고설키며 뛰어다녀 더 이상 사물을 판단할 기력도 없었다. 될 대로 되라는 듯이, 그는 갑자기 큰 소리를 질렀다.

"기계장 아저씨, 말을 한바탕 신나게 돌려 주시구려. 나는 한 번 이 녀석들을 타 보고 싶어졌어. 오후유, 손이 비어 있다면 너도 타렴. 거기 아주머니, 아니, 실례, 실례, 오우메 씨도 타세요. 아아, 악대 여러분, 나팔 하나는 빼고 한 번 해치워 주시겠소?"

"바보 같아. 그만해. 그보다 이제 빨리 정리하고 집에 가자고."

오우메라는 나이 많은 검표원이 무뚝뚝한 얼굴을 하고 대답했다.

"아니, 뭐, 오늘은 좀 기쁜 일이 있어서요. 아아, 여러분, 나중에 한 잔씩 사겠습니다. 어때요? 한 번 돌려 주지 않겠습니까?"

"하하, 좋지. 아저씨, 한 바퀴 돌려 줘요. 감독님, 신호 나팔을 부탁드립니다."

큰 북 치는 이가 신이 나서 소리쳤다.

"나팔수 양반, 오늘은 좀 이상하네. 하지만 너무 소란스럽지 않게 부탁합니다."

감독이 쓴웃음을 지었다.

그래서 결국 목마는 돌아가기 시작했다.

"자, 한 바퀴, 그리고 오늘은 내가 쏘겠어. 오후유도, 오우메 씨도, 감독님도 목마에 타세요."

주정뱅이 같아진 가쿠지로 앞을 산이나 강, 바다, 나무, 서양식 저택의 그림이 마치 기차 창으로 바라보는 배경처럼 뒤로, 뒤로 달려 지나갔다.

"만세."

견딜 수 없어진 가쿠지로는 목마 위에서 양손을 펼치고는 만세를 연호했다. 나팔이 빠진 기묘한 악대가 거기에 어우러져 울려 퍼졌다.

"여기는 고국에서 수백 리 떨어진 머나먼 만주의……."

그리고,

덜컹덜컹, 철컥, 덜컹덜컹, 철컥, 회전목마는 도는 것이다.

거울 지옥
鏡地獄

"신기한 이야기라고요? 그럼 이런 이야기는 어떨까요."

어느 날, 대여섯 명의 사람들이 무서운 이야기나 진기한 이야기를 돌아가며 서로 말하고 있을 때, 친구 K는 마지막에 이렇게 이야기를 시작했다. 정말로 있었던 일인지, K가 지어낸 이야기인지는 그 후에도 물어본 적이 없어서 나는 모른다. 하지만 여러 가지 이상한 이야기를 들은 후였던 데다 마침 그날 날씨가 봄이 거의 끝나 갈 무렵의 불쾌하게 잔뜩 찌푸린 날이어서 공기는 마치 깊은 물속처럼 무겁게 가라앉아, 이야기하는 사람도 듣는 사람도 왠지 모르게 미치광이 같은 기분이 되어 있었기 때문이었는지, 그 이야기는 이상하게 내 마음에 와닿았다. 그 이야기는 이런 것이었다.

제게는 불행한 친구가 하나 있습니다. 이름은 임시로 '그'라고 말해 둘까요. 그는 언제부터인가 신기하기 짝이 없는 병에 걸렸습니다. 어쩌면 조상 중에 그런 병에 걸린 사람이 있어 그것이 유전된 것인지도 모르지요. 이것은 꼭 근거 없는 이야기도 아닙니다. 그의 집에는 할아버지인지 증조할아버지인지가 기독교 사교에 귀의한 적이 있어서, 오래된 서양 글씨의 책이나 마리아상, 예수님이 십자가에 못 박힌 그림 등이 고리짝 밑바닥에 잔뜩 들어 있었는데, 그런 것들과 함께 '이가고에 도중의 쌍륙 놀이'[38]에 나오는 듯한, 한 세기 전의 망원경이며 이상한 모양의 자석이며 당시에는 디아 망[39]이니 비드로[40]라고 했던가요, 아름다운 유리 기물 같은 것이 같은 고리짝에 들어 있었습니다. 그는 어렸을 때부터 자주 그것을 꺼내 달라고 해서 가지고 놀고는 했지요.

생각해 보면 그는 그때부터 물건의 모습이 비치는 것, 예를 들어 유리나 렌즈나 거울 같은 것을 이상하게 좋아했던 모양입니다. 그 증거로는 그의 장난감이 있었는데, 그것은 환등 기계나 망원경이나 확대경, 그 외 그와 비슷한 마사카도 안경[41], 만화경, 눈에 대면 인물이나 도구가 가늘고 길어지거나 평평해지거나 하는 프리즘 장난감, 그런 것들뿐이었지요.

그리고 역시 그의 소년 시절이었는데, 이런 일이 있었던 것도 기억납니다. 어느 날 그의 공부방을 찾아가 보니 책상 위에 오래된

---

38) 1783년에 초연된 조루리 작품의 제목. 이가고에의 원수 갚기 사건을 각색한 것으로, 이는 오카야마의 번사인 와타나베 가즈마가 매형 아라키 마타우에몬 등과 함께 동생(또는 아버지라는 설도 있음)의 원수인 가와이 마타고로를 이가에서 베어 죽인 사건이다. 아코 낭사 사건, 소가 형제의 원수 갚기 사건과 함께 3대 복수극으로 꼽힌다.
39) 에도 시대에 다이아몬드를 부르던 말.
40) 포르투갈어로 유리.
41) 드래곤플라이, 팔각안경이라고도 불리는 만화경의 일종. 진짜 만화경은 아니고, 프리즘 렌즈로 하나를 여러 개로 보이도록 분할해서 보는 것을 말한다.

오동나무 상자가 나와 있고, 아마 그 안에 들어 있었던 것인지 그는 손에 오래된 금속 거울을 들고 그것을 햇빛에 쬐어 어두운 벽에 그림자를 비추고 있었습니다.

"어때, 재미있지? 저걸 봐, 이런 평평한 거울인데, 저기에 비추면 이상한 글자가 생기지."

그가 그렇게 말하는 것을 듣고 벽을 보니, 놀랍게도 하얗고 둥근 모양 속에 다소 형태가 무너지기는 했지만 '수(壽)'라는 글자가 백금 같은 강한 빛으로 나타나 있었습니다.

"신기하네, 대체 어떻게 한 거야?"

왠지 신통력이라도 되는 것 같은 기분이 들어서, 어렸던 저에게는 신기하기도 하고 무섭기도 했습니다. 저는 저도 모르게 그렇게 되물었습니다.

"모르겠지? 어떻게 된 것인지 알려 줄까? 알고 보면 아무것도 아닌 일이야. 자, 여기를 봐, 이 거울의 뒷면 말이야. 수(壽)라는 글자가 돋을새김으로 새겨져 있지. 이게 비쳐 보이는 거야."

과연 살펴보니 그의 말대로 청동 같은 색깔을 띤 거울 뒷면에는 훌륭한 돋을새김이 있었습니다. 하지만 그것이 어째서 표면까지 비쳐 그런 그림자를 만드는 것일까요. 거울의 앞면은 어느 방향에서 비쳐 보아도 매끄러운 평면이고, 얼굴이 울퉁불퉁하게 비치는 것도 아닌데, 그것의 반사만이 이상한 그림자를 만드는 것입니다. 마치 마법 같은 기분이 들었지요.

"이건 말이지, 마법도 무엇도 아니야."

그는 저의 의아한 듯한 얼굴을 보고 설명을 시작했습니다.

"아버지한테 들었어. 금속 거울은 유리와 달리 가끔 광을 내 주지 않으면 얼룩이 생겨서 보이지 않게 된다고 말이야. 이 거울은 꽤 옛날부터 우리 집안에 전해져 온 물건이라, 몇 번이나 광을 냈단 말이지. 그리고 그렇게 광을 낼 때마다 뒷면의 돋을새김이 있는 곳과, 그렇지 않은 얇은 곳은 닳는 정도가 눈에 보이지 않을 정도로 조금씩 달라지는 거야. 두꺼운 부분은 손에 닿는 느낌이 많고, 얇은 부분은 이게 적으니까 말이지. 그 눈에도 보이지 않는 닳기의 차이가, 무섭게도 반사시키면 저렇게 나타나는 거라고 하더군. 알겠어?"

그 설명을 들으니 일단은 이유를 알 수 있었습니다. 하지만 이번에는 얼굴을 비추어도 울퉁불퉁하게 보이지 않는 매끄러운 표면인데 반사시키면 분명히 굴곡이 나타난다는 이 정체를 알 수 없는 사실이, 가령 현미경으로 무언가를 들여다보았을 때 맛보게 되는 미세한 것의 불쾌함, 그것과 비슷한 느낌이 들어 저를 오싹하게 만들었습니다.

이 거울에 대해서는 너무나 신기했기 때문에 특별히 똑똑히 기억하고 있지만, 이것은 그저 한 가지 예에 지나지 않습니다. 그의 소년 시절의 유희는 거의 그런 것들로만 채워져 있었지요. 묘하게도 저까지 그에게 감화되어, 지금도 렌즈라는 것에 남들보다 훨씬 큰 호기심을 갖고 있습니다.

그래도 소년 시절에는 아직 그 정도는 아니었지만, 중학교 상급

생으로 진학해 물리학을 배우게 되니, 아시다시피 물리학에는 렌즈나 거울 이론이 있지 않습니까, 그는 그것에 푹 빠져 버렸습니다. 그때부터 병이라고 해도 좋을 정도로, 말하자면 렌즈광으로 변하게 된 것입니다. 그와 관련해서 생각나는 것은, 교실에서 오목거울에 대해 배우던 시간의 일이었습니다. 작은 오목거울 견본을 학생들 사이에서 돌려 보며, 차례차례로 모두가 자신의 얼굴을 비추어 보고 있었습니다. 저는 그때 얼굴에 여드름이 심했는데, 그것이 왠지 성욕과 관련되어 있는 듯한 기분이 들어 부끄러워서 견딜 수가 없었습니다. 그런데 별생각 없이 오목거울을 들여다보고는 저도 모르게 앗 하고 소리를 지를 정도로 놀랐습니다. 제 얼굴의 여드름 하나하나가, 마치 망원경으로 본 달 표면처럼 무시무시한 크기로 확대되어 비치고 있었거든요.

작은 산으로도 보이는 여드름 끝이 석류처럼 터지고, 거기에서 검붉은 피가 연극의 살인 현장을 그린 간판 같은 느낌으로 엄청나게 배어 나오고 있었습니다. 여드름이라는 열등감이 있었기 때문이기도 할 테지요. 하지만 오목거울에 비친 제 얼굴이 얼마나 무시무시하고 기분이 나빴는지, 그 후에도 오목거울을 보면——그것이 또 박람회나 번화가의 구경거리 등에 흔히 놓여 있곤 한데——저는 겁이 더럭 나서 도망치게 되었을 정도입니다.

하지만 그는 그때도 오목거울을 들여다보고, 저와는 반대로 무섭게 생각하기보다는 엄청난 매력을 느꼈는지, 교실 전체에 울려 퍼질 듯한 목소리로 "호오"하고 감탄의 소리를 질렀습니다. 그 소리가 너무나 엉뚱하게 들렸기 때문에 그때는 큰 웃음거리가 되었지만, 그는 이미 오목거울에 완전히 넋이 나가 있었지요. 크고 작은 여러 개의 오목거울을 사들여 철사나 보드지 같은 것을 이용해 복잡한 장치를 만들고는, 혼자서 의기양양하게 웃고는 했습니다. 역시 좋아하는 길인 만큼, 그는 다른 사람이 생각도 하지 못할 괴상한 장치를 고안하는 재능을 갖고 있었고, 심지어 마술에 관한 책 같은 것을 일부러 외국에서 주문해서 사기도 했지요. 지금도 신기하기 짝이 없는 것은 마법의 지폐라는 장치였는데, 이것도 어느 날 그의 방을 찾아갔다가 보고 깜짝 놀란 물건이었습니다.

그것은 사방 두 자 정도의 네모난 보드지 상자로, 앞쪽은 건물의 입구처럼 구멍이 뚫려 있고 거기에 1엔짜리 지폐가 대여섯 장, 마치 편지꽂이 속의 엽서처럼 꽂혀 있는 것입니다.

"이 지폐를 꺼내 봐."

그 상자를 제 앞에 내밀고, 그는 아무렇지도 않은 얼굴로 지폐를 꺼내라고 했습니다. 그래서 저는 시키는 대로 손을 내밀어 그 지폐를 쑥 뽑으려고 했는데, 이상하게도 뻔히 눈에 보이는 그 지폐가 손을 가까이 가져가 보면 연기처럼 손에 닿는 느낌이 없지 않겠습니까. 그렇게 놀란 적은 없었지요.

"아이쿠."

하며 기겁하는 제 얼굴을 보고, 그는 자못 재미있다는 듯이 웃으면서 이렇게 설명해 주었습니다. 설명에 따르면 그것은 영국인지 어딘지의 물리학자가 고안한 일종의 마술로, 비밀은 역시 오목거울이었습니다. 자세한 이치는 잘 기억나지 않지만, 진짜 지폐는 상자 밑에 가로로 놓고 그 위에 비스듬히 오목거울을 장치한 다음 전등을 상자 내부에 넣어 광선이 지폐에 닿도록 하면, 오목거울의 초점에서 어느 정도 거리에 있는 물체는 어떤 각도로 어디쯤에 그 상을 맺는다는 이론에 따라 상자의 구멍에 지폐가 나타나게 된다고 합니다. 보통의 거울 같으면 결코 진짜가 거기에 있는 것처럼 보이지는 않지만, 오목거울은 이상하게도 그런 실상(實像)을 맺는다는 거예요. 정말로 분명히 거기에 있었으니 말입니다.

이렇게 그의 렌즈나 거울에 대한 이상한 취향은 점점 높아져만 갔습니다. 이윽고 중학교를 졸업하자 그는 상급 학교에는 들어가려고도 하지 않고, 마당의 공터에 작은 실험실을 새로 짓고는 그 안에서 그 이상한 도락을 시작했습니다. 부모들도 너무 안이해서 아들의 말이라면 대개는 들어주었거든요. 학교를 졸업하니 벌써 제 몫을 하는 어른이 된 것 같은 기분이 들었던 탓도 있었겠지요.

지금까지는 학교라는 것이 있어서 얼마쯤 시간이 구속되었기 때문에 그 정도는 아니었는데, 그렇게 아침부터 저녁까지 실험실에 틀어박히게 되니 그의 병세는 갑자기 무시무시한 가속도로 심해지기 시작했습니다. 원래 친구가 적었던 그이지만, 졸업한 후로 그의 세계는 좁은 실험실 안으로 한정되어 버렸고, 어디로 놀러 나가는 일도 없어 찾아오는 사람도 점차 줄어들었습니다. 그러다가 그의 방을 찾아가는 이는 그의 집안사람을 제외하면 저밖에 없게 되고 말았지요.

저도 아주 가끔 찾아갔을 뿐이지만, 저는 그를 방문할 때마다 그의 병이 점점 심해져서, 이제는 오히려 광기에 가까운 상태가 된 것을 목격하고 남몰래 전율을 금할 수가 없었습니다. 그의 이 병에 있어 더욱 좋지 못했던 것은, 어느 해 유행한 감기 때문에 불행하게도 그의 부모가 나란히 세상을 뜨고 말았다는 것입니다. 그는 이제 누구에게 마음을 쓸 필요도 없었고, 거기다 막대한 재산을 물려받아 그의 묘한 실험을 마음껏 할 수 있게 되었지요. 게다가 또 한 가지, 그도 스무 살이 넘어 여자라는 것에 흥미를 품기 시작 했는데, 그런 괴상한 취미를 가진 그이다 보니 정욕도 몹시 변태적 이었습니다. 그것이 타고난 렌즈에 대한 광기와 결합되어, 쌍방이 더욱 기세를 더해 가는 형태가 되었지요. 그리고 제가 해 드리려는 이야기는 그 결과 마침내 무서운 파국을 부르게 되는 어떤 사건에 관한 것인데, 그것을 말씀드리기 전에 그의 병세가 얼마나 심해졌 는가 하는 것을 두세 가지 실례(實例)를 들어 말씀드려 두고 싶습니 다.

그의 집은 야마노테의 어느 고지대에 있었고, 지금 말씀드린 실험실은 그곳의 드넓은 정원 한쪽 구석, 동네의 기와지붕이 한눈 에 내려다보이는 위치에 지어져 있었습니다. 그곳에서 그가 제일 처음 시작한 일은 실험실 지붕을 천문대 같은 모양으로 만들고 거기에 천체관측경을 설치해, 별의 세계에 탐닉하는 것이었습니 다. 그 무렵에는 그는 독학으로 천문학 지식을 얼추 갖추고 있었거 든요. 하지만 그런 흔해 빠진 도락으로 만족할 그가 아니지요. 한편으로는 도수가 높은 망원경을 창가에 두고, 그것을 여러 각도로 돌려 아래쪽에 보이는 민가의 활짝 열려 있는 실내를 훔쳐본다는, 범죄 같은 비밀스러운 즐거움을 맛보고 있었습니다.

그것이 예를 들자면 판장담 안이거나 다른 집의 뒤쪽과 마주 보고 있거나 해서, 당사자들은 어디에서도 보이지 않을 것이라고 생각했겠지요. 설마 그런 멀리 있는 산 위에서 망원경으로 누군가가 들여다보고 있을 거라고는 생각할 리도 없으니 모든 비밀스러운 행동을 마음껏 했는데, 그것을 그는 마치 눈앞의 일처럼 똑똑히 볼 수 있었던 것입니다.

"이것만은 그만둘 수가 없어."

그는 그렇게 말하며 그 창가의 망원경을 들여다보는 것을 더없는 즐거움으로 여기고 있었는데, 생각해 보면 꽤 재미있는 장난임이 틀림없습니다. 제게도 가끔은 들여다보게 해 줄 때도 있었는데, 우연히 묘한 것을 바로 눈앞에서 발견하거나, 얼굴이 빨개질 만한 일도 없지는 않았답니다.

그 외에, 예를 들어서 서브마린 텔레스코프라고 하나요, 잠항정 안에서 해상을 볼 수 있는 그 장치를 달아서, 그의 방에 있으면서 고용인들의, 특히 어린 하녀들의 개인 방을 상대에게 조금도 들키지 않고 들여다보거나, 그런가 하면 확대경이나 현미경으로 미생물의 생활을 관찰하고는 했습니다. 그리고 기발한 것은 그가 벼룩 종류를 사육하고 있었던 것인데, 그것을 확대경이나 도수가 낮은 현미경 아래에서 움직이게 해 보거나, 자신의 피를 빠는 모습, 벌레끼리 한데 모아놓아 동성이면 싸움을 시키고 이성이면 사이좋게 지내는 모습을 보고는 했지요. 그중에서도 기분 나쁜 것은, 벼룩을 반쯤 죽여 놓고 그것이 괴로워하며 몸부림치는 모습을 매우 크게 확대해 보는 것이었습니다. 저는 그것을 한 번 들여다본 후로, 지금까지 아무렇지도 않게 생각했던 그 벌레가 묘하게 무서워졌을 정도입니다. 오십 배의 현미경이었는데, 들여다본 느낌으로는 한 마리의 벼룩이 눈앞 가득 확대되고 입에서부터 발톱, 몸에 돋아 있는 작은 털까지도 똑똑히 알아볼 수 있었습니다. 이상한 비유지만, 마치 멧돼지처럼 엄청난 크기로 보인다니까요. 그것이 시커먼 피바다 속에서(겨우 한 방울의 피가 그렇게 보인답니다) 등의 절반이 납작하게 찌부러져, 팔다리로 허공을 움켜쥐며 부리를 가능한 한 길게 뻗고 단말마의 끔찍한 형상을 하고 있습니다. 왠지 그 입에서 무시무시한 비명이 들리는 것처럼 느껴지기까지 합니다.

그런 세세한 것을 하나하나 다 말씀드리자면 끝이 없으니 대부분은 생략하기로 하겠지만, 실험실 건축 당시의 그러한 도락은 세월과 함께 깊어져 가서, 어떨 때는 또 이런 일도 있었습니다. 어느 날, 그를 찾아가서 별생각 없이 실험실 문을 열었더니 왠지 블라인드를 내리고 방 안을 어둑어둑하게 해 두었더군요. 그 정면의 벽 가득, 사방 한 간 정도나 되었을까요, 무언가 굼실굼실 꿈틀거리는 것이 있었습니다. 기분 탓인가 싶어서 눈을 비벼 보았지만, 역시 무언가 움직이고 있었어요. 저는 문 앞에 선 채 숨을 삼키며 그 괴물을 바라보았습니다. 그런데 보고 있노라니 안개 같은 것이 점점 뚜렷해지고 바늘을 심은 듯한 검은 풀밭, 그 밑에선 번들번들 빛나는 세숫대야만 한 눈, 갈색을 띤 홍채에서부터 흰자위 속의 혈관의 강까지, 마치 소프트포커스의 사진처럼 흐릿하면서도 묘하게 똑똑히 보이지 않겠습니까. 그리고 종려나무 같은 코털이 빛나는 동굴 같은 콧구멍, 방석을 두 장 겹친 듯한 크기로 보이는 매우 새빨간 입술, 그 사이로 번쩍번쩍 하얀 기와 같은 하얀 이가 엿보였습니다. 다시 말해서 방 안 가득 사람의 얼굴, 그것이 살아서 꿈틀거리고 있었던 것입니다. 영화가 아니라는 것은 그 움직임이 조용하고, 생물 그대로의 윤기를 띠고 있는 것으로 보아 분명합니다. 으스스하기보다도, 무섭기보다도, 저는 제가 미치기라도 한 것이 아닐까 하고 저도 모르게 놀라 소리를 질렀을 정도입니다. 그러자,

"놀랐나? 날세, 나야."

하고 다른 방향에서 그의 목소리가 들려왔습니다. 그 목소리 그대로 벽의 괴물의 입술과 혀가 움직이고 세숫대야 같은 눈이 씩 웃었기 때문에, 저는 깜짝 놀라 펄쩍 뛰어올랐습니다.

"하하하하하……. 어떤가, 이 장난은?"

갑자기 방이 밝아지고, 한쪽에 있는 암실에서 그의 모습이 나타 났습니다. 그와 동시에 벽의 괴물이 사라진 것은 말할 것까지도 없고요. 여러분은 대충 상상하셨겠지만, 이것은 다시 말해서 실물 환등……, 거울과 렌즈와 강렬한 빛의 작용으로 실물 그대로를 환등에 비추는, 어린아이들 장난감에도 있지요, 그것을 그만의 독

창적인 고안으로 엄청나게 크게 보이게 하는 장치를 만든 것입니다. 그리고 거기에 그 자신의 얼굴을 비춘 것이지요. 듣고 보면 아무것도 아니지만, 상당히 사람을 놀라게 만드는 것이었습니다. 자, 이런 것이 그의 취미였지요.

비슷한 것 중에서 더욱 이상하게 생각된 것은, 이번에는 별로 방이 어둑어둑한 것도 아니고 그의 얼굴도 보이는데, 거기에 괴상한 거울을 어수선하게 늘어놓은 기계를 놓으면 그의 눈이면 눈만이, 이 또한 세숫대야만 한 크기로 떡하니 제 눈앞의 공간에 떠오르게 하는 장치였습니다. 갑자기 그걸 당했을 때는 악몽이라도 꾸는 것 같아서 몸이 움츠러들고, 거의 살아 있는 기분도 들지 않았습니다. 하지만 알고 보면 이것 역시 아까 말씀드린 마법의 지폐와 마찬가지로 그저 많은 오목거울을 이용해 상을 확대한 것에 지나지 않았지요. 하지만 이치상으로는 가능하다는 것을 알고 있어도 꽤나 비용과 시간이 드는 일이기도 하고, 이렇게 바보 같은 짓을 해 본 사람도 없기 때문에 말하자면 그의 발명이라고 해도 좋을 일이었습니다. 계속해서 그런 것을 보다 보면, 왠지 그가 무서운 마물처럼 여겨지기까지 했어요.

그런 일이 있고 나서 두세 달쯤 지났을 때였는데, 그는 이번에는 무슨 생각을 했는지 실험실을 작게 나누고 상하좌우를 한 장짜리 거울로 빈틈없이 덮은, 흔히들 말하는 거울의 방을 만들었습니다. 문이고 뭐고 전부 거울이었어요. 그는 그 안에 초 한 자루를 들고 들어가, 혼자서 오랫동안 머물렀다고 합니다. 대체 무엇 때문에 그런 짓을 하는 것인지 아무도 알 수 없었습니다. 하지만 그 안에서 그가 볼 광경은 대충 상상할 수 있었지요. 여섯 면을 거울로 가득 덮은 방 한가운데에 서면, 거울과 거울이 서로 반사하기 때문에 거기에는 그의 몸의 모든 부분이 무한한 상이 되어 비칠 것이 틀림 없습니다. 그의 상하좌우에 그와 똑같은 수많은 인간이 우글우글 쇄도하는 느낌일 것이 틀림없어요. 생각만 해도 오싹합니다. 저는 어릴 때 미궁으로 꾸며 놓은 곳에서, 물론 형태뿐이긴 했지만, 거울의 방을 체험한 적이 있습니다. 그 불완전하기 짝이 없는 것조차 제게는 얼마나 무섭게 느껴졌는지 모릅니다. 그것을 알고 있기에 그가 거울의 방에 한번 들어가 보라고 권했을 때도 저는 단호하게 거절하며 들어가려고 하지 않았습니다.

그러다가 거울의 방에 들어가는 사람이 그 혼자만이 아니라는 것을 알게 되었습니다. 그 외에 거울의 방에 들어가는 그 사람은 그가 마음에 들어 하는 하녀이기도 하고 동시에 그의 연인이기도 했던, 당시 열여덟 살의 아름다운 처녀였습니다. 그는 입버릇처럼,

"저 아이의 단 하나뿐인 장점은 온몸에 깊고 짙은 음영이 수없이 많이 있다는 거야. 윤기도 나쁘지는 않고 피부도 매끄럽고, 살집도 바다짐승처럼 탄력이 넘치긴 하지만, 그 어느 것보다도 그 여자의 아름다움은 깊은 음영에 있다네."

라고 말하고는 했어요. 그 처녀와 함께 그 거울의 나라에서 노는 것입니다. 문을 꼭 닫은 실험실 안의, 그것을 또 나누어 놓은 거울의 방 안이다 보니 외부에서 엿볼 방법도 없지만, 때로는 한 시간

이상이나 그들이 그곳에 틀어박혀 있다는 소문을 듣기도 했습니다. 물론 그 혼자일 때도 자주 있지만요. 어떨 때는 거울의 방에 들어간 채 너무나도 오랫동안 아무 소리가 나지 않아서 하인이 걱정이 된 나머지 문을 두드렸다고 합니다. 그랬더니 갑자기 문이 열리고 알몸인 그가 혼자 나오더니, 한마디도 하지 않고 그대로 안채 쪽으로 휙 가 버렸다는 이상한 이야기도 있었습니다.

그 무렵부터, 원래 별로 좋지 않았던 그의 건강이 날이 갈수록 나빠져 가는 것처럼 보였습니다. 하지만 육체가 시드는 것과 반비례해서 그의 이상한 병은 더욱 심해질 뿐이었습니다. 그는 막대한 비용을 들여 여러 가지 모양을 한 거울을 모으기 시작했습니다. 평면, 볼록면, 오목면, 파도 모양, 통 모양 등, 용케도 저렇게 이상한 모양을 한 거울을 다 모았구나 싶을 정도였습니다. 넓은 실험실 안은 매일 실려 들어오는 변형 거울로 가득 메워질 정도였습니다. 하지만 그것만이 아니었어요. 놀랍게도 그는 넓은 정원의 중앙에 유리 공장을 짓기 시작한 것입니다. 그 공장은 그가 독자적으로 설계한 것으로, 특수한 제품에 대해서는 일본에서도 유례를 찾아 볼 수 없을 정도로 훌륭한 것이었습니다. 기술자나 직공도 심혈을 기울여 뽑았고, 그것을 위해서는 남은 재산을 전부 내던져도 아깝지 않을 기세였습니다.

불행하게도, 그에게는 의견을 말해 줄 만한 친척이 하나도 없었습니다. 하인들 중에는 보다 못해 의견 비슷한 말을 하는 사람도 있었지만, 그런 일이 있으면 당장 해고해 버려서, 남아 있는 자들은 그저 터무니없이 높은 급료가 목적인 야비한 놈들뿐이었습니다. 이 경우, 그에게는 세상천지에 단 한 명의 친구인 저로서는 어떻게든 그를 달래어 이 폭거를 말려야 했겠지요. 물론 몇 번이나 시도는 했지만, 광기에 사로잡힌 그의 귀에는 전혀 들어가지 않았습니다. 게다가 이 일이 꼭 나쁜 짓이라는 것도 아니고, 그 자신의 재산을 그가 마음대로 쓰는 것이다 보니 달리 어떻게 손을 쓸 수도 없었습니다. 저는 그저 조마조마한 마음으로, 날이 갈수록 사라져 가는 그의 재산과 그의 생명을 바라보고 있을 수밖에는 없었습니다.

그런 연유로, 저는 그 무렵부터 꽤 자주 그의 집에 드나들게 되었습니다. 적어도 그의 행동을 감시라도 하자는 기분이었거든요. 따라서 그의 실험실 안에서 어지럽게 변화하는 그의 마술을, 보지 않으려야 보지 않을 수 없었습니다. 그것은 매우 놀랍고 기괴한 환상의 세계였습니다. 그의 병이 절정에 달하면서, 그의 이상한 천재성 또한 남김없이 발휘된 것이겠지요. 주마등처럼 바뀌어 가는 그것들은 하나같이 이 세상의 것이 아닌, 수상하고도 아름다운 광경이었습니다. 그 당시 제가 보고 들은 것을 어떤 말로 형용하면 좋을까요.

외부에서 사들인 거울과, 그것으로 부족하거나 다른 곳에서는 구할 수 없는 형태의 거울은 그 자신의 공장에서 제조한 거울로 보충해 가며, 그의 몽상은 차례차례 실현되어 갔습니다. 어떤 때는 그의 머리만, 몸통만, 또는 다리만이 실험실의 공중을 떠다니는 광경을 볼 수 있었습니다. 그것은 말할 것까지도 없이 거대한 평면 거울을 실험실 가득 비스듬히 채우고, 그 일부에 구멍을 뚫어 거기로 머리나 팔다리를 내놓는, 그 마술사의 상투 수단에 지나지 않지만, 그것을 행하는 본인이 마술사가 아니라 병적이고 고지식한 제 친구이니, 이상하게 느끼지 않을 수가 없지요. 어떨 때는 방 전체가 오목거울, 볼록거울, 파도형 거울, 통 모양 거울의 홍수일 때도 있었습니다. 그 중앙에서 미친 듯이 춤추는 그의 모습은 어떨 때는 거대하게, 어떨 때는 매우 작게, 어떨 때는 가늘고 길게, 어떨 때는 납작하게, 어떨 때는 구불구불하게, 어떨 때는 몸통만, 어떨 때는 목 아래로 머리가 연결되고 어떨 때는 하나의 얼굴에 눈이 네 개 생기고, 어떨 때는 입술이 위아래로 한없이 늘어나고 어떨 때는 줄어들고, 그 그림자가 또 서로 반복하고 교차하여 어수선한 것이 마치 광인의 환상 같았습니다.

어떨 때는 방 전체가 거대한 만화경이었습니다. 기계장치로 덜컥덜컥 돌아가는 거대한 거울의 삼각통 안에서, 꽃집을 다 털어서 모아온 온갖 꽃들이 아편의 꿈처럼 꽃잎 한 장의 크기가 다다미 한 장으로도 비치기도 하고, 그것이 수천수만 개가 되어 오색 무지개가 되기도 하고, 극지의 오로라가 되기도 하며 보는 사람의 세계를 뒤덮는 것이지요. 그 안에서 까까머리에 덩치가 큰 그의 나체가 달의 표면과 같은 거대한 모공을 보이며 미친 듯이 춤추는 것입니다.

그 외에 여러 종류의 잡다한, 그 이상은 될지언정 결코 그 이하는 아닌 무시무시한 마술, 그것을 본 찰나, 인간은 기절하고 눈이 멀어 버릴 정도의 마계의 미(美), 제게는 그것을 전할 힘도 없습니다. 또한 설령 지금 말해 본다고 해도 여러분이 어떻게 믿으실 수 있겠습니까.

그리고 그런 광란 상태가 계속된 후, 결국 슬픈 파멸이 찾아왔습니다. 저의 가장 친한 친구였던 그는 마침내 진짜 미치광이가 되고 만 것입니다. 지금까지도 그의 소행은 결코 제정신으로 하는 짓이라고는 생각되지 않았습니다. 하지만 그런 미친 모습을 보이면서도, 그는 하루의 많은 시간을 보통사람처럼 지냈습니다. 독서도 하고, 피골이 상접한 몸으로 유리 공장을 감독 지휘하기도 하고, 저를 만나면 옛날부터 그가 갖고 있던 불가사의한 유미주의를 이야기하는 데 아무런 지장도 없었습니다. 그런데 그런 무참한 종말을 맞을 거라고, 어떻게 예상할 수 있었겠습니까. 아마 이것은 그의 몸속에 깃들어 있던 악마의 짓이거나, 그렇지 않다면 너무나도 마계의 미에 탐닉한 그에 대한 신의 분노라도 되었던 것일까요.

어느 날 아침, 그의 집에서 온 심부름꾼이 저를 허둥지둥 두들겨 깨웠습니다.

"큰일 났습니다. 마님이, 당장 와 달라고 하셨습니다."

"큰일? 무슨 일인가?"

"저희들은 모르겠습니다. 어쨌든 서둘러 가 주시면 안 될까요?"

심부름꾼과 저는, 둘 다 벌써 새파랗게 질려서 빠른 말투로 그런 문답을 나누었습니다. 저는 우선 당장 그의 집으로 달려갔습니다.

장소는 역시 실험실입니다. 뛰어들다시피 안으로 들어가 보니, 거기에는 지금은 사모님이라고 불리는 그의 애인인 하녀를 비롯해 몇 명의 하인들이 어안이 벙벙한 얼굴로 우두커니 선 채 하나의 묘한 물체를 바라보고 있었습니다.

그 물체는 곡예사의 공을 한층 더 크게 만든 듯한 것으로 외부에는 온통 천이 둘러져 있고, 그것이 널찍하게 정돈되어 있는 실험실 안을 살아 있는 것처럼 오른쪽으로 왼쪽으로 굴러다니고 있었습니다. 그리고 더욱 기분 나쁜 것은, 아마 그 내부에서일 텐데, 동물인지 사람인지 알 수 없는 웃음소리 같은 으르렁거리는 소리가 슈욱 슈욱 울리고 있다는 것이었습니다.

"대체 어찌 된 일입니까?"

저는 그 하녀를 붙들고 우선 이렇게 물을 수밖에 없었습니다.

"전혀 모르겠어요. 왠지 안에 있는 건 나리가 아닐까 싶지만, 이렇게 커다란 공이 어느새 생겨난 것인지 짐작도 가지 않고, 게다가 손을 대려고 해도 기분이 나빠서……. 아까부터 몇 번이나 불러 봤지만, 안에서는 묘한 웃음소리밖에 돌아오지 않아요."

그 대답을 듣고, 저는 서둘러 공으로 다가가 목소리가 새어 나오는 곳을 조사해 보았습니다. 그리고 굴러다니는 공의 표면에 두세 개의 작은 공기구멍처럼 보이는 구멍을 찾아내는 것은 어렵지 않은 일이었습니다. 그래서 그 구멍 중 하나에 눈을 대고 머뭇머뭇 공의 내부를 들여다보았는데, 안에는 뭔가 묘하게 눈을 찌르는 듯한 빛이 번쩍거릴 뿐, 사람이 꿈틀거리는 기척과 기분 나쁜 광기 어린 웃음소리가 들려오는 것 외에는 조금도 상황을 알 수가 없었습니다. 그리로 두세 번 그의 이름을 불러 보았지만, 상대는 인간인지 아니면 인간이 아닌 다른 존재인지, 전혀 응답이 없었습니다.

그렇게 잠시 굴러다니는 공을 바라보고 있는 사이에, 문득 그 표면의 한 군데에 묘한 사각의 절개가 있는 것을 발견했습니다. 그것이 아무래도 공 안으로 들어가는 문인 듯, 밀면 덜걱덜걱 소리는 나지만 손잡이도 아무것도 없어서 열 수가 없었어요. 더 자세히 보니 손잡이의 흔적인지, 쇠로 된 구멍이 남아 있었습니다. 이것은 혹시 사람이 안으로 들어간 후에 어떻게 되어서 손잡이가 빠져 떨어지고, 밖에서도 안에서도 문이 열리지 않게 된 것이 아닐까. 그렇다면 이 남자는 밤새도록 공 안에 갇혀 있었던 것이 되는 것이었습니다. 그럼 이 근처에 손잡이가 떨어져 있나 하고 주위를 둘러보니, 제 예상대로 방 한쪽 구석에 둥근 쇠 장식이 떨어져 있더군요. 그것을 그 쇠로 된 구멍에 대 보니 크기는 딱 맞았습니다. 하지만 곤란하게도 손잡이가 부러져 버려서, 이제 와서 구멍에 밀어 넣어 본들 문이 열릴 리도 없었습니다.

하지만 그렇다고 해도 이상한 것은, 안에 갇힌 사람이 도움을 청하지도 않고 그저 껄껄 웃고 있다는 것이었습니다.

"혹시."

나는 어떤 사실을 깨닫고 저도 모르게 새파랗게 질렸습니다. 이제 무엇을 생각할 여유도 없었습니다. 그저 이 공을 부술 수밖에 없었지요. 그리고 어쨌거나 안에 있는 인간을 구해낼 수밖에 없었습니다.

저는 얼른 공장으로 달려가 커다란 망치를 주워들고 원래의 방으로 되돌아와, 공을 향해 기세 좋게 내리쳤습니다. 그러자 놀랍게도, 내부는 두꺼운 유리로 되어 있었는지 쨍그랑, 하고 무시무시한 소리와 함께 엄청난 파편으로 깨져 버렸습니다.

그리고 그 안에서 기어 나온 것은 틀림없는 제 친구, 그였습니다. 혹시나 했는데 역시 그랬던 것입니다. 그렇다고 해도 인간의 모습이 겨우 하루 사이에 그렇게나 변할 수가 있는 것일까요. 어제까지는 시들시들하기는 했지만, 굳이 말하자면 신경질적으로 꽉 조인 얼굴에 얼핏 보면 무서울 정도였는데, 지금은 마치 죽은 사람의 모습처럼 안면 전체의 근육이 축 늘어져 있었습니다. 휘저어 놓은 것처럼 흐트러진 머리카락, 충혈되었으면서도 이상하게 공허한 눈, 그리고 입을 칠칠치 못하게 벌리고 껄껄 웃고 있는 모습은 두 번 다시는 보고 싶지 않은 것이었습니다. 그 모습에 그렇게 그의 총애를 받았던 그 하녀조차도 두려움을 느끼고 펄쩍 뛰어 피했을 정도였습니다.

말할 것까지도 없이 그는 미친 것이었습니다. 하지만 무엇이 그를 미치게 만든 것일까요. 공 안에 갇힌 정도로 미칠 남자도 아닌데. 게다가 무엇보다 그 이상한 공은 대체 무슨 도구이고, 어째서 그는 그 안에 들어가 있었던 것일까요. 공에 대해서는 그곳에 있던 사람들 중 아무도 모른다고 하니 아마 그가 공장에 명령해 비밀리에 만들게 한 것이겠지만, 그는 이 곡예사의 유리공을 대체 어떻게 할 생각이었던 것일까요.

방 안을 어슬렁거리면서 계속해서 웃는 그, 간신히 정신을 차리고 눈물을 흘리며 그 소맷자락을 붙잡는 여자, 그 이상한 흥분 속에 불쑥 출근한 것은 유리 공장의 기술자였습니다. 저는 그 기술자를 붙들고, 그가 당황하는 것도 아랑곳하지 않고 연달아 질문을 퍼부었습니다. 그리고 갈팡질팡하면서 그가 대답한 바를 요약하자면, 말하자면 이렇게 된 것이었습니다.

기술자는 꽤 전부터 3분(分)[42] 정도의 두께를 가진 직경 네 치 정도의 속이 빈 유리공을 만들라는 명령을 받고 비밀리에 작업을 서둘렀는데, 그것이 어젯밤 늦게 겨우 완성된 것이었습니다. 기술자들은 물론 그 용도를 알 리도 없지만, 공 바깥쪽에 수은을 바르고 그 안쪽을 전부 거울로 할 것, 내부에는 몇 군데에 강한 빛의 작은 전등을 장치하고 공의 한 군데에 사람이 드나들 수 있는 정도의 문을 달 것, 이라는 이상한 명령에 따라 그런 것을 만든 것뿐이었습니다. 완성되자 밤중에 그것을 실험실로 옮겨 작은 전등의 코드에 실내등의 선을 연결하고, 그것을 주인에게 넘겨준 후 귀가했다고 합니다. 그 뒤의 이상한 일은, 기술자도 전혀 알지 못했습니다.

저는 기술자를 돌려보내고 하인들에게 미치광이의 간호를 부탁해 놓고, 그 근처에 흩어져 있던 이상한 유리공의 파편을 바라보면서 어떻게든 이 이상한 일의 수수께끼를 풀려고 번민했습니다. 오랫동안 유리공과 눈싸움을 벌였지요. 하지만 이윽고 문득 깨달

---

42) 한 치의 10분의 1. 약 3.0303mm.

은 것은, 그는 그의 지력(智力)이 미치는 모든 거울 장치를 모조리 시험하고 즐기다가, 마지막에 이 유리공을 고안한 것이 아닐까. 그리고 직접 그 안에 들어가 거기에 비칠 이상한 영상을 바라보려고 한 것은 아닐까 하는 것이었습니다.

하지만 그가 왜 미쳐야 했던 것일까. 아니, 그보다 그는 유리공의 내부에서 무엇을 보았을까. 대체 무엇을 본 것일까. 거기까지 생각한 저는 그 찰나, 척추의 중심을 얼음 막대에 꿰뚫린 느낌이 들었습니다. 그 엄청난 공포 때문에 심장까지 차가워지는 것을 느꼈습니다. 그는 유리공 안에 들어가 번쩍거리는 작은 전등의 불빛으로 그 자신의 영상을 한 번 보자마자 발광했거나, 아니면 다시 공 안에서 도망쳐 나가려다가 실수로 문의 손잡이를 부러뜨려 나가려야 나가지 못하고 좁은 공 안에서 죽음의 고통에 발버둥치면서 마침내 발광했거나, 그 둘 중 하나가 아니었을까요. 그럼 무엇이 그렇게까지 그를 두렵게 만든 것일까요.

그것은 도저히 인간이 상상할 수 없는 것이었습니다. 구체의 거울 중심에 들어간 사람이 일찍이 한 명이라도 이 세상에 있었을까요. 그 공의 안쪽 벽에 어떤 그림자가 비치는지, 물리학자도 산출할 수는 없을 것입니다. 그것은 어쩌면 우리들에게는 몽상하는 것조차 허락되지 않는 공포와 전율의 인외경(人外境)이 아니었을까요. 그곳은 무시무시한 악마의 세계가 아니었을까요. 거기에는 그의 모습이 그로 비치지 않고 좀 더 다른 것, 그것이 어떤 형상을 하고 있었는지는 상상할 수밖에 없지만, 어쨌든 인간이 발광하지 않고는 견딜 수 없을 정도의 어떤 것이 그의 한계, 그의 우주를 뒤덮으며 비추어진 것이 아닐까요.

다만 우리가 겨우 할 수 있는 일은 구체의 일부인 오목거울의 공포를 구체로까지 연장해 보는 방법밖에 없습니다. 여러분은 아마 오목거울의 공포라면 알고 계시겠지요. 그 자기 자신을 현미경으로 들여다보는 듯한 악몽의 세계, 구체의 거울은 그 곡면거울이 끝없이 이어져 우리의 온몸을 감싸는 것이나 마찬가지입니다. 그것만으로도 단순한 오목거울의 공포의 수 배, 수십 배에 해당하지요. 그렇게 상상한 것만으로도 우리는 벌써 소름이 돋지 않습니까. 그것은 오목거울에 둘러싸인 소우주(小宇宙)입니다. 우리의 이 세계가 아니지요. 전혀 다른, 아마 광인의 나라일 것이 틀림없습니다.

저의 불행한 친구는 그렇게 그의 렌즈광, 거울광의 취미를 극단까지 추구하려다가, 추구해서는 안 될 것을 추구하려다가 신의 분노를 건드렸거나, 악마의 유혹에 져서 끝내 그 자신을 망쳐 놓을 수밖에 없었던 것이겠지요.

그는 그 후 미친 채 이 세상을 떠나고 말았기 때문에 일의 진상을 확인하려고 해도 확인할 방법이 없지만, 하지만 적어도 저만은, 그는 거울의 공 내부를 침범하는 바람에 마침내 인생을 망쳤다는 상상을 지금까지도 버릴 수가 없습니다.

┃ 에도가와 란포

　1894년 10월 21일 일본 미에 현(縣)에서 태어나 1965년 7월 28일 70세에 뇌출혈로 사망할 때까지 많은 작품을 발표한 일본을 대표하는 탐정소설가이다. 본명은 '히라이 타로[平井太郎]'이며, 미국의 대표적인 추리소설가 에드거 앨런 포(Edgar Allan Poe)의 이름에서 착안하여, 자신의 필명을 '에도가와 란포'라고 명명하였다. 1916년 와세다 대학 정치경제학부를 졸업하고, 무역회사와 조선소 등에서 직장 생활을 하였다. 1919년에는 도쿄에서 헌책방 '산닌쇼보[三人書房]' 를 운영하기도 하였으나 경영난으로 서점이 문을 닫게 된다. 그 후 실직으로 방황하던 시기에 소설을 집필하기 시작하고 1923년 암호 해독을 소재로 한 단편 소설 〈2전짜리 동전[二錢銅貨]〉을 문예지 '신세이넨[新靑年]'에 발표하면서 본격 적으로 문단에 데뷔하였다.

　그리고 1925년 첫 번째 탐정소설 〈D언덕의 살인사건[D坂の殺人事件]〉과 후속 작 〈심리실험(心理試驗)〉이 연속 출간되었다. 그는 이 두 작품 속 주인공인 명탐정 '아케치 고고로'를 통해 일본 문학사상 최초의 사립탐정 캐릭터를 창조하게 된다. 범죄 현장의 물적 증거를 수집하는 대신, 범인의 범행 동기를 비롯한 범죄 심리적 추론을 바탕으로 한 아케치 고고로의 사건 해결방식은 추리문학의 태동기에 독 창적인 지점을 확보하게 된다. 이로써 인간의 내면에 자리 잡은 어두운 면을 발견할수록 진실에 접근하게 되는, 에도가와 란포 특유의 작품 세계를 확립하게 된다. 이외에도 그의 주요 작품으로 〈붉은 방[赤い部屋 1925]〉, 〈음울한 짐승[陰獸 1928]〉, 〈외딴섬 악마[孤島の鬼 1929]〉, 〈황금가면(黃金假面 1930)〉 등의 단편소설 이 출간된다.

江戸川乱歩 ┃

 1936년에는 청소년 추리소설로 기획한 '소년탐정단 시리즈 3부작' 중 제1부에 해당하는 〈괴도 20가면[怪人二十面相]〉을 출간함으로써, 일본의 대표적 추리소설가로 자리매김하게 되었다. 이 작품은 약 1500만 부에 달하는 누적 판매부수를 기록한 베스트셀러로 선풍적인 인기를 불러일으켰다. 작품 속에 등장하는 괴도 20가면이라는 캐릭터는 다양한 형태로 모습을 바꾸는 변신의 귀재로 그려지면서, 후대에도 수많은 만화영화 및 TV 드라마 속에서 변용되며 인기 캐릭터로 사랑받아 왔다. 그 후 그의 후기 작품들은 괴기소설, 환상소설 등에 심취하여 초기의 추리소설들과는 다소 거리가 있는 기괴한 내용의 단편소설이 주로 출간되게 된다. 에도가와 란포는 태평양전쟁의 종전 이후 1947년 '일본 탐정작가클럽(探偵作家クラブ)'을 창설한 뒤, 1963년 '일본 추리작가협회(日本推理作家協会)'로 명칭을 변경하였다. 이에 따라 일본 문학 내에서 추리소설 장르의 발전 및 저변 확대를 위해 다방면으로 공헌해 왔다. 이밖에도 잡지를 발간하여 추리소설의 보급에 매진했고, 관련 좌담회 및 강연을 주최하며 탐정소설의 대중화를 도모하였다. 특히 1955년에는 일본 탐정작가클럽(현, 일본 추리작가협회)에서 '에도가와 란포 상'을 문학상으로 제정, 추리소설을 장려할 목적으로 신인작가들을 등용하고 있다. 1회에는 평론가, 2회에는 출판사가 수상하였지만, 3회부터는 란포의 뜻에 따라 장편소설을 공모하여 상을 주게 되었다. 에도가와 란포 상은 지금까지도 일본의 추리소설계에서 가장 권위 있는 상이며, 추리작가의 등용문이 되고 있다. 에도가와 란포 상의 수상작에 대한 혜택으로는 고단샤에서 작품의 출간 기회가 제공되며, 에도가와 란포의 기부금으로 상금이 수여된다.

또 1992년 제38회 문학상을 기점으로 해마다 후원사인 후지TV에서는 수상작을 TV 드라마 단막극으로 제작하여 방영해 오고 있다.

에도가와 란포의 첫 단편이 1923년에 발표되었지만, 90여 년이 지난 현재에도 그의 작품을 원작으로 다양한 콘텐츠가 여전히 만들어지고 있다. 그 이유는 그의 소설이 재미있고 발상과 문장도 뛰어나기 때문이다. 사실 일본 문화의 다양한 장르를 들여다보면 란포의 영향을 받지 않은 곳이 없다. 오랜 세월 동안 그의 소설이 만화, 게임, 드라마, 연극, 영화 등으로 수없이 작품화되었기 때문일 것이다. 고단샤 문고의 소년 만화잡지 '주간 소년 매거진[週刊少年マガジン]'에 연재되었던 유명 추리만화 〈소년 탐정 김전일[金田一少年の事件簿 1992~]〉에서 주인공 김전일의 경쟁 상대인 경감 '아케치 켄고'의 이름은, 에도가와 란포가 창조한 명탐정 캐릭터 '아케치 고고로'에 대한 헌정의 의미로 붙여진 것이라고 알려져 있다. 또한 일본의 만화가 아오야마 고쇼[青山剛昌] 원작의 인기 추리만화 〈명탐정 코난[名探偵コナン 1994~]〉에서 주인공인 소년 탐정의 이름은 에도가와 란포의 필명을 본뜬 '에도가와 코난'이며, 작품 속에서 탐정사무소를 운영하는 사설탐정의 이름은 명탐정 아케치 고고로의 이름을 그대로 따른 '모리 고고로'이다.

일본의 추리소설이 걸음마를 시작한 초창기에 활동을 시작한 에도가와 란포는 당시 논리적인 퍼즐을 독창적인 이야기에 담아냈다는 평과 함께 일본 추리소설의 역사를 100년 정도 앞당긴 기념비적인 인물로, 아직도 일본 추리소설의 아버지로 추앙받고 있다.

┃ 에도가와 란포 연보

1894년   일본 미에 현에서 출생

1916년   와세다 대학 정치경제학부 졸업.

1919년   도쿄에서 두 동생과 함께 헌책방 산닌쇼보를 시작.

무라카미 타카코[村上隆子]와 결혼.

1923년   '신세이넨'에 단편소설 〈2전짜리 동전〉을 발표하며 문단에 데뷔.

1925년   〈D언덕의 살인사건〉 발표. 명탐정 아케치 고고로가 첫 등장.

〈심리시험〉〈다락방의 산책가〉〈인간의자〉 발표.

1926년   아사히신문에 〈일촌법사〉를 연재.

〈거울 지옥〉〈파노라마 섬 기담〉 발표.

1928년   〈음울한 짐승〉 발표. 이 소설은 변태 성욕을 소재로 한 본격 탐정
소설로, 작품의 불건전함이 비판받기도 했는데 한편에서는 '전대미문
의 트릭을 사용한 탐정소설'이라고 절찬받기도 했다.

1929년   〈악몽〉 발표. 이 소설의 원래 제목은 〈감자 벌레[芋虫]〉로 연재 이후에는
원래의 제목을 표기했다. 전쟁으로 인해 국내 예술 검열이 강화되던
시기에 에도가와의 수많은 작품들은 검열에 걸려 일부 삭제를 명령받게
되었는데, 이 중에서도 〈감자 벌레〉는 특히 많은 우여곡절을 겪고 발표
되었다. 당국의 검열을 우려한 편집자들의 의견으로 게재 잡지가(보다
오락성이 높은 잡지로) 변경되고 제목과 내용이 수정되어 발표되었으
나, 전쟁의 참상과 훈장을 모독했다는 이유로 전편 삭제를 명령받게
되었다. 하지만 에도가와 본인은 이 작품의 집필에 그러한 이데올로기
적 의도는 전혀 없었다고 작품해설에서 밝히기도 했다.

1929년   〈압화와 여행하는 남자〉 발표. 〈거미남〉 발표. 에로 · 엽기 · 잔혹 등을
내세운 통속적인 탐정소설인 이 〈거미남〉는 대중적으로 크게 성공해
단행본이 수십 번 증쇄될 정도였다. 이 소설은 탐정소설을 대중화시키
는 데 기여했다고 평가받고 있다.

1931년　〈메라 박사의 이상한 범죄〉 발표.

　　　　5월 전 13권으로 「에도가와 란포 전집」이 헤이본샤[平凡社]에서 간행.

1934년　〈검은 도마뱀〉 발표.

　　　　이케부쿠로 3초메로 이사. 에도가와는 평생 매우 자주 이사를 한 것으로도 유명하다. 어린 시절에는 부모의 직업 때문에 자주 이사를 해야 했지만 어른이 된 이후에도 매우 자주 집을 옮겨 그 횟수가 46회에 이르렀다고 한다. 이케부쿠로 3초메의 집은 현재 릿쿄대학 부근에 있는데, 이곳을 마음에 들어 한 에도가와는 8년 후 직접 주택을 매입해 사망할 때까지 이곳에서 살았다.

1935년　평론집 「도깨비의 말」 발간.

1936년　〈괴도 20가면〉 발표. 이 소설은 소년 독자들 사이에서 압도적인 인기를 얻으며 '소년탐정단 시리즈 3부작'의 시작이 됨.

1938년　〈요괴박사〉 발표.

1939년　〈감자벌레〉가 발매금지 됨.

1941년　휴필 선언. 이 시기(태평양전쟁)는 소년 대상의 소설조차 집필이 불가능해져, 탐정소설을 쓸 수가 없게 되었다. 그래서 이 시기에 에도가와는 코마츠 류노스케[小松竜之介]라는 필명으로 어린이 대상의 작품을 주로 쓰게 되었다.

1965년 7월 28일　뇌출혈로 사망.

┃ 일본환상문학선집을 펴내며

일본 근대 환상소설을 독자 여러분께 소개할 기회를 갖게 되어, 진심으로 기쁘게 생각합니다.

벌써 10년도 더 지난 일이지만, 교고쿠 나쓰히코의 〈우부메의 여름〉 시리즈를 처음 기획, 번역하여 국내에 소개했을 때만 해도 국내에는 아직 일본의 현대 장르소설들이 널리 알려지지는 않았던 시기였습니다. 다행히 많은 독자 여러분께서 좋아해 주셔서, 이제는 국내에도 다양한 일본 장르소설들이 많이 소개되고 독자 여러분의 사랑을 받고 있어, 개인적으로도 기쁘게 생각합니다.

동시에 이러한 일본 현대 장르소설의 원점이 된 것은 근대 일본 작가들의 주옥같은 환상소설이었다고 생각하기 때문에, 언제고 기회가 된다면 아직 국내에는 널리 알려지지 않은 이들 환상소설을 꼭 소개하고 싶은 마음을 갖고 있었습니다.

한국보다 먼저 근대 서양 문물을 받아들이고 문화적으로도 그 영향을 받은 일본의 작가들이 서양의 문학과 일본 고유의 문학을 융합시켜 독자적인 일본 근대 소설을 발전시키고, 또 이러한 근대 소설들의 여러 가지 시도가 현재의 다양한 일본 문학 전반에 큰 영향을 주었음은 분명한 사실일 것입니다.

그러나 제가 개인적으로 많이 접해 왔고 흥미를 갖고 있는 분야는 역시 장르소설이기 때문에, 이 시리즈를 기획하면서는 여러 문학 분야 중 특히 장르소설에 영향을 끼친 작가진 또는 작품군을 염두에 두고 작가 및 작품을 선정하고자 했습니다.

불행하게도 제가 아는 바가 미천하여, 일본 근대 소설의 전문가분들이 보시기에는 많은 부족함을 느끼실 줄 압니다.

그럼에도 불구하고 일본 장르문학을 즐겨 읽으시는 독자 여러분, 그리고 일본 근대 소설에 흥미를 갖고 계시는 독자 여러분과 함께 이 시리즈를 즐길 수 있다면 기쁘겠습니다.

또한 국내에서는 아직 다소 생소하게 느껴질 수도 있는 이 작품들을 소개할 자리를 마련해 주신 손안의책 박광운 대표님께, 이 자리를 빌려 감사의 말씀을 전합니다. 처음 기획은 제가 했지만, 격려해 주시고 도움 주신 대표님이 계시지 않았다면 이 기획은 그냥 제 머릿속에서만 끝났을 수도 있을 거라고 생각합니다.

모쪼록 이 기획이 당초에 목표했던 모든 작품을 무사히 출간할 수 있기를 바라마지 않으며, 읽어 주신 독자 여러분께도 무한한 감사의 마음을 전합니다.

늘 행복하시고 건강하시기를 빕니다.

2017년 9월
김소연 드림